Lost Minded

Im Geiste verloren

Tory K. Acosta

Bibliographische Informationen der Deutschen
Nationalbibliothek:

Die deutsche Nationalbibliothek verzeichnet diese Publikation in
der deutschen Nationalbibliographie; detaillierte bibliographische
Daten sind im Internet über http://dnb.dnb.de abrufbar.

Die automatische Analyse des Werkes, um daraus Informationen
insbesondere über Muster, Trends und Korrelationen gemäß
§44bUrhG("Text und daraus Mining) zu gewinnen ist untersagt.

© 2024 Tory K. Acosta/Kretzschmar Victoria

Blume: Inspiriert und selbst gezeichnet

Bild Seite 211:KI generiert

Lektorat: Jule

Korrektorat: Jule

Verlag: BoD • Books on Demand GmbH, In de Tarpen 42,

22848 Norderstedt

Druck: Libri Plureos GmbH, Friedensallee 273, 22763 Hamburg

ISBN: 978-3-7597-5195-9

FSC
www.fsc.org

MIX
Papier aus verantwortungsvollen Quellen
Paper from responsible sources
FSC® C105338

Dieses Buch enthält **triggernde Inhalte**. Triggerwarnungen findet ihr auf der Seite 383

Achtung:

Die Triggerwarnungen könnten Spoiler zur Story enthalten.

Diese Geschichte und die Charaktere in dieser sind frei erfunden. Ähnlichkeiten zu realen Personen sind daher rein zufällig.

Ich wünsche euch viel Spaß beim Lesen und passt auf euch auf.

Playlist

Other Side-Jason Derulo

More than life-Chanin

Überall –Esther Graf x Montez

Heartbeat-Childish Gambino

Tabu-Yung Yury

In the Stars-Benson Boone

I miss you; I am sorry-Gracie Abrams

Medusa-Enkay

Federleicht-Enkay

"Glücklich"-Montez

After we broke up-David J.x Frawley

Monster-Disarstar

Ich widme dieses Buch allen Menschen, die schon einmal schlecht behandelt wurden.

„Die Art wie dich ein Mensch behandelt, sagt aus, was für ein Mensch ER ist, nicht was für ein Mensch DU bist."

Autor unbekannt

Prolog

Avery

Herzschmerz, Verzweiflung und Wut. Das sind die
drei Dinge, die ich gerade fühle, sie kontrollieren
meinen Körper, meine Gedanken. Meine schwitzigen
Hände umklammern das Lenkrad, ich spüre wie ich
zittere, das Auto wird immer unruhiger. Mein Handy
klingelt durchgehend, mein Blick wandert auf den
Bildschirm. Im gleichen Augenblick werfe ich es
wieder auf den Sitz. Einen klaren Gedanken, das ist
alles, was ich brauche. Während der Regen gegen die
Windschutzscheibe prasst, bohrt sich mein Fuß
immer weiter ins Gaspedal. 50, 60 – der Zeiger rast
über die Geschwindigkeitsanzeige und alles was ich
will ist einfach nur weg. Weg von ihm, weg von
diesem Ort. Meine Augen fixieren zwei Regentropfen,
welche sich ein Wettrennen liefern. Es ist fast
friedlich ihnen bei ihrem gemeinsamen Spiel
zuzuschauen. Plötzlich spüre ich einen heftigen Ruck
und in meinem Moment der Unachtsamkeit verliere
ich die Kontrolle über mein Auto. Alles passiert in
Sekundenschnelle, das Lenkrad zieht nach rechts und
das letzte, was ich sehe sind die grellen Scheinwerfer
der mit entgegenkommenden Fahrzeuge. Ich höre
Stimmen, warum helfen sie mir nicht? Ich fühle mich
alleine und hilflos...mir ist kalt, ich bemerke einen
großen Splitter in meinem Bauch, Blut überall ist Blut

und bevor ich mehr darüber nachdenken kann ist alles schwarz.

Kapitel 1

Avery

Ich höre verwaschene und leise Stimmen. Sie reden über mich. Langsam nehme ich starken und penetranten Geruch von Desinfektionsmittel wahr. Bin ich in einem Krankenhaus? Meine Augen zu öffnen, fällt mir unheimlich schwer. Das Gefühl, dass meine Augenlider zugehalten werden, breitet sich in mir aus. Ich höre mehrere Stimmen, die meinen Namen rufen. „Avery?! Avy?" Bin ich das? Was ist los mit mir? Ich kann keinen klaren Gedanken fassen. Alle Gedanken in meinem Kopf fühlen sich so fremd an. Ich schmecke Blut, ein sehr metallischer Geschmack. Erinnern kann ich mich an nichts. Das Letzte, was in meinem Kopf hängen geblieben ist, sind die Worte: „Ich will nicht sterben". Danach ist alles schwarz.

Es tut alles weh, jeder einzelner Knochen. Verwirrung macht sich in mir breit. Jedes Geräusch ist zu laut und verursacht ein unangenehmes Klingeln in meinen Ohren. Erneut versuche ich die Augen zu öffnen, doch sie fallen direkt wieder zu. Ich werde zurück in die Dunkelheit der Bewusstlosigkeit gezogen.

Ich höre eine Stimme in der Dunkelheit. „Avy, bist du wach?" Meine Augenlider zucken. Ich versuche meine Stirn zu runzeln, doch bemerke ich erst jetzt, dass sie bereits in Falten liegt. Wieder spüre ich diese Kopfschmerzen. Es fühlt sich an, als hätte mir jemand gegen den Kopf geschlagen. Ich will wieder versuchen etwas zu sagen, fange aber im gleichen Atemzug an zu würgen und ringe nach Luft. Werde ich jetzt sterben? Ich merke, wie mir jemand etwas aus dem Hals zieht. Ich reiße meine Augen auf und muss husten. Dabei setze ich mich abrupt auf. „Beruhige dich, mein Schatz. Es wird alles gut". Die weibliche Person umarmt mich und drückt mich sanft an sich. Meine Atmung hat sich wieder etwas beruhigt, ich blicke orientierungslos in den Raum hinein. Das Zimmer ist langweilig und kühl, dazu fühle ich mich hier unwohl. Immer mehr wird mir bewusst ich bin in einem Krankenhaus, daher der Duft des Desinfektionsmittels. Mein Herz rast, was ist passiert? Ich überlege kurz, aber ich kann mich an nichts erinnern. Warum bin ich hier? Ich sehe die Frau neben mir an, auch an sie kann ich mich nicht direkt erinnern. Sie umarmt mich. „Ich habe mir solche Sorgen gemacht, Avery..." sagt sie weinend. Ich versuche meine Verwirrung zu verstecken, was mir scheinbar nicht gut gelingt."

Wer sind sie ?" Die Frau sieht mich geschockt an „ Avy, erkennst du mich etwa nicht? Was ist den los?" fragt die Dame, sie streicht mir mit zitternder Hand über die Wange. Ich erkenne das Gesicht und die Stimme, aber mein Gehirn kann es in dem Moment nicht zuordnen. Sollte ich lügen? Ich will antworten, doch eine Dame in einem weißen Kittel unterbricht uns.

„Miss Carter, sie sind endlich aufgewacht. Ich bin Doktor Cruiz. Geht es ihnen gut?" Ich kann nicht so schnell antworten, bin verwirrt darüber, was los mit mir ist. In meinem Kopf ist ein riesiges schwarzes Loch. „Ich würde gerne ein paar Tests mit ihnen machen, wenn das in Ordnung ist." Ich nicke leicht und flüstere „Ja, bitte". Im nächsten Moment macht Dr. Cruiz einige Tests und Übungen mit mir. Ich muss die Arme heben, die Beine bewegen, die Zunge rausstrecken und vieles mehr. Das alles ist mir unglaublich schwer gefallen. Nach einiger Zeit fällt mir das Reden leichter." Miss Carter, sie sollten es fürs Erste ruhig angehen. Sie haben länger im Koma gelegen und…" Mein Herz setzt für eine Sekunde aus. „Koma?" frage ich mit zitternder Stimme. "Miss Carter…Avery, du lagst fast einen Monat im Koma. Du hattest einen Unfall mit einem anderen Auto. Dein Unfallgegner beging Fahrerflucht. Hätte sie nicht ein junger Mann gefunden und gehandelt, wären sie vielleicht nicht mehr unter uns." Ich bemerke, wie ich zittere und sich mein Atem beschleunigt. Ich wäre fast gestorben? Ich bin mir nicht sicher, aber ich glaube, mir kommt gerade alles hoch. Ich probiere ruhig zu atmen, aber ich bin alles andere als ruhig.

„Ich weiß, das ist alles ganz schön viel für Sie... Können Sie sich an etwas erinnern?". Sie beobachtet mich und schreibt etwas in meine Akte „Nein. Ich weiß nichts...also...schon, aber vieles ist schwarz und verschwommen ... Verdammt, ich fühle mich wie in einem fremden Körper!" Die Ärztin schreibt wie wild auf ihrem Block. „Avery, wie heißen sie mit kompletten Namen?" „Avery Elea Carter" Ich weiß nicht genau, wo das herkommt, aber scheinbar bin ich noch nicht komplett verloren gegangen. „Sehr gut. Wissen Sie die Adresse, wo sie wohnen?" Ich sehe das Haus vor meinen Augen, das Auto in der Einfahrt. Ebenso viele Erinnerungen aus meiner Kindheit, wie ich dort gespielt habe. Aber ich weiß nicht genau, wie die Adresse lautet. Daher schüttele ich den Kopf. Sie beäugt mich kritisch. „Welches Jahr haben wir, Mrs. Carter?" Warum fragt sie mich das alles? Ich lag doch nur einen Monat im Koma. „2021?" sage ich unsicher. „Okay, Mrz. Carter, und wie alt sind Sie?" Mein Kopf pocht und tut noch mehr weh, als vorher. Das ganze Nachdenken ist ja der Horror. „Ich bin 18 Jahre alt und gehe bald auf ein College. Ich möchte Jura studieren." Die

Ärztin schreibt wieder ganz schnell etwas auf, sie lächelt mich an. Irgendetwas stimmt doch nicht, das spüre ich. „Mrs. Carter, ich halte kurz Rücksprache mit meinem Kollegen. Ich bin in Kürze wieder bei Ihnen."

Es fühlt sich an wie Stunden. Wo bleibt die Ärztin bloß? Nach einigen Tests habe ich mich In der Zwischenzeit wieder an die Dame erinnert. Sie ist meine Mutter. Verdammt, das muss sie unbeschreiblich verletzt haben. Ich starre an die Wand, sage kein Wort. Was ist nur passiert? Meine Erinnerungen sind lückenhaft nichts in meinen Kopf ergibt Sinn. „Mrs. Carter". Ich schaue blitzschnell zur Tür und sehe Dr. Cruiz wieder eintreten. „Wir müssen Ihnen leider mitteilen, dass wir die Testergebnisse gesichtet haben und wir davon ausgehen dass sie eine Amnesie haben." Kurzes Schweigen herrschte im Raum. Mein Mund ist trocken. Ich finde keine Worte. „Ihnen fehlen mindestens die letzten 2 Jahre, wenn nicht sogar noch mehr. Wir haben das Jahr 2023 und sie sind eigentlich 20 Jahre alt. Sie leiden an einer Amnesie" Meine Brust wird immer enger. Ich bekomme schlecht Luft, die Dunkelheit kommt wieder näher. Ihr Blick sagt mehr als tausend Worte, nur leider bringt mir das nichts. „Dr. Cruiz, wird sie ihre Erinnerungen wieder bekommen?" fragt meine Mutter besorgt. „Das können wir im Moment noch nicht genau sagen. Viele Patienten erlangen ihr

Gedächtnis zurück, wenn sie etwas ähnliches Traumatisches erleben oder die Reize aus der verlorenen Zeit wahrnehmen. Zum Beispiel: Musik, bestimmte Personen…" Mir wird das alles zu viel, ich höre nicht mehr richtig zu. Mir fehlen zwei verdammte Jahre meines Lebens! Ich blicke in die Leere. Es ist, als wären die 2 Jahre nie passiert. Das ist mehr als nur beängstigend. Alles weg. „Entschuldigung Dr. Cruiz… Das war heute alles ganz schön viel für mich… Ich glaube, ich brauche etwas Zeit für mich." Meine Stimme hört sich so kratzig an. Das ist wohl so, wenn man fast 1 Monat so gut wie Tod war. Ich kann keinen klaren Gedanken fassen. „Nun denn Avery, wir sehen uns morgen. Ruhen sie sich aus." Sie lächelt sanft, was ich versuche zu erwidern. „Avy, soll ich deinen Freunden sagen, dass du aufgewacht bist?" Ich überlege kurz, wen sie meinen könnte. Ich habe doch nur eine Freundin. „Meinst du Lauren?" Meine Mutter sieht mich wieder so verletzt und mitleidig an. Ich hasse das jetzt schon. „Nein Schatz, ihr seid nicht mehr befreundet" Der nächste harte Schlag. Sie war meine beste Freundin. Sie sagt das so, als wäre sie darüber sehr traurig. Ich fange an zu überlegen. Ich erinnere mich an den Abschlussball in der Oberschule und weiß genau, dass wir da noch befreundet waren. „Ich meine Chey und deinen Freund Owen. Er war ein paar Mal hier…" Ich zucke ahnungslos mit den Schultern. Ich weiß nicht, wer diese Leute sind. Ich habe diese Namen noch nie gehört. „Mum, meinst du, wir können das mit dem Gedächtnisverlust für uns behalten? Ich will nicht die Komische sein, die nichts mehr weiß…" Sie nickt, ihr Blick bleibt jedoch skeptisch. „Glaubst du nicht, es wäre besser, wenn du ehrlich bist?" Ich schüttele den Kopf. Ich weiß, wie es ist, die Außenseiterin zu sein. Dann bin ich ein noch größerer Freak. Sie streichelt meine Hand. „Ich würde jetzt nach Hause gehen. Soll ich dir morgen etwas mitbringen?" Nach kurzem Überlegen fällt mir etwas ein. „Ich hätte gerne diese Kekse mit der Milchfüllung." Sie lächelt. „Okay Schatz, ruh dich aus." Ich muss lächeln. „Bis morgen Mum. Sie küsst mich auf die Stirn und verlässt das Zimmer. Ich bin allein mit meinen nicht vorhandenen Erinnerungen. Wenn mich jetzt jeder so mitleidig anschaut, dann will ich wieder zurück ins Koma! Das ist das Schlimmste, was ich mir hätte vorstellen können. Karma, was habe ich dir getan?

Rhys

Ich warte im Auto auf Jayden. Er ist bereits 10 Minuten zu spät. Doch dann geht endlich seine Haustür auf und er kommt angerannt. „Alter, wir müssen heute ins Krankenhaus! Ave, ist in der Nacht aufgewacht!" Bei ihrem Namen fängt mein Herz an schneller zu schlagen. Ich denke an unsere gemeinsame Zeit. An den Moment, wo sich alles geändert hat. „Worauf wartest du, fahr los." Ich schaue kurz zu ihn rüber. „Ich musste auf dich warten. Also mach jetzt kein Stress." zische ich ihn an. Meine Gedanken sind bereits bei Avery. Sie wird mich hassen für das, was ich getan habe. Ihre Worte schallen wieder durch meinen Kopf, sie verfolgen mich. „Ist es wahr?" Immer und immer wieder wollte ich nein sagen, aber dann hätte ich gelogen.

Kapitel 2

Avery

Ich starre stundenlang in die Luft, in der Hoffnung, dass ich mich an irgendetwas erinnern kann. Von einer Vibration werde ich aus den Gedanken gerissen. Ich schaue in meine Nachttischschublade und sehe ein Handy. An die Hülle erinnere ich mich. Ich hole es raus und sehe auf dem Sperrbildschirm. Da bin ich, mit Jayden und… Shawn-Rhys? Jayden ist mein Zwillingsbruder. Wir haben immer ein gutes Verhältnis gehabt, was ich von Shawn und mir nicht behaupten kann. Shawn ist sein bester Freund und der größte arrogante Idiot, den die Welt je gesehen hat. und ich kenne ihn schon solange nämlich mein Leben lang! Wenigstens etwas, das ich noch weiß. „Jay sieht gut aus." murmel ich. Diese zwei Jahre haben ihn echt gut getan. Ob ich noch den gleichen Handycode wie vor 2 Jahren habe? „Bingo!" Immer noch mein Geburtsdatum, zu einfach Avery. Das sollten wir ändern. Ich sehe viele ungelesene Nachrichten auf vielen Plattformen. Wo fange ich bloß an? Ich öffne meine Galerie, über 3000 Bilder! Dort werde ich doch bestimmt etwas finden. Ich scrolle nach ganz unten, schaue auf das Datum. Es ist einige Tage vor dem Abschlussball. Ich habe viele Selfies von Lauren und mir... Nach dem Abschlussball hat das wohl aufgehört. Mit der Zeit kommen ganz viele Bilder mit einem blonden Mädchen. Ob das Chey ist? Ich scroll noch weiter, bis ich ganz oben angekommen bin. Aber es bringt mir keine neuen Erinnerungen. Halt! Da ist ein privater Ordner. Ich tippe umgehend mein Geburtsdatum ein. Das ist nicht richtig. Was „habe ich da drin gespeichert? Nacktbilder? Tatorte? Ich schließe die App schließlich wieder und stöhne genervt auf. Mein Handy vibriert wieder. Ich gehe auf die Nachrichten. Die letzte ist von Jayden. Ich lasse meinen Blick auch über die anderen Kontakte schweifen, Owen, Chey, Rhys… Moment Rhys? Irgendwo ganz tief in meinen Kopf sind Bruchstücke von Unterhaltungen. Sie bestanden nur aus verbalen Beleidigungen. Wie könnte ich das vergessen? Ich gehe in den Chat und sehe sein Profilbild, aber warum habe ich seine Nummer? Ich erinner mich daran, dass er mich nie wirklich leiden konnte. Ich war für ihn immer nur die nervige Schwester seines besten Freundes. Dazu war er nicht gerade ein Sonnenschein. Ich werde auch aus unseren Chats nicht schlau. Wir haben nur kurze Nachrichten geschrieben, wie zum Beispiel: „um 7" oder „SOS" Was hat das zu bedeuten? Wir haben noch nie richtige Konversationen geführt.

Ich sehe die Anrufliste. Rhys und ich haben scheinbar auch öfter telefoniert, merkwürdig. Auf einmal höre ich ein Klopfen an der Tür. „Herein" sage ich mit kratziger Stimme. Ich lege das Handy erst einmal zur Seite und schaue zur Tür. Langsam öffnet sie sich. Ich sehe eine riesige Sporttasche und einen Strauß mit Rosen, wo ein kleiner Teddy drin sitzt. „Überraschung, Little Avy". Ich erinnere mich an diese Stimme. „Jayden !" Ich freue mich total meinen Bruder zu sehen, Ich versuche aufzustehen, aber sacke augenblicklich wieder zusammen. „Ganz langsam Avy, geht es dir gut?" Ich umarme ihn ganz eng. „Es fühlt sich so an, als hätte ich dich Ewigkeiten nicht gesehen." Um genau zu sein 2 Jahre. „Mum hat mir gesagt, was los ist. Mir brauchst du nichts vorzumachen Schwesterherz". Er gibt mir einen sanften Zwicker in die Seite. „Ich will nicht, dass jeder weiß, dass mein Gedächtnis nicht auf der Höhe ist…" sage ich leiser. Er nickt verständnisvoll. „ Avy, erinnerst du dich an den Unfall? Was da passiert ist?" Ich schüttel meinen Kopf. „Nein, ich weiß nichts. Es ist alles schwarz und verschwommen…" Er streichelt sanft meinen Arm. „Deine Erinnerungen werden schon wieder kommen… Achso, wäre es für dich okay, wenn Rhys gleich noch vorbei kommt? Ich weiß, dass ihr euch nicht ganz so gut versteht…" Ich nicke schüchtern. „Rhys und ich haben dir übrigens alles in der Schule mitgeschrieben. Da solltest du keine Probleme haben." Jayden und ich hatten immer eine sehr gute Beziehung zueinander, besonders, nachdem unser Dad das Weite gesucht hat. „Avy, kann ich dir etwas Gutes tun?" Ich fühle mich auch nicht sonderlich gut. In meinem Kopf schwirren so viele Fragen. Die größte Frage ist gerade: Wer bin ich überhaupt? „Kannst du mir ein Glas Wasser geben?" Er steht auf und füllt mir etwas Wasser in ein Glas. „Danke Jayden." Das Wasser läuft meinen Hals runter. Mein Blick fällt auf den wunderschönen Blumenstrauß auf meinem Nachttisch. „Rhys müsste jeden Moment hier sein, er wollte noch kurz mit jemanden telefonieren. Nach einigen Momenten fragt mich Jayden auf einmal „Erinnerst du dich denn an garnichts mehr? Was ist mit Owen?" Ich schüttel den Kopf. "Mum hatte ihn vorhin erwähnt, erzähl mir mehr von ihm."

„Okay, kleiner Kurzeinführung. Er spielt Eishockey bei den Kardinals, unseren stärksten Gegnern und ist der neue Stiefbruder von Rhys. Seine Mum hat wieder geheiratet. Ihr seid seit circa 8 Monate zusammen. Ich hasse ihn." Okay wow. Moment, spielt Jayden nicht bei den Hawks? Mir läuft eine Träne über die Wange, ohne es zu merken. Ich spüre so einen Druck auf der Brust bei den Erzählungen von Owen. Liebe ich ihn?

„Hey Avy, nicht weinen! Wir bekommen das alles hin, okay??" Ich habe nicht einmal bemerkt, dass mir eine Träne runter läuft. Er nimmt mich in den Arm und ich wische mir die Träne weg. Jay war schon immer der optimistische von uns beiden, der Sonnenschein. Plötzlich bekomme ich starke Kopfschmerzen mir wird etwas schwindelig.

„Avery..." Es regnet sehr stark. Ich sehe die Rücklichter von seinem Wagen. „Bitte, steig wieder ein." Ich komme der Bitte nicht nach. „ Avery, steig ein verdammt!"

Mein Puls schießt in die Höhe. Was war das gerade? Eine Erinnerung? Dieses Bruchstück hat sich so angefühlt, als würde ich es hautnah erneut erleben. Ich erkenne die Stimme nicht. Ich trinke noch etwas, um meine Aufregung zu unterdrücken. Zum Glück hat mich Jay auf den neuesten Stand gebracht. Das wäre sonst peinlich geworden. Ich habe zwar die Hälfte wieder vergessen, weil mein Gehirn sehr langsam zur Zeit arbeitet, aber irgendwo muss man ja anfangen. Es klopft erneut an der Tür und es kommen zwei Männer rein. Heiliger Jesus, ist das Owen? Er sieht aus wie ein griechischer Gott. Wie habe ich das geschafft? Bin ich eine griechische Göttin? Oder bin ich von den Medikamenten vernebelt? Was auch immer sie mir hier geben: Ich will mehr davon ... Direkt dahinter sehe ich Shawn-Rhys, der wieder sehr schlicht in Schwarz gekleidet ist. Unter jedem Kleidungsstück guckt eines seiner Tattoos hervor. Da sind einige dazu gekommen. Ich

versuche nicht zu starren. Diese zwei Jahre
haben ihm ein richtiges Glowup verpasst. Er
sieht sogar, fast noch besser aus als Owen.
Seine dunklen Augen fixieren mich. Es ist ein
komisches Gefühl, zu wissen, dass die Person
gegenüber von dir alles weiß und du selbst rein
gar nichts. Ich sage erstmal nichts zu ihm. Ich
meine, ihn anzuschauen, ohne ein doofes
Kommentar zu bekommen, ist eine
Seltenheit,das einzige was ich noch weiß ist das
er es hasst wenn ich ihn mit seinem vollem
Namen anspreche, den Namen Shawn hasst er
besonders..

Rhys

Sie sieht so zerbrechlich aus in diesem
Krankenhausbett. Mir kommen die Bilder von
dem Unfall wieder in den Kopf... Ich fühle mich
so schuldig. Hätten wir uns nicht gestritten, wäre
es vielleicht gar nicht soweit gekommen. Weiß
sie, was an diesem Abend passiert ist? Ich hatte
gedacht, dass sie mir die Augen auskratzt, wenn
sie mich sieht...

Avery

„Avy, Baby, alles gut bei dir? Ich habe dich so
vermisst!" Owen umarmt mich aufdringlich.
Diese Stimme... Ich versuche mir nichts
anmerken zu lassen und spiele einfach mit. Ich
sehe, wie Rhy's Augen auf Owen liegen. Er sieht
so wütend aus, als würde er ihn gleich

umbringen wollen. „Erinnerst du dich an etwas aus der Nacht?" Ich schüttele den Kopf. Ich habe das Gefühl, diese Frage wird jetzt das neue: Wie gehts? „Wann kannst du wieder hier raus?" Jayden geht zwischen uns und antwortet ihn. „Hey Mann, sie ist gerade erst aufgewacht. Überrumpel sie nicht direkt. Sie kann, wenn es die Umstände zulassen, wieder raus." Ich sehe die Flexüle in meinem Arm, sowas kann ich mir nicht ansehen. Die Spannung zwischen den Jungs ist deutlich zu spüren. „Ich melde mich bei dir okay? Ich habe jetzt noch Training." Mir fällt wieder ein das die Jungs meistens morgens oder nachmittags Eishockey-Training haben. Ich schaue auf die Uhr in meinem Zimmer, es ist kurz vor 18:00 Uhr er gibt mir einen Kuss auf die Wange. Und so schnell, wie er gekommen ist, war er auch wieder gegangen. Wow, das ist ja ein richtiger Wirbelwind. Ich sehe zu Shawn-Rhys. Er verdreht seine Augen und setzt sich auf den Stuhl. „Du hast ja richtig den Durchblick, Ave." sagt Rhys spöttisch. Ich werfe ihn einen bösen Blick zu. „So ein Arschloch, wann schießt du ihn endlich ab?" fragt mein Bruder lachend. „Gib mir eine Waffe und eine Kugel. Ich erledige das dann für dich, Avy". Die Jungs sehen sich schweigend an. Hat Rhys das gerade ernsthaft gesagt?

„Das fällt auf, wenn du dein Stiefbruder umbringst... Ich sollte es machen". Ich unterbreche die Diskussion darüber, wer meinen Freund umbringt, und probiere die Stimmung aufzulockern. Es ist echt komisch von meinem Freund zu reden, wo ich ja keine Ahnung habe, wer er eigentlich ist. „Hey Shawn, wie geht es dir?" Frage ich sanft. Er sieht mich verwundert an, aber antwortet: „Mir geht super, und dir Kleines?" Okay, er ist der Alte. Ich muss lächeln. Das erste ehrliche Lächeln, seit dem ich wach bin. Wenigstens etwas, was genauso ist wie vorher. „Avy, ich unterbreche ungern euren Smalltalk, Rhys und ich wir würden dich dann jetzt auch allein lassen. Wir haben auch noch Training, okay? Wenn was sein sollte, ruf mich bitte an, ja?" Ich nicke. Zum Abschied umarmt er mich. Rhys kommt näher zu mir. „Wir sehen uns, Little Ave." Ich sehe in seinen Augen etwas, was ich vorher noch nicht bei ihm gesehen habe. „Bringt bitte niemanden um, ja?". Beide sehen mich an, als hätten sie sowas niemals erwähnt. Sie verlassen den Raum genauso laut, wie sie gekommen sind. Wow. Mein Hirn arbeitet sehr langsam. Owen ist Rhys sein Stiefbruder? Ich brauche meine Erinnerungen zurück!! Ich nehme mein Handy und sehe in die Kamera. „Oh Gott!!" ich lasse mein Handy in meinen Schoß fallen. Bin ich das etwa? Es fühlt sich so an, als würde ich eine fremde Person im Spiegel betrachten. Ich habe kleine Überbleibsel von Kratzern und Abschürfungen. An meinem Arm sind Narben, einige ziehen sich über den ganzen Unterarm.

Mir laufen Tränen über die Wangen. Ich wische sie schnell wieder weg, nehme mein Handy wieder auf und schaue mich aus jedem möglichen Winkel an. Ich fasse mir an den Kopf und merke wieder die starken Kopfschmerzen, wie vorhin vor der Erinnerung. Wird das jetzt immer so sein?

Ich sehe Rhys in seiner Eishockey-Ausrüstung, er sieht auf mich runter. „Wenn er dich noch einmal anfässt, bring ich ihn um!!" Ich versuche Ihn zu beruhigen. „Rhys, bitte, nicht schon wieder. Ich..." Er geht einfach an mir vorbei. „Spar dir das, Avery".

Ich bekomme kaum Luft. Warum nenne ich ihn Rhys und nicht Shawn? Ich habe ihn damit immer aufgezogen, weil er den Namen absolut nicht leiden kann. Hat er mich deswegen vorhin so verwirrt angeschaut? Ist das so ein Ding zwischen uns? Seit wann haben wir „ein Ding"? Diese Visionen lösen nur noch mehr Verwirrung in mir aus. Diese Auseinandersetzung wirkte emotionaler und tiefgründiger, als ich es von uns kenne. Ich greife wieder nach meinem Handy und sehe eine Nachricht auf Telegram. „Ich komme später nochmal, Little A". Mir fällt es in den ersten Sekunden schwer zu lesen, aber scheinbar erinnert sich mein Kopf schnell wieder daran, wie es funktioniert. Ich habe wirklich keine Ahnung, wer das geschrieben hat. Ich schaue mir den Nutzername an. „Weaverman1." Plötzlich macht es Klick, ich weiß wer es ist. Ich tippe schnell eine Antwort zurück. Ich erwische mich beim Lächeln. „Ich freue mich auf jede Art von Gesellschaft, Shawn". Er schreibt.

„Haben wir nicht vereinbart keine Namen zu nennen?"

Mist, wie rede ich mich da wieder raus?

„Entschuldigung, Idiot"

Wenige Sekunden später kommt ein lachender Emoji. Ich sehe, wie der Status auf offline wechselt. Habe ich ihn jetzt verärgert? Halt, wir können uns doch nicht leiden. Wir ärgern uns jede Sekunde, in der wir die selbe Luft atmen. Ich merke gar nicht, wie schnell die Zeit vergeht. Ich sehe auf die Uhr. Was, schon 01:40? Schnell werde ich aus den Gedanken gerissen. „Ah Avery, sie sind noch wach. Alles gut bei Ihnen? Ich mache nur einen Kontrollgang. Wenn was sein sollte, melden sie sich einfach, ja? Versuchen sie zu schlafen." Ich nicke freundlich und schalte das Handy wieder aus. Alle hier im Krankenhaus sind lieb. Das macht das ganze um einiges angenehmer. Ich merke immer mehr, wie mir meine Augen langsam zufallen. Die Dunkelheit zieht mich zurück in ihren Bann. Mein Herz fängt wieder an zu rasen.

„Wie konntest du nur??" schreie ich. „Ich habe dir vertraut, die ganze Zeit, und du hast mich nur

belogen!" Ich greife meine Tasche und gehe wütend aus einem Haus raus, wo gerade eine Homeparty stattfindet… „Avery, warte"... Ich muss hier raus!

Ich wache schweißgebadet mit starken Herzrasen auf. „Fuck..." flüstere ich. Ich komme mir vor, wie in einem schlechten Horrorfilm und ich spiele die verdammte Hauptrolle. Es wird immer gruseliger. „Du bist wach..." Ich schrecke auf und kann mir gerade so einen Schrei verkneifen. Diese Stimme… Sie löst etwas in mir aus. Ich habe sie immer gehasst, doch was ist das jetzt für ein Gefühl? „Shawn verdammt, was machst du hier? Warum erschreckst du mich so?" Er lächelt sanft. Dieses Lächeln habe ich noch nie bei ihm gesehen. „Ich wollte dich nicht wecken... Eigentlich wollte ich dir nur deinen Laptop vorbeibringen. Hier sind Filme und Musik drauf, damit dir hier nicht langweilig wird und dein E-Reader." Er legt mir alles auf den Tisch. Ich sehe ihn dankend an. „Danke Shawn, wirklich..." Er sieht mich durchdringend an. „Weißt du, wann der Schleimbeutel wieder kommt?" Wen meint er damit? Ich versuche es mir nicht anmerken zu lassen, jedoch das ist einfacher gesagt als getan. „Meinst du Owen?" Sein einer Mundwinkel wandert nach oben. „Wen denn sonst, Prinzessin? Und seit wann nennst du mich wieder Shawn?" Er streift meinen Arm. Verdammt! ich bin so schlecht. Es sieht doch jeder Blinder, dass ich keine Ahnung von meinem Leben mehr habe. Wahrscheinlich würden es sogar die Gehörlosen hören. Ich ziehe meinen Arm zurück. „Tut mir leid." Hoffentlich kauft er mir das ab. „Weiß Jayden eigentlich, dass wir miteinander reden?" Er sieht mir tief in die Augen, unterbricht den Blickkontakt aber wieder abrupt „Avy, du musst schlafen. Die Visite vom Arzt ist immer früh um 8 Uhr." sagt er grinsend. „Ich kann gerne morgen früh nochmal vorbeikommen und bringe dir dann deinem Lieblingskaffee mit". Seit wann trinke ich Kaffee? Oh Gott Avery, was hast du die letzten Jahre gemacht? „Sehr gerne. Ich freue mich über jede Art von Gesellschaft." sage ich schüchtern. „Na dann, du kleine Nervensäge, sehen wir uns." Er zwinkert mir zu. „Auf dem PC sind übrigens auch alle Schulsachen drauf". Er wirkt unentschlossen. Wie verabschieden wir uns? „So, nun versuche ich unentdeckt aus diesem Krankenhaus zu kommen." Sagt er wieder mit diesen Lächeln im Gesicht. Ich weiß, dass er kein Unschuldsengel ist und öfter mal mit der Polizei zu tun hatte, aber was hat er angestellt, dass er unentdeckt hier raus muss? Er zieht die Tür leise hinter sich zu und geht. Ich hoffe, meine Erinnerungen kommen bald zurück. Ich halte das nicht aus!

Kapitel 3

Avery

Ich wache langsam auf. Es ist so hell in diesem
Zimmer, dass ich die Augen kaum öffnen kann.
Ich schaue auf die große Wanduhr. Es ist kurz
vor 8. Ich habe vielleicht 4 Stunden geschlafen,
aber ich fühle mich nicht wirklich müde. Ich habe
keine neuen Erinnerung bekommen ... Vielleicht
ist es Schicksal, mein Neuanfang. Ich werde das
Beste daraus machen. Ich meine, wer bekommt
schon die Chance neu zu starten? „Avery, sie
sind schon wach! Wie geht es Ihnen?" Ich sehe
zu Dr. Cruiz „Den Umständen entsprechend
wirklich gut! Ich habe ein paar kleine
Erinnerungen wieder bekommen." Sie sieht
zufrieden aus. „Das ist toll, Avery. Ich habe
gehört, sie hatten gestern Abend noch Besuch
gehabt." Ich nicke. „Nun gut, ich stelle Ihnen hier
ein paar Gehilfen hin. Sie sollten mit Hilfe
probieren zu laufen. Und längere Strecken
sollten sie erst einmal eher mit dem Rollstuhl
zurücklegen. Es ist auf jeden Fall wichtig, dass
sie in Bewegung bleiben, damit die ganzen
Gelenke und Muskeln wieder arbeiten können.
Wir sehen uns später nochmal Mrs. Carter." Mein

Blick wandert wieder zu dem schönen Blumenstrauß." Dr Cruiz, wer kam mich denn immer besuchen und hat mir Blumen mitgebracht?" Sie lächelt. „Ihr Bruder war so gut wie jeden Tag hier und Ihre Mum natürlich. Aber die Blumen sind immer über Nacht aufgetaucht. Ich habe nie gesehen, wer sie gebracht hat." Dr. Cruiz verabschiedet sich von mir und geht aus dem Zimmer. Ich setze mich auf und schnappe mir die Krücken. „Was für ein Scheiß!" Ich versuche mit ihnen aufzustehen, jedoch ist das nicht so einfach, wie ich gedacht habe. Nach einem kleinen Wutausbruch stehe ich endlich auf meinen wackeligen Füßen. „Na geht doch." sage ich zu mir selbst. Seit wann rede ich so viel mit mir selber? Ich versuche ein Bein nach vorne zu machen, doch ich verliere das Gleichgewicht und falle hin. „Verdammt!!". Ich liege auf dem Boden wie ein Seestern und komme nicht hoch. Ich versuche ohne die Krücken hochzukommen, aber es ist aussichtslos. „Guten Morgen Sonnenschein...Avy??" Oh nein, wie peinlich! Bitte Boden, tu dich auf und lass mich darin versinken. Warum muss er denn ausgerechnet jetzt kommen? „Shawn! Ich meine Rhys… Hey, mir ist etwas runtergefallen und ich suche es grade." Das glaubt er mir niemals. Er stellt etwas auf meinen Tisch. „Kann ich dir beim suchen helfen?" Fragt er lachend und kniet sich zu mir runter. „Ne ne, alles gut. Ich hab's gefunden und geh jetzt wieder ins Bett." Er sieht mich fordernd an. „Soll ich dir hoch helfen?". Ich merke, wie ich erröte. „Es ist nicht so, wie es aussieht. Ich.. Ich kann das selbst..." Ehe ich mich versehe, nimmt er mich an meiner Hüfte und setzt mich aufs Bett. „Immer noch so sturr wie eh und jeh." summt er fröhlich. „Seit wann bist du so gut drauf Weaver?" Frage ich direkt und merke erst jetzt, dass diese Frage dumm war und mich auffliegen lassen kann. Er nippt an seinem Kaffee. „Nun Carter, ich dachte, wir wären über die Nachnamen hinaus." Er reicht mir einen Kaffeebecher. Riechen tut er sehr gut. Ob der schmeckt? Ich nehme einen zögerlichen Schluck. Irgendetwas in mir regt sich. Ich spüre, wie mein Gehirn arbeitet und versucht diesen Geschmack zuzuordnen. Ich bekomme wieder Kopfschmerzen und stelle den Becher schnell ab. "Oh nein...." murmel ich.

„Hey Missy, kannst du mir einen neuen Kaffee machen? Owen hat wieder den Falschen geholt!" Ich verdrehe die Augen und stell ihr den Kaffee wieder auf den Tresen. Zum Glück kennt sie mich. Sie lächelt mich an. „Er wird es nie lernen, oder?" Fragt sie mich mit ihren charmanten Baristalächeln. Ohne erneut zu fragen, wie ich meinen Kaffee mag, fängt sie an alles in einen Becher zu kippen. Nach einigen Minuten stellt sie mir einen neuen Becher hin. „Danke Missy, wir sehen uns morgen!!" Ich will aus dem Coffeeshop rausgehen und rempel

ausversehen jemanden an. Ich blicke auf. Nicht
der schon wieder. „Kannst du nicht aufpassen,
Weaver?!" Ich stelle meinen Kaffee kurz ab, um
meinen Tascheninhalt aufzusammeln. „Du bist in
mich reingerannt, Little Avy! Also beruhig dich".
Ich greife meinen Kaffee und will weitergehen,
doch Rhys hält mich am Arm fest. „Gern
geschehen." Raunt er mir ins Ohr. Ich werfe ihn
einen bösen Blick zu und gehe raus. „Alles klar,
Baby?" Ich sehe Owen an seinem Auto stehen.
„Ja alles gut, hat etwas länger gedauert." Ich
nippe an meinen Kaffee. Mir springt der Name,
der darauf steht sofort ins Auge. „Rhys". Ich
schaue aus dem Fenster, um ihn nochmal sehen
zu können. Woher wusste er das nur?...

„Avy, alles gut?" Ich halte mir die Hand vor den
Kopf. Der Kaffee hat mir eine Erinnerung
zurückgebracht. Etwas, womit ich etwas
anfangen kann. Ich erinnere mich daran, dass ich
von dem Tag an immer diesen Kaffee getrunken
habe und Missy hatte ab da immer einen Becher
für mich vorbereitet. Zufall? „Ich habe mich
gerade an etwas erinnert". Er sieht mich
verwundert an. „An was hast du dich
erinnert?" Er wirkt etwas blass. Ich lächel kurz.
„Daran, wie du mir Mal fast deinen heißen Kaffee
ins Gesicht geschüttet hast und ich dann deinen
Becher statt meinen genommen habe." Er fängt
an zu grinsen. Mir fällt erst jetzt auf, dass er
kleine Grübchen hat. Wow… Stopp, warum sehe

31

ich ihn so an? „Ja, du trinkst deinen Kaffee genau wie ich meinen. Seit dem Tag habe ich dir deinen Kaffee immer mitbestellt. Sonst hättest du jedes Mal einen Kaffee verschwendet, weil Owen es nicht hinbekommt." Ach und seit dem Tag nennst du mich auch Rhys. Der Name ist mir ohnehin lieber." Das ist also der Grund. „Okay, ich muss weiter zur Uni, Kleines. Wir sehen uns. Fall nicht wieder aus dem Bett!" Er zwinkert mir zu. Ich bin wie hypnotisiert von seinen Augen. „Du starrst, Avery." Ich zucke zusammen. „Nein, tu ich nicht. Wir sehen uns, Idiot!" Er lächelt, verließ das Zimmer und lässt mich mit meinen neu gewonnenen Erinnerungen zurück.

Ich merke, wie ich grinse. Was macht er mit mir? Ich habe doch einen Freund! Warum hat Owen sowas nicht in mir ausgelöst? Ich sollte bei ihm wie ein Honigkuchenpferd grinsen und nicht bei Rhys, seinem Stiefbruder. Ich schmeiße mich stöhnend in die Kissen. Das sind bestimmt die Medikamente, die meine Gefühle vernebeln.

Kapitel 4

Avery

Die Tage werden immer länger und langweiliger. Ich liege mittlerweile seit fast 2 Wochen hier im Krankenhaus. Rhys hat mir jeden Morgen einen Kaffee vorbei gebracht und Jayden hat mir mit dem Schulzeug geholfen sowie mir den neuesten Klatsch erzählt. Ich wurde gut unterhalten, jedoch würde ich es begrüßen, endlich aus diesem Loch rauszukommen.

Ich werde am Tag 100 mal gefragt, wie es mir geht. Und ich habe jedes Mal gesagt: Mir geht es gut, danke. Das ist in der heutigen Gesellschaft nicht mehr üblich, aber ich glaube, dass ist deren Job. Würden sie mich so auf der Straße treffen, würden sie sich auch nicht um mich kümmern. Ich schaue die ganzen Schulsachen durch, die auf dem Laptop sind. Es ist eine ganze Menge gelaufen in den letzten zwei Monaten. Nur doof, das mir die letzten 2 Jahre fehlen!!! Ich sterbe vor Langeweile. Nicht aufwachen wäre mittlerweile eine Option gewesen. Ich starre an die Decke, schon fast leblos. Es klopft an der Tür. Ich setzte mich auf. „Herein!" Quietsche ich.

Oh Gott, meine Stimme hat Facetten, von denen ich nicht wusste, dass sie existieren. Ich kann nicht beschreiben, wie sehr ich mich freue, wenn es an dieser Tür klopft. „Hallo Schatz, alles gut bei dir?" Es ist meine Mum. Sie kommt zu mir und umarmt mich. Etwas ist merkwürdig, ich rieche Alkohol. Ich lass mir nicht anmerken, dass ich es gerochen habe. Trinkt meine Mutter wieder? Sie war doch trocken, nachdem unser Vater uns verlassen hat. „Alles gut Mum, und bei dir?" Frage ich sie mit einem gequälten Lächeln. Hat sie wegen mir wieder angefangen zu trinken? „Ich habe dir ein paar frische Sachen mitgebracht. War Jayden schon hier?" Ich nicke. „Ja, er war da." Sie lächelt sanft. „Ich bin so froh, dass es dir gut geht. Ich hoffe, dir ist nicht allzu langweilig." Wenn sie nur wüsste, wie langweilig es hier ist. „Ich versuche mich zu beschäftigen, Mum. Das schlimmste habe ich überstanden, glaube ich".

Ich verbringe den ganzen Vormittag mit meiner Mutter. Sie erzählt mir einiges aus den letzten 2 Jahren über die Familie, unseren Vater und was sie sonst noch so alles wusste. „Du hast dich öfter mal aus dem Haus geschlichen. Oh man, haben wir uns viel gestritten deswegen." Sie lacht herzlich. „Es tut mir leid, Mum." Sie schaut verwundert. „Nein Avy, dir muss nichts leidtun. Ich bin froh, dass es dir gut geht und ich mein kleines Mädchen nicht verloren habe!!" Ich versuche mir die Tränen zu verkneifen. „Nein Mum, es ist nicht okay. Es tut mir so leid. Alles, was dir jemals weh getan hat. Bitte, fang nicht wieder an zu trinken..." Ich umarme sie doll. „D-das mit dem Alkohol war ein Moment der Schwäche. Das kommt nicht wieder vor, versprochen ". Sie streichelt mir über mein Haar. Ich erinnere mich an damals, als mein Vater uns verlassen hat. Mum war so aufgelöst und wusste nichts mehr mit sich anzufangen. Sie hat durchgehend geweint. Ich habe es irgendwie verdrängt.

„Mum, ist alles okay?" frage ich mit unsicherer Stimme. Sie kann kaum geradeaus gucken. „Avy, mein Schatz, komm her und trink ein Schluck mit mir". Ich bin wütend. Wütend auf meine Mum, dass sie ihre Schmerzen im Alkohol ertränkt. Wütend auf meinen Vater, der ein elendiger Ehebrecher ist und uns einfach sitzen lässt. „Mum, hör auf damit! Wir wollen nicht auch noch dich verlieren..." sage ich unter Tränen. Sie braucht Hilfe…

Ich bin in Gedanken versunken. Diese Erinnerung kommt mir so fremd vor… Als hätte ich sie nicht erlebt, aber ich weiß genau, dass es passiert ist. Meine Mum räuspert sich.

"Avy, Jayden hat heute ein Eishockeyspiel. Ich habe die Ärztin gefragt und sie meinte, wir können hingegen. Natürlich mit dem Rollstuhl,

aber wir können die Krücken mitnehmen, damit
du dich hinstellen kannst, um besser zu sehen!"
Sie befreit mich aus meinen Gedanken. Hat sie
gerade gesagt, ich darf diesen elendigen,
weißen und langweiligen Raum verlassen?? „Ja
Mum, danke! Wann können wir los???" Ich
versuche ganz übermütig aufzustehen, aber
merke, dass meine Beine nachlassen. „Mach
doch bitte langsam, Avery. Nicht, dass du dir
wehtust!" Meckert meine Mutter mich an.

Sie hat mir geholfen, mich in den Rollstuhl zu
setzen. Ich komme mir so hilflos vor. Ich kann
nicht beschreiben, wie unangenehm mir das ist.
Meine Mum schiebt mich in meinem Rollstuhl zu
unserem Auto. Ich habe ein mulmiges Gefühl im
Magen, sowas bringt Wohl ein Autounfall mit
sich. Ich schnalle mich an und merke, wie mein
Kopf dröhnt. Ich habe das Gefühl, mein Kopf will
sich an etwas erinnern, doch es klappt einfach
nicht. Da ist nur Dunkelheit. Die Erinnerung
kommt einfach nicht durch.

„Ich will da nicht mit dem Rollstuhl rein." meine
Mutter parkt das Auto und verdreht die Augen.
„Avery, Dr Cruiz hat gesagt, du solltest dich nicht
überanstrengen". Jetzt verdrehe ich die Augen.
„Mum bitte!" Sie sieht mich streng an, aber ihre
Miene wird weicher. „Okay, aber wir laufen ganz
langsam, okay?" Sie kommt auf meine Autoseite,
öffnet meine Tür und reicht mir die Krücken. Es
ist anstrengend auf diesen Dingern zu laufen,

aber ich beiße die Zähne zusammen. „Avy, soll ich nicht lieber doch den Rollstuhl holen?" Ich ignoriere ihre Frage und laufe weiter in die Eishalle hinein. Ich bin alt genug, um selbst zu entscheiden, wie ich mich fortbewegen möchte. Ich höre schon das Gelächter der Jungs und die schrille Pfeife des Trainers. Mir tun die Arme von den Krücken weh, aber ich werde das durchziehen. Ich bleibe kurz stehen. Ich erkenne diesen Ort wieder. Meine Erinnerung war in der Eishalle, mit Rhys. Ich bekomme Kopfschmerzen und taumel leicht.

Heute spielen die Cardinals gegen die Hawks. Es ist Halbzeit und die Jungs sind in ihren Kabinen. Ich stehe vor der Jungskabine und Rhys kommt in voller Montur zu mir rausgestürmt.

„Avery, was soll die Scheiße?! Warum lässt du dich so behandeln?"

Er drückt mich leicht an die Wand, mein Herz rast. Ich sehe ihn tief in die Augen, sage nichts. Er dreht sich von mir weg und atmet schwer ein. „Wenn er dich noch einmal so anfässt, bring ich ihn um!" Wütend geht er weg. Owen kommt auf mich zu. „Was ist ihm denn über die Leber gelaufen?" knurrt er. „Tu jetzt nicht so unwissend, Owen. Als wäre da gerade nichts passiert". Er verdreht die Augen. „Übertreibe nicht Avery. Ich habe dich nur am Handgelenk angefasst…"

„Avy!!" Ich werde aus den Gedanken gerissen. Ehe ich mich versehe, packt mich jemand und hebt mich hoch. „Alles klar bei dir, meine Kleine?! Du kannst wieder laufen?? Ein Wunder." Jayden sieht mich mit großen Augen an. „Naja, ich bin immer noch ein Krüppel." sage ich lachend. Jay fährt mit mir auf dem Arm aufs das Eis raus. „Jayden, pass bitte auf!!" Schreit meine Mutter über das Eis. Er stellt mich vorsichtig auf dem Eis ab und zieht mich hinter sich her. „Pass auf, dass du nicht hinfällst, Kleines.." höre ich eine tiefe Stimme hinter mir sagen. Ich bekomme Herzrasen. „Halt die Klappe, Weaver!" Ich sehe ein kleines Grinsen in seinem Gesicht. Ich sehe an seinem Hals ein kleinen Teil seines Tattoos und ...was rede ich da? Ich bin mit seinem Stiefbruder zusammen. Ich bin total in Gedanken und verliere das Gleichgewicht. Jay kann mich nicht mehr richtig halten und somit falle ich nach hinten. Ich merke zwei starke Arme, die mich auffangen. Das Nächste, was ich sehe, sind zwei große, besorgte grün-graue Augen, die in meine starren. „Du bringst dich immerzu in Gefahr, Ave." Haucht er mir ins Ohr. Jayden kommt direkt näher und hilft mir auf. „Alles gut, Avy?" Ich nicke sanft. „Ja, alles gut". Ich umarme ihn. Direkt hinter ihm steht Rhys. Er sieht mich mit einem besorgten Blick an. Es macht mir etwas Angst. Irgendetwas ist in seinem Blick, was ich nicht deuten kann. Ich glaube, unsere gemeinsame Vergangenheit ist interessanter, als anfangs gedacht. „Mum hat nach Alkohol gerochen… Wir müssen besser auf sie aufpassen." sage ich ihm leise ins Ohr. Jayden umarmt mich fester. So bahnt sich die nächste Erinnerung an.

„Wartest du auf Owen? Er ist schon los." sagt Rhys spöttisch. Ist das sein Ernst? Hat er unsere Verabredung vergessen? Ich verdrehe die Augen. „Hast du noch eine Sekunde? Ich würde noch ein paar Runden fahren." Meint er das wirklich? Ich sehe ihn kritisch an. „Was ist Ciccina? Ich bringe dich schon nicht um". sagt er genervt. Der nächste Bus kommt erst in einer Stunde. Bevor ich hier rumstehe, kann ich auch mit rein gehen. „Ich bin noch nie Schlittschuh gefahren…" murmel ich leise. „Bitte was? Dein Bruder spielt doch Eishockey! Ich zeig es dir, komm mit!" Er nimmt meine Hand und zieht mich hinter sich her.

"Komm Avy, das ist nicht so schwer!" Ich versuche es weiter. „Du fährst auch schon, seitdem du klein bist, Rhys!" Schlittschuhfahren ist nicht so leicht, wie es bei ihm immer aussieht. „Hör auf zu meckern, Avy. Gib dir etwas Mühe!" Ich atme noch einmal tief ein und aus. „Schau mal, Rhys! Ich kann es!" Ich schreie kurz auf vor Freude. Rhys kommt näher zu mir gefahren und nimmt meine Hand. Er zieht mich hinter sich her. „Das wird doch langsam. Wenn du aufhörst zu

meckern, funktioniert das doch!" Sein Grinsen...
Dieses Gott verdammte grinsen. Er lässt mich
wieder langsam los. Ich bin plötzlich so schnell,
ich bekomme leichte Panik. „Halt die Füße
gerade, Avy!" Das kam jedoch zu spät. Ehe ich
mich versehe, kommt der Boden immer näher.
Kurz vor meinem Aufprall werde ich jedoch
gehalten. Ich spüre seine starken Hände um
meinen Körper. „Merk dir eines, Prinzessin.." Er
kommt näher an mein Ohr heran. „Wenn ich in
der Nähe bin, lasse ich dich nicht fallen."

Dieses Versprechen hat er gehalten... Die
Stimme meiner Mutter reißt mich aus meinen
Erinnerungen. „Avery, alles gut? Hast du dir was
getan?" Ich verdrehe die Augen. „Mum, wir
haben doch aufgepasst!! Ich bin doch nicht aus
Glas." Sie streichelt meine Wange. Sie macht
sich zu viele Sorgen, aber sie ist meine Mum.
Welche Mum würde sich keine Sorgen machen?
Besonders nach so einem Unfall. Ich merke, wie
Rhys mich anstarrt. Der perfekte Moment, um
ihn mitzuteilen das er mich wie ein Stalker
anstarrt. „Hey Rhys!!" Seine Pupillen weiten sich.
Er sucht meinen Blick. „Du starrst." sage ich
lautlos. Ihm huscht ein Lächeln auf seine Lippen.
Was ist das nur zwischen uns? Egal, was es ist,
aber mir gefällt es.

„Verdammt". Ich höre, wie meine Mutter in ihr
Handy flucht. „Hey Mum, alles okay?" Sie sieht
mich traurig an. „ Ave, ich muss zur Arbeit. Da ist

ein Notfall... Es tut mir leid. Du wolltest das Spiel sehen..." Sie bricht fast in Tränen aus, doch Jayden unterbricht sie. „Hey Mum, das ist doch nicht schlimm. Ich fahre sie später zurück ins Krankenhaus". Meine Mum sieht ihn mit großen Augen an. „Danke Schatz. Fahr vorsichtig, Jayden! Ich muss los, meine Süßen.." Sie gibt jeden von uns einen Kuss auf die Stirn und eilt davon. „Hopp Ave, ab in das Eishockey-Trikot!" Ich schaue meinen Bruder mit großen Augen an. „Nicht zum Spielen, sondern zum Anfeuern. Wir haben nur das eine hier." Jay gibt mir das Trikot, auf dem eine große 99 steht, der Name Weaver und vorne an der Brust ist das C. Warum musste es ausgerechnet sein Trikot sein? „Pass auf Ave, dass du mich nicht zu doll anfeuerst". Er zwinkert mir zu. Ich schaue ihn nur verdutzt hinterher.

Das Spiel gegen die Kardinals lief super für die Hawks, 4-2. Ein paar Mal hat mir Owen zugewunken und ich habe zurückgewunken. Er ist schließlich mein Freund. Es ist merkwürdig wenn der Freund in einem anderen Team spielt als der Bruder.Ich könnte schwören, Rhys hat ihn mit seinen Augen umgebracht. Ich sitze auf der Reservebank und rufe nach meinem Bruder. „Jayden!" Er reagiert nicht direkt. Dann sehe ich, dass Rhys näher an mir dran ist. „Rhys!!" Er dreht sich um und fährt zu mir. Er hält vor der Bande. „Hast du mich etwa angefeuert, Avy? Was wohl Owen dazu sagt..." sagt er zynisch.

„Nur, weil eine Frau deinen Namen ruft, heißt es nicht, dass sie dich anfeuert ..." Er lacht und zeigt seine perfekten Zähne. „Avy, es gibt 4 Arten, wie eine Frau meinen Namen sagen kann." Er kommt etwas näher an mich ran.

„1. Sie sagt ihn charmant, weil sie mit mir flirten will…

2. Sie brüllt mich an, weil sie sauer auf mich ist...

3. Ganz normal …oder".

Er kommt noch näher an mich ran.

„Oder 4. sie schreit ihn, wenn ich es ihr besorge...". haucht er mir in mein Ohr, gefolgt von einem schelmischen Lachen. Ich boxe ihn in die Seite. Seine Protektoren sind härter als gedacht. Ich schüttel meine Hand, der Schmerz lässt langsam nach „Träum weiter, Weaver" Ich humpel genervt mit meinen Krücken weg. „Hey Aves, das war ein Spaß! Renn nicht gleich weg!" Ich ignoriere ihn und versuche mir mein Lachen zu verkneifen. Wenige Minuten nach diesem Gespräch ist das Spiel vorbei, die Hawks haben gewonnen, wie zu erwarten, Owen seine Mannschaft ist nicht so weit oben in den Ranglisten.

Die Jungs ziehen sich gerade um. Ich sitze und warte in der Lobby ,meine Krücken lehnen an der Bank wo ich drauf sitze. Ich starre auf mein Telefon. Es ist so, als würde ich auf ein fremdes

Handy schauen. Alles, was dort drauf ist, kommt mir so fremd vor. Ich schau mir meine ganzen Beiträge an. So etwas hätte ich damals nie gepostet. „Hey Babe!" Ich drehe mich um und sehe Owen auf mich zu laufen. „Hey Owen." Klang das überzeugend? Oh Gott, ich fühle mich wie eine schlechte Schauspielerin in einem noch schlechteren Film. Er umarmt mich, sieht mich aber etwas abfällig an. „In meinem Trikot würdest du schöner aussehen". Er zupft ein paarmal dran, jedoch ziehe ich mich zurück." Ich hatte nichts anderes…" sage ich leise. Keine Ahnung, ob er es gehört hat oder nicht. Ich spüre auf einmal eine große Hand an meiner Schulter. „Können wir, Ave? Wir treffen Jayden am Auto". Rhys sagt das in so einem barschen Befehlston, dass sich mir die Nackenhaare aufstellen. Owen und Rhys sehen sich beide mit ernster Miene an. Man könnte denken, sie wollen sich gleich umbringen. „Wir sehen uns später, Avery." Ich bekomme einen Kuss auf den Mund. Er schmeckt nach Pfefferminze und seine Lippen waren weicher, als jeder Pfirsich… Aber ich habe rein Garnichts gefühlt bei diesem Kuss. Ich schaue Owen hinterher. Ich will etwas fühlen bei diesem Mann, aber es kommt mir so vor, als würde mein Herz schon jemand gehören.

„Na Ladys". Jayden kommt zum Auto getänzelt. Ich rieche den Alkohol meilenweit. „Das heißt dann wohl, dass ich fahre…" sagt Rhys genervt.

„Jay, du gehst nach hinten. Ich kann mir deine Fahne nicht geben!". Ich muss mir mein Lachen verkneifen. Die ganze Autofahrt haben die beiden über das Spiel geredet. Ich habe nur aus dem Fenster gestarrt, auf der Suche nach irgendwelchen Anhaltspunkten oder alten Erinnerungen. Aber es bleibt alles schwarz.

Kapitel 5

Avery

Jayden hat mich bis auf mein Zimmer gebracht und stellt seine Sporttasche auf das Bett. „Ich kann dich morgen abholen. Ruf mich einfach an. Okay?" Ich muss lachen. „Glaubst du, du bist bis dahin wieder nüchtern?" Er gibt mir einen Kuss auf die Wange. „Wir sehen uns. Du hast es fast geschafft. Der letzte Tag hier in diesem Loch." Ich schaue ihn schweigend an. „Die Partys ohne dich sind langweilig… Ich trink was für dich mit, Schwesterherz". Er umarmt mich nochmal und geht dann aus dem Zimmer. „Jay, deine Sporttasche!" Zu spät. Ich schreibe ihm eine kurze Nachricht, aber die wird er wahrscheinlich erst später sehen. „Avery, wie geht es Ihnen? Wie war der Ausflug? Haben die Jungs gewonnen?" Dr. Cruiz ist in mein Zimmer gekommen. So viele Fragen auf einmal, da kommt mein Kopf gar nicht mit. „Ja, sie haben gewonnen. Und es war super, dass ich mal etwas anderes gesehen habe, als diese weißen Krankenhauswände..." sage ich so nett wie möglich. Sie sieht sie ja schließlich auch jeden Tag. „Nun, kamen sie gut zurecht mit ihren

Gehhilfen? Oder waren sie im Rollstuhl?" Ich stehe vom Stuhl auf und   setze mich aufs Bett, ich bin ganz schön erschöpft. „Ich bin mit den Krücken gut gelaufen. Es ist zwar anstrengend, aber ich merke, wie es mit jedem Schritt einfacher wird. Und dazu will ich den doofen Rollstuhl nicht." sage ich etwas zynisch. Dr. Cruiz lächelt. „Ich mache noch ein paar abschließende Untersuchungen, Avery. Wenn alles gut ist, können Sie morgen entlassen werden".. Ich merke, wie ich grinse. Endlich raus aus diesem Krankenhaus. „Verdammt ja!!" Die Ärztin sieht mich verwundert an. Nach der ganzen Zeit hier musste ich mich so freuen.

„Nun dann, Mrs. Carter. Genießen Sie ihren letzten Tag hier im Krankenhaus". Ich nicke ihr zu, sie verlässt mein Zimmer. Ich lasse mich nach hinten auf das harte Krankenhausbett falle und starre nach oben an die Decke. Ich schließe meine Augen. Mein Kopf fängt an zu brummen. „Fuck...". Ich trinke einen Schluck Wasser, aber es wird nicht besser.

Ich höre laute Musik, die Wände vibrieren. Er drückt mich an die Wand von dem Kleiderschrank und hält mir den Mund sanft mit seiner Hand zu. „Sei leise, sonst findet er uns noch. Du willst doch nicht, dass dein Freund eifersüchtig wird, oder?" flüstert er mir provokant zu. Seine Hand ist so weich. Er steht mir so nah, dass ich seinen Atem spüren kann. Ich schaue hoch zu ihm, in der Hoffnung, in dieser Dunkelheit etwas erkennen zu können. Durch das Licht außerhalb des Schranks kann ich seine Augen schemenhaft erkennen. Er sieht mich direkt an. Mein Körper fühlt sich an wie gelähmt. Da ist so eine Anziehungskraft zwischen uns. Ob er sie auch spürt? Sein Gesicht kommt näher an meines heran. Er lehnt sich zu meinem Ohr und flüstert: „Wenn du weiter so laut atmest, finden die uns noch hier drin..." Plötzlich höre ich 2 Stimmen von draußen. Eine weibliche und die andere gehört Owen. Fuck, erwische ich gerade meinen Freund beim Fremdvögeln? „Sei leise, Rhys. Fuck was passiert hier gerade?" Er hält mir wieder sanft den Mund zu. „Bisher reden sie doch nur. Komm runter, Little Ave." raunt er mir ins Ohr.

Ich zittere am ganzen Körper. Diese Erinnerung fühlt sich so surreal an. Mein Puls ist so schnell, dass ich ihn in meinem Kopf fühle. Die Kopfschmerzen werden schlimmer. Ich habe das Gefühl, mein Kopf platzt.

Wir sind in einem Zimmer mit einem begehbaren Kleiderschrank. Rhy's Iriden fixieren mich. „Was willst du von mir? Das war ein dummer Witz von mir. Jetzt nehme das doch nicht so ernst. Obwohl… Ein wenig mehr Lachen würde dir wirklich gut tun, Weaver." zische ich ihn an. Ich höre Leute an der Tür vorbeilaufen.

„Wenn ich dir alles an den Kopf werfen würde, was mir einfällt, hättest du mich wahrscheinlich schon umgebracht." knurrt er zurück. Ich höre ein lautes Klopfen an der Tür. „Pscht Rhys, sei nicht so laut, Owen dreht durch, wenn er uns hier zusammen sieht". Owen ist sehr eifersüchtig, egal auf wen. Allerdings habe ich das Gefühl, dass Rhys ihn gerne provoziert. Er kommt gefährlich nah an mich ran. „Ist es dir lieber, wenn ich flüstere?" haucht er mir in mein Ohr. Ich bekomme eine Gänsehaut. Ich nehme meinen Mut zusammen. „Mir wäre es lieber, wenn du einfach gehst, Rhys. Ich bin mit deinem Stiefbruder zusammen. Das hier ist falsch". Auf einmal packt er meine Handgelenke und drückt mich gegen die Wand. „Willst du das wirklich?" Er starrt mir direkt in die Augen. Ich habe noch nie so klare Augen gesehen. Ich habe keine Chance gegen ihn. Er ist so viel Stärker als ich. „...Ja" flüstere ich mit einer zittrigen Stimme. Ich habe etwas Angst, versuche es mir aber nicht anmerken zu lassen. „Warum bittest du mich dann nicht dich loszulassen?" Sein einer Mundwinkel geht nach oben. Da ist dieses seltene Lächeln, ich schaue auf meine Hände, die er immer noch festhält. Sein Gesicht ist weniger Zentimeter von meinem entfernt... Wir hören jemanden an der Tür. „Los, in den Schrank!" Mein Herz macht Purzelbäume. Ich habe so viel Adrenalin in meinem Blut und das *liegt wahrscheinlich nicht daran, dass Rhys Weaver mit mir in diesen Schrank muss.*

„Oh mein Gott!" schreie ich auf. Ich habe das komplette Glas Wasser über mich geschüttet und bin komplett nass. Das war eine der längsten Erinnerungen, die ich bekommen habe bis jetzt. Ich strenge meinen Kopf an, aber da geht es nicht weiter. Ab dem Punkt ist es wieder duster. Ich sollte froh sein, dass ich so eine detaillierte Erinnerung hatte. Verdammt, ich versuche mit meinen Taschentüchern alles trocken zu kriegen. Ich humple an meine Reisetasche, um mir ein trockenes T-Shirt anzuziehen. Ich schnappe mir das erst Beste und ziehe es mir über. Ich schaue auf mein Handy. Ich will meine ungelesene Nachricht lesen, als es plötzlich an der Tür klopft. Wer kommt denn jetzt? Vielleicht will Jay seine Tasche abholen. „Ja, herein!" Meine Stimme hört sich so an, als wäre ich ein Marathon gelaufen. Ich setze mich aufs Bett und packe das nasse T-Shirt zur Seite. "Hey, Babe!" Owen kommt direkt auf mich zu und küsst mich auf die Lippen. " H-hey." versuche ich zu sagen, aber seine Lippen nehmen mir fast die Luft zum Atmen. Ich habe eigentlich ein Kribbeln erwartet, ein Gefühl von Geborgenheit. Ich will ihn von mir wegstoßen, aber ich bin wie erstarrt. „Owen, nicht so schnell". Ich drücke ihn so gut es geht weg. Ich fühle rein gar nichts bei diesem Kuss. Ich merke wie seine Hand runter wandert zu meinem Po.

„Stopp, Owen. Ich will das jetzt nicht." sage ich leise, doch er hört nicht auf. Ich versuche ihn weiter wegzudrücken, schmecke Alkohol auf seinen Lippen. Ist er betrunken? Ich versuche zu schreien, aber es kommt einfach kein Laut aus meiner Kehle.

"Komm schon, Avy. Du willst es doch auch". Er streift meinen Oberschenkel. Ich ziehe ihn aber direkt weg. „Ich habe keine Lust..." Er sieht sauer aus. „Sei doch nicht so verklemmt, verdammt!" keift er mich an. „Was ist dein Problem!?" frage ich ihn direkt. „Mein Problem ist, dass wir keinen Sex haben, Avy. Hast du einen anderen?!" Ich schubse ihn von mir weg. Das er sowas von mir denkt, hat einen Nerv getroffen. Mein Dad hat meine Mum betrogen und ist dann abgehauen. Ich bin nicht wie er. Ich bin verdammt noch mal nicht wie mein Dad! Ich nehme meine Sachen und renne aus seinem Zimmer. „Avery, warte!" Mir laufen ein, zwei Tränen über die Wangen. Auf dem Weg nach unten stoße ich mit Rhys zusammen. Er hält mich sanft am Arm fest. „Hey, alles klar bei dir?" Er sieht mich an und sieht die Tränen in meinen Augen. „Fuck, weinst du etwa?!". Ich drehe meinen Kopf weg und reiße mich von ihm los. „Es ist alles okay. Was interessiert dich das überhaupt?!" Ich stürme aus diesem prolligen Haus und knall die Tür zu.

„HÖR AUF OWEN!!" schreie ich laut. Er weicht zurück. „Baby, was ist denn los? Liebst du mich nicht mehr? Hast du wen anderes?!" Ich sehe ihn sauer an. „Fuck, Owen! Ich lag im Koma! Wen soll ich da gefickt haben?!" Er sieht mich entgeistert an. „Was ist los mit dir, Ave? Du bist so anders..." Ja, das bin ich. Weil ich keine Ahnung habe, wer du bist, verdammt! Ich versuche nicht zu weinen. Nach längerem Schweigen bricht er die Stille. „Ich hoffe, du denkst an Thanksgiving. Mein Dad ist da, dann kannst du mit ihm über dein Praktikum reden. Er wollte mit seinen Kollegen reden." Ich höre ihm nicht richtig zu, Hat er das öfter gemacht? Ich nicke nur zart mit meinem Kopf. „Ich bin ganz schön fertig. Können wir ein anderes Mal weiterreden?" Ich fasse mir an den Kopf. Die Kopfschmerzen sind immer noch da. „Okay, Avery". Er lässt seine Hand über meinen Arm gleiten steht auf und geht in Richtung Tür. „Wir sehen uns." Nachdem er raus ist, habe ich das Gefühl, wieder atmen zu können. Ich starre ins Leere und spüre warme Tränen über meine Wange laufen. Noch mehr Fragen. „Fuck, erinner dich verdammt!!" schreie ich.

Ich fange an zu schluchzen. Warum musste mir sowas passieren? Warum kann ich nicht einfach mein scheiß Gedächtnis wieder haben? Ich packe meine Sachen zusammen, ich muss hier weg.... Mein Handy klingelt. Ich bin über den Namen verwundert, der aufblinkt. „Rhys". Ich gehe ran und frage ganz verwirrt: „Hey, was gibt's?". Ich versuche nicht so verheult zu klingen. "Hey Avy, ich komme gleich vorbei wegen Jays Tasche…" Kurzes Schweigen. „Fuck Ave, weinst du?". Ich antworte ihm nicht auf die Frage. Er klingt sehr besorgt. Kann ich ihm vertrauen? Ich weiß es nicht… „Ich bin gleich da". Er legt plötzlich auf. Warum ist er so besorgt um mich? Ist er jetzt sowas wie mein heißer bester Freund, oder doch eher Feind? Oh Gott. Ich nehme mir meine Krücken und gehe ins Bad zum Spiegel. Ich schaue hinein. Wer bin ich eigentlich? Ich bin nicht mehr die Avery von vor zwei Jahren. Ich wische mir meine Tränen weg. „Fuck…fuck!!!" schreie ich und verliere das Gleichgewicht. Ich lande auf den kalten Fliesenboden. Ich umschließe meine Beine und ziehe sie so nah an mich ran, wie es geht. Warum fühle ich mich so hilflos? Gott verdammt, ich bin so verwirrt. Mein Gesicht vergrabe ich in meine Hände. Ich höre, wie sich die Zimmertür öffnet und jemand meinen Namen ruft. „Avery?! Wo bist du?" Ich höre eine besorgte Stimme und wie die Schritte auf die Badtür zukommen. Es klopft leise. „Nein, komm nicht rein. Ich will nicht, dass mich jemand so sieht." schluchze ich . „Hey Ave.." Die Tür geht einen kleinen Spalt auf und er schiebt mir eine Flasche Wasser durch. Ich muss lächeln. „Magst du rauskommen?" fragt er mit sanfter Stimme. Ich versuche aufzustehen, aber die Krücken fallen immer wieder um. Er öffnet die Tür. Da steht er vor mir in seinem weißen Hemd. Man sieht darunter die schwarzen Tattoos durchschimmern. Verdammt, sieht das gut aus. „Komm Avy, nimm meine Hand." Ich greife seine starke Hand. Er zieht mich hoch und hält mich oben. „Danke..." Murmel ich leise. Ich gehe wieder in das Zimmer und setze mich aufs Bett. „Willst du mir sagen, was los ist?" Seine Augen blicken direkt in meine Seele. Wir haben eine gemeinsame Vergangenheit. Er weiß alles, ich würde auch gerne alles wissen. Ich will ihn alles fragen, aber ich kann nicht… „Owen war hier...und er hat mich ...mich..." Meine Hand zittert.

„Hat er dich angefasst?". Ich schweige, doch er schien es in meinem Blick zu merken. Seine Miene verfinstert sich. Er sieht wütend aus, fast schon außer sich. „Ich bringe ihn um!!" Ich greife seine Hand und merke, wie ein Stromstoß durch meine Körper fährt. „Wie kannst du das Okay finden Avery?" Er zieht seine Hand weg. „So schlimm war es nicht." Sein Gesichtsausdruck wird immer wütender. „Ich sollte den Typen kastrieren." Er schnappt seine Jacke und will eigentlich los „Rhys bitte… Ich möchte jetzt nicht allein sein… Ich will weg von hier."Erneut greife ich seine Hand, sein Blick ist immer noch wutentbrannt. „Wo willst du hin Avery ?" Ich drücke seine Hand fester. Er fährt sich durch seine dunkelbraunen Haare und nimmt meine andere Hand auch noch in seine. „Egal wohin.

Hauptsache raus hier." Er sieht mich ernst an, aber er nickt. „Komm Rhys, wir entlassen mich jetzt aus diesem Loch." Er lacht auf, aber ist dann sofort wieder ernst. Ich bin so entschlossen wie noch nie. „Du meinst es ernst, oder?" Ich nicke selbstbewusst. „Auf geht's." Er zwinkert mir zu und geht kurz aus dem Raum raus. In der Zwischenzeit packe ich alle meine Sachen in die Reisetasche. Es ist zum Glück nicht so viel. Sie ist allerdings so unhandlich, dass ich Probleme habe, sie mit der Krücke anzuheben. Rhys kommt wieder, lächelt mich an und sagt: „Na komm Aves, du bist ganz schön langsam geworden". Wir wollen gerade rausgehen, da werden wir aufgehalten. „Stopp, sie können noch nicht los, das muss erst geprüft werden." Ich erschrecke mich. Verdammt, was machen wir jetzt? „Gibt's ein Problem?" fragt Rhys mit ruhiger Stimme. Ich muss schmunzeln. Die Schwester sieht ihn böse an. „Entschuldigung Miss. Carter. Ich kann sie nicht einfach mit irgendwem gehen lassen. Ich rufe erst einmal den Arzt und..." Ich lasse sie nicht mehr ausreden, sondern humpel langsam einfach mit Rhys Richtung Ausgang. Ich höre sie nur laut rufen: „Security! Sie wollen verschwinden!!" Oh Gott. Ich versuche schneller zu laufen. „Achtung Prinzessin, halt dich gut fest!" In dem Moment nimmt er mich auf den Rücken und rennt los. „Fuck! Rhys, was machen wir hier??" frage ich außer Atem. Ich bekomme kaum Luft. Meine Ausdauer ist nicht mehr vorhanden. Er öffnet mir die Beifahrertür und setzt mich rein.Nachdem er meine Tür zugemacht hat steigt er selbst ein und startet den Motor. „Anschnallen kannst du noch allein, oder?" fragt er sarkastisch und fährt los. Mir wird schlecht. Ich kralle mich in den Sitz. Wir schweigen die erste Zeit. „Sind wir gerade aus einem Krankenhaus abgehauen?" frage ich ungläubig. Im gleichen Moment fängt er an laut loszulachen. Ich stimme mit ein. Erst jetzt merke ich, dass seine Hand auf meinem Oberschenkel liegt. Er bemerkt meinen Blick und zieht seine Hand zurück. „Also Prinzessin, wie fühlt es sich an aus Askoban auszubrechen?" Ich liebe diesen spontanen Themenwechsel und den Fakt das er es falsch ausgesprochen hat, trotzdem habe ich das Gefühl von einem Déjà-vu. Er weiß einfach, wie er die Situation auflockert. Ich schaue aus dem Fenster und beobachte, wie der Wind durch die Bäume weht. Die Natur ist hier einfach der Wahnsinn. „Ich glaube, meine Mum bringt mich um, wenn sie das rausfindet!". Ich glaube es nicht nur, ich weiß es. Wenn ich mir nur ihr Gesicht vorstelle, wenn sie erfährt, was wir gemacht haben... „Und wenn deine Mum Wind bekommt, dass ich dir dabei geholfen habe, hasst sie mich noch mehr". Stimmt, meine Mum mochte Rhys noch nie. Er sei ein schlechter Umgang bla bla bla. Er war ihr immer zu anders. Sie hat ihn auch ein paar Mal kriminell genannt. Im Nachhinein betrachtet, hat er einige fragwürdige Sachen gemacht, aber ich würde ihn nicht als kriminell bezeichnen. Aber für meine Mum ist jeder kriminell, der mal einen Joint geraucht hat und Tattoos hat, so wie er „Du bringst meine schlimmsten Seiten zum Vorschein." Er hält an. „Glaubst du, das sind deine schlechten Seiten? Ich finde sie gut." Wir schweigen wieder. „Okay Avy, ich habe eine Idee, Wir gehen was kleines Essen…" Ich bin damit einverstanden. „Achtest du nicht auf deine Ernährung, Captain Weaver?" frage ich vorlaut. Ich schaue ihn an. Er hingegen sieht ganz konzentriert auf die Straße, aber lächelt dabei. „Ach Avy, große Klappe, aber nichts dahinter." neckt er mich zurück. „Du wirst schon sehen, Rhys. Da steckt mehr hinter, als du glaubst!" Wir stehen an einer Ampel und er blickt zu mir rüber. „Ich weiß, Ave… Ich weiß." raunt er ganz leise. Was hat das nun wieder zu bedeuten?

Kapitel 6

Avery

Es ist so komisch. Ich frage mich, in welchem Paralleluniversum ich gelandet sein muss, dass Rhys und ich uns nicht die Köpfe einschlagen. Wir haben es früher keine 5 Minuten in einem Raum ausgehalten und jetzt hilft er mir dabei, aus dem Krankenhaus zu verschwinden. Wir sitzen zusammen in einem Auto und das lebend! Das nenne ich mal eine gute Geschichte beim nächsten Familienessen. „Wir müssen nochmal kurz zur Eishalle. Dort können wir auch Jay´s Tasche ablegen." Wir halten vor der Eishalle. Er steigt aus. „Kommst du mit rein?" Ich nicke und steige ebenso aus.

„Warte hier kurz. Ich bin gleich wieder da." sagt er und geht in die Umkleidekabine. Ich stehe vor der Eisfläche und schaue auf das frisch gemachte Eis. „Ich glaube, ich färbe auf dich ab. Du wirst noch kriminell, Avery Carter " Ich schaue zu ihm. Es ist Donnerstagabend 22:00 Uhr. Keiner ist hier, wir sind die einzigen. „Sind wir hier etwa eingebrochen?" frage ich hektisch. Oh Gott, wenn mich die Polizei nach Hause fahren würde, bin ich tot. „Bist du verrückt, Rhys?! Lass uns gehen… Ich will keinen Ärger..." Er lacht. „Bleib locker, Ciccina. Ich pass ja auf." Er nimmt meine Hand und zieht mich auf das Eis, dann hinter sich her. „Ave, sei nicht so eine Spaßbremse. Genieß den Moment und das Adrenalin..." Mein Herz fängt an zu rasen. Ich weiß nicht, ob es das Adrenalin ist oder etwas anderes....

„Wenn ich da bin, kannst du nicht fallen! Merk dir das!" Ich fahre langsam, aber werde von Mal zu Mal sicherer. „Hey, was macht ihr da?" Mein schöner Erfolgsmoment wird von einem Security Officer ruiniert. „Komm Ave, wir hauen ab!" Der Officer läuft auf das Eis und rutscht immer wieder weg. „Stehen bleiben!" Er fährt schneller. Wir ziehen an der Bande schnell unsere Straßenschuhe an. „Beeil dich, Avy!!" hetzt mich Rhys. Mein Herz pumpt so stark, dass ich für 2 Menschen leben könnte. „Ich bin nicht so schnell wie du!" fauche ich ihn an. Im nächsten Moment nimmt er meine Hand und zieht mich hinter sich her. Seine Berührung zieht wie ein Blitzschlag durch meinen Körper. „Wäre ich so langsam wie du, säße ich wahrscheinlich im Jugendknast!" Ich lache laut auf und halte mir dann die Hand vor den Mund. „Ich fühle mich so, als würde ich gerade aus einem magischen Gefängnis ausbrechen!! Du hast einen schlechten Einfluss auf mich Weaver!!" Wir steigen zusammen in

sein Auto und fahren schnell davon. Ich bin noch total aus der Puste, voller Adrenalin und mein Herz springt mir fast aus der Brust. Ich sehe zu ihm rüber. Er ist entspannt, Ich muss ihn einfach fragen. „Du fliehst nicht zum ersten Mal vor der Polizei, habe ich recht?" Er grinst mich an und blickt mir mit seinen Augen tief in meine Seele. „Nein Avery, ich habe schon Erfahrungen mit der Polizei gesammelt… Aber mach dir keine Sorgen. Mit mir wirst du nicht erwischt!" sagt er belustigt.

Wir sind hier schon einmal zusammen gefahren und wurden erwischt. „Hey, träumst du etwa von mir?" fragt er mich neckend. Ich schaue ihn verlegen an. „Als wenn ich von dir träume… Höchstens in meinen Albträumen!" Wieder lacht er. Ich merke, wie ich noch mehr erröte. Ich schaue immerzu umher. Wenn ich jetzt wegrennen müsste, wäre ich am Arsch. „Hast du Angst, dass wir wieder verschwinden müssen? Was denkst du von mir, Aves? Ich lass dich doch nicht von der Polizei verhaften. Dein Bruder würde mich umbringen… Oder vermisst du den Nervenkitzel?" Mir kommt in den Sinn, dass ich nicht weiß, wo ich die Nacht verbringen soll. Dieser Gedanke allein raubt mir die letzten Nerven. Ich überlege schon die ganze Zeit, wo ich hingehe. Ins Krankenhaus kann ich nicht mehr, das wäre zu viel Ärger. Würde ich jetzt zu meiner Mutter gehen, wäre sie total aufgebracht und würde bei Rhys Anblick ausflippen.

Ich verdrehe die Augen, aber trotzdem muss ich über seinen Kommentar schmunzeln. „Bist du müde? Wollen wir zu mir? Owen ist noch auf der Party. Den sehen wir heute nicht mehr." War ich jemals bei ihm?? Fragen über Fragen, die mir keiner beantwortet. Mein Kopf ist überfordert. Verdammt, ich komme mir vor wie eine Idiotin, ihn so lange nicht zu antworten. „Von mir aus." Was zum Teufel war das denn? Nichts sagen wäre dem gleich gekommen.

Wir steigen wieder in sein Auto ein, er öffnet mir die Autotür wie ein Gentleman. Er steigt ebenfalls ein. „Ist das Auto neu?" frage ich verunsichert. In meinen Erinnerungen sind wir in einen blauen Nissan gestiegen. Jetzt steige ich jedoch in einen silbernen Mercedes. Da ist das doch eine berechtigte Frage, oder? Er sieht mich mit seinen klaren Augen an. „Hab den alten verkauft..." Ist das Einzige, was er dazu sagt. Irgendwie kaufe ich ihm das dennoch nicht ab. Er legt seine großen Hände auf das Lenkrad. Man sieht unter seinem weißen Hemd wieder die Tattoos hervor schimmern. Seine Knöchel sind weiß vor Anspannung. Vielleicht habe ich ihn mit der Frage aus der Fassung gebracht. „Schau mich bitte nicht so an, Prinzessin. Du weißt eben nicht mehr alles über mich..." sagt er leiser, allerdings trotzdem gut verständlich. Er sieht mich wieder an und beißt sich leicht auf die Lippe. „Du weißt auch nicht alles über mich, Rhys..." flüstere ich zurück. „Mehr als du glaubst, Prinzessin." Er lehnt sich leicht zu mir rüber. Sein Blick wandert über meinen Körper. Er wendet sich plötzlich ab und sagt trocken: „Schnall dich an, Prinzessin. Wir gehen was essen." Er grinst schelmisch und fährt los. Ich beobachte die Landschaft und schaue mir alles genau an. In der Hoffnung, mich an irgendwas zu erinnern. Oder eine Art Geistesblitz, das alles plötzlich wieder da ist, aber es passiert nichts. In meinem Kopf herrscht pure Dunkelheit. Das einzige, was ich habe, sind diese kleinen Erinnerungsfetzen, die mich nur noch mehr durcheinander bringen. Ich bin so in Gedanken versunken, dass ich nicht mitbekommen habe, wie wir bereits angehalten haben. „Erde an Avy? Du musst nicht von mir träumen, wenn ich neben dir sitze." Ich verziehe mein Gesicht. „Träum weiter, Weaver". Er fässt sich spielerisch ans Herz. So, als hätte es ihn stark getroffen. Wir steigen aus.

Wir gehen zusammen ins Janes. „Also Avery, was auch immer es im Krankenhaus gab, das hier ist besser." Er winkt eine Kellnerin zu uns an den Tisch. Sie nimmt unsere Bestellung auf, ich sehe mich um. Hier hole ich morgens den Kaffee. Aber hier ist noch etwas passiert. Mein Kopf versucht sich zu erinnern.

Rhys

Sie sieht so konzentriert aus, was sie wohl
gerade überlegt? Vielleicht sollte ich probieren,
sie abzulenken. „Ciccina, weißt du noch die
Geschichte mit Lydia?" Sie sieht mich fragend
an, dann schüttelt sie ihren Kopf. Ihr blondes
Haar bewegt sich mit. Es schmeichelt ihrem
Gesicht. „Ich hatte doch mit ihr das Date..." Es
sieht so aus, als würde sie überlegen.Auch ich
beginne in Erinnerungen zu schwelgen

*Ich sitze hier in diesem Kaffee mit einem
Mädchen, was nur eine Ablenkung sein soll.
Leider tut sie alles, nur mich nicht ablenken.
„Was sagst du dazu, Shawn?" fragt sie mich und
zeigt eines ihrer Fotos auf Instagram. Was hat
sie überhaupt gesagt? Ich habe ihr nicht
zugehört. „Das klingt super, Lydia". sage ich
sichtlich desinteressiert. Ich warte schon etwas
zu lange auf meine Rechnung. Das hier ist keine
schnelle Nummer wert! Die Glocke an der Tür
läutet, es kommt ein Mädchen hinein. Es ist sie!*

*Lydia merkt meinen Blick. „Wer ist das?" Ich
stehe auf und gehe zu Ave, umarme sie. Ich
spüre, wie versteift sie ist. „Hey Bella. Ich
brauche deine Hilfe." hauche ich ihr zu,
Verwirrung macht sich in ihr breit. „Was willst du,
Rhys?" flüstert sie zurück. Ich löse mich aus der*

Umarmung und sehe sie flehend an. „Spiel bitte mit." Ich nehme ihre Hand und führe sie zu dem Tisch mit Lydia. „Lydia, das ist Ave, meine Ex. Ich habe sie Ewigkeiten nicht mehr gesehen." Ich setze mich hin und klopfe auf den Platz neben mir. „Setz dich zu uns, Ave!" sage ich ganz euphorisch. Ich bemerke den erschrockenen Blick von Lydia, aber Ave`s Blick ist auch Gold wert. „Ist das gerade dein Ernst, Shawn?!" zischt Lydia mich an. „Dass du mit dieser Hure an unseren Tisch…" Ich unterbreche sie. „Wie hast du sie genannt?" frage ich sie drohend. Sie antwortet darauf nicht. Sie packt ihre Sachen zusammen. „Fick dich, Shawn!" Lydia springt auf und rennt aus dem Kaffee. Ich sehe Ave an. Sie hat einen verwirrten Blick an sich. „Du schuldest mir was, Rhys. Eine ganze Menge!" Sie boxt mich in die Seite. „Hey, wofür war das denn?" Sie lacht laut los. „Das war dafür, dass ich mich als deine Ex ausgeben musste, um ein Mädchen zu vergraulen. Ehrlich, das war sogar für dich eine Nummer zu arschig…" Und es folgt noch ein leichter Tritt gegen mein Bein. Es schmerzt etwas aber ich glaube ich habe es verdient. „Und das war dafür, dass sie mich eine Hure genannt hast." Ich schaue sie an, sie guckt mir ebenfalls in die Augen. „Es tut mir leid, Ave. Aber du hast mir den Arsch gerettet!" Sie lächelt wieder. Gott dieses Lächeln. „Warum triffst du dich mit jemanden, den du nicht magst?" Ich nippe an meinem Kaffee. Wir schweigen kurz. Ich sehe ihr *wieder in die Augen. „Niemand wird dich jemals wieder so nennen sonst…" Sie grinst und wuschelt mir durch die Haare. „Du starrst, Weaver. Ich kann selbst auf mich aufpassen." Sie steht langsam auf und streicht ihr Kleid glatt. „Wir sehen uns." Sie nimmt ihren Kaffee und läuft Richtung Tür. Wir halten Blickkontakt, bis sie aus der Tür raus ist. Ich ertappe mich selbst wie ich grinse. Verdammt, ich bin am Arsch.*

Avery

Ich erinnere mich an diesen Tag, wo wir Lydia begegnet sind. Soweit ich weiß, steht er immer noch in meiner Schuld. „Dann bezahlst du das essen und wir sind Quitt." Er nickt und die Kellnerin bringt uns das Essen. „Verdammt, du hast recht. Es schmeckt so viel besser als im Krankenhaus!" Er lacht und schaut auf sein Telefon. „Bist du nervös?" Ich wollte dieses Gespräch eigentlich nicht führen, aber früher oder später muss ich darüber nachdenken. „Ja, ich bin nervös." Ich stochere in meinem Essen rum und verliere mich fast wieder in meinen Gedanken.

Kapitel 7

Avery

Nachdem wir gegessen haben, machen wir uns auf den Weg zu Rhys. Wow, ist das erste, was mir in den Kopf kommt, als ich dieses Haus sehe. Jetzt sieht es nochmal größer aus, als in meinem Kopf. Das sieht aus, wie eine Villa, nein, eher ein Hotel. Avery, beruhig dich. Das hast du mit Sicherheit schon ein paar Mal gesehen. Ich räuspere mich kurz und gehe Rhys hinterher. „Ich gehe vor." flüstert er mir zu. Er öffnet die Tür. Es ist Totenstille in diesem prachtvollen Haus. Wie viele Leute hier wohl wohnen? Ich sehe ein paar wenige Bilder an der Wand hängen. Rhys war ein echt süßer Junge als Kind. Jetzt ist er tätowiert und durchtrainiert. Von süß ist gar nichts mehr zu sehen. Wir gehen ein paar weiß glänzende Marmortreppen hoch. Jeder Schritt fühlt sich unfassbar teuer an, dass ich echt Angst habe, irgendwas kaputt zu machen. Oben angekommen öffnet er eine Tür, sodass wir beide rein gehen können… „Warte kurz, ich hole dir noch Bettzeug." Er lässt mich in diesem riesigen Zimmer allein. Es wirkt alles so vertraut und doch so fremd. Ich fahre sanft mit meinen Fingern über die einzelnen Möbelstücke, bei einem Foto stoppe ich. Ich kenne das Foto. Ich schaue auf mein Handy, es ist das gleiche... Ich nehme das Bild in die Hand. Es klemmt eine Fotoserie von einem Automaten dran. Als ich diese umdrehe, erschrecke ich. Ich sehe da nur mich und Rhys in dem Automaten sitzen. Wir lachen, sehen glücklich aus.

„Entschuldigung, könnten sie ein Foto von uns machen?" fragt Jayden eine fremde Person. Mir war es etwas unangenehm, aber ich lächle trotzdem. „Cheese". Mit einem Ellenbogen werde ich in die Seite gestupst. „Hey Ave, lache das nächste Mal nicht ganz so falsch. Da bekommt man ja Angst." Ich schaue Rhys böse an. „Vielleicht will ich ja, dass du Angst bekommst." Ich strecke ihm die Zunge raus. Blöde Sprüche konnte er sich noch nie klemmen, aber zurzeit redet er mehr mit mir, als sonst seit unseren Waffenstillstand. „Das wäre doch nicht nötig gewesen eine alte Dame zu belästigen, Jay. Rhys hätte das Foto machen können. Ihn erkennt man doch eh nicht durch die ganzen Tattoos." Rhys fässt sich ans Herz und tut so, als hätte es ihn hart getroffen. „Avy, das ging direkt in mein schwarzes Herz!" sagt er belustigt. „Welches Her..." Ich werde von einem lauten Räuspern unterbrochen. „Ihr beide seid schlimmer, als jedes Geschwisterpaar. Könnt ihr euch mal für fünf Minuten nicht an den Hals springen?"

Jayden ist sichtlich genervt von uns. „Das Foto ist echt hübsch geworden." Ich starre in Rhy´s Gesicht. Sogar er sieht darauf hübsch aus. Ich weiß nicht einmal mehr warum, aber es war von Anfang an so, dass Rhys und ich uns einfach nicht leiden konnten. Er dachte immer, dass sein Aussehen der Schlüssel zu jeder geschlossenen Tür sei, mit eingeschlossen sind natürlich Frauenherzen. Ich kann nicht abstreiten, dass er heiß ist, aber er ist eine wandernde Red Flag. „Ich hole kurz Geld vom Automaten, bin also gleich wieder da. Bringt euch bitte nicht um.." Ich sehe Jayden hinterher und blicke dann zu dem großen, muskulösen Rhys, der mich anstarrt, als würde er mich gleich umbringen wollen.

„Gefällt dir, was du siehst?" fragt er mich und stubst mir an meine Nase. Nach ein paar Sekunden angenehmer Stille, muss er mit seinem überheblichen Lächeln wieder alles zu Nichte machen.

„Dasselbe könnte ich dich auch fragen. Du starrst mich an, Weaver." sage ich zynisch mit verdrehten Augen.

„Zieht diese Masche eigentlich bei Frauen? Hast du damit jemals eine abbekommen?" frage ich ihn ernst. „Owen hat die gleiche Masche. Also scheint es bei dir ja auch zu ziehen..." sagt er lachend. Er provoziert mich, will, dass ich wütend werde. „Du kennst mich nicht, Rhys. Du weißt *gar nichts über mich!" fauche ich ihn an. Dabei verschränke ich meine Arme und drehe mich weg, sodass ich ihn nicht die ganze Zeit angucken muss.*

„Ich weiß mehr über dich, als du glaubst, Prinzessin. Auch, dass du Owen nicht liebst". Sein schelmisches Grinsen lässt meine Sicherungen fast durchbrennen.

„Du verdammtes Arsch…" Ich bin kurz davor auf ihn loszugehen. „Na ihr, alles klar?" unterbricht uns Jayden. Ich schaue Rhys in die Augen. Dort sehe ich nichts, keine Emotionen oder sonstiges, nur ein freches Grinsen, weil er genau weiß, dass er mich aus der Fassung gebracht hat.

Ich habe das Gefühl, dass sich alles um mich herum dreht. Ich starre weiter auf dieses Bild und merke, wie noch mehr von diesem Tag zurückkommt. Ich muss mich setzen …

„Wartet kurz. Ich muss da kurz rangehen!" Jayden geht ein paar Meter weiter weg, um an sein Telefon zu gehen. Ich stehe alleine mit Rhys in der Schlange zum Fotoautomaten an. Wir reden kein Wort miteinander, wenn sich unsere Blicke treffen, dann schaue ich sofort wieder weg. „Liebst du Owen?" Ich schaue erschrocken zu Rhys. Ich weiß nicht, was ich sagen soll. Diese Frage hat mich total aus der Bahn geworfen. "Ehm.." Er lacht auf „Ich wusste es. Du nutzt ihn zu deinem Vorteil aus. Cleveres Mädel".

Ich versuche es zu leugnen. Ich liebe Owen nicht. Er ist nur ein Mittel zum Zweck für mein Praktikum in einer Kanzlei. Aber das werde ich Rhys ja wohl kaum sagen. „Fick dich, Weaver! Du kannst mich mal! Nur, weil dich keiner liebt, musst du andere Beziehungen nicht kaputt machen!!". Wir sind die nächsten in der Fotobox und Jayden ist immer noch nicht da. „Ich geh da nicht mit dem rein...." Bevor ich weiter reden konnte, wurden wir beide in diese Fotobox geschoben. Er ist mir so nah, ich kann seinen Atem spüren. „Es gibt Tage, da freue ich mich dich zu sehen, Avery… Weil ich weiß, dass wir uns wieder streiten werden." flüstert er mit sanftem Ton. Ich versuche im Dunkeln seine Augen zu finden. „Klick", das erste Foto wurde gemacht. „Unsere hasserfüllten verbalen Kommunikationen haben ihren Reiz." Er berührt mit seiner Lippe mein Ohr. Ich fühle mich wie elektrisiert. „Mich hat noch keine Frau so verrückt gemacht, wie du..." Er ist wenige Zentimeter von meinem Mund entfernt. Ich kann ihn atmen hören und ich könnte schwören, dass ich ihn schmecke. „Mich hat auch noch kein Typ so in den Wahnsinn getrieben." Ist es falsch ihn küssen zu wollen?

Ich schaue auf seine vollen Lippen. „Klick". Es blitzt erneut. Ich habe die Fotos vergessen, wie viele Fotos wurden gemacht? Jayden darf sie nicht sehen. Er ist sein bester Freund, das würde

ihn kaputt machen. „Fuck, was machen wir da?!"
keife ich ihn an und schubse ihn weg. „Die
Nächsten!" Wir werden aus der Fotobox
geschubst. "So ein Müll, umsonst angestanden."
Ich suche nach Jayden. Er ist stabile 1,90m, den
kann man eigentlich nicht übersehen. „Owen will
dich nur flachlegen. Er ist nicht der, für den du
ihn hältst. Er ist ein Aufreißer, ich will dich nur
beschützen..." Ich kann mir ein abfälliges
Geräusch nicht verkneifen. „Warum juckt dich
das? Du hasst mich!". Er schüttelt seinen Kopf.
„Nein, ich hasse dich nicht." Er lehnt sich an eine
Wand und stöhnt laut auf. "Avy, ich bin mit dir
aufgewachsen. Wie sollte ich dich da hassen?"
Damit habe ich nicht gerechnet, vielleicht ist ja
sowas wie Freundschaft für uns möglich.

„Avery? Hörst du mir zu?" Rhys rüttelt mich am
Arm. „Sorry, hab gerade geträumt." Mir ist noch
schwindelig von den ganzen Erinnerungen.
Schnell verstecke ich den Fotostreifen. Ich sehe,
wie Rhys die Couch auszieht. Wenn ich so
zurück denke, vor zwei Jahren hätten wir uns
schon längst umgebracht und jetzt schlafen wir
in einem Zimmer. „Du kannst im Bett schlafen,
Avy. Ich nehme die Couch." Er bezieht sich das
Bettzeug und setzt sich auf das Sofa. Ich habe
etwas Angst einzuschlafen. Diese Erinnerungen
machen mich hellwach. Rhys macht das Licht
aus, doch ich bekomme sofort Panik. „Nein! Bitte
lass ein Licht an!!" schrei ich fast. Ich spüre

seinen Blick auf mir, er macht eine kleine Nachttischlampe an, die in einem zarten gelb erstrahlt. Die Farbe ist sehr angenehm zum Schlafen. „Schlaf gut, Avy." Ich merke, wie mir die Augen zufallen und es langsam schwarz wird. Etwas zieht mich wieder tief in die Dunkelheit.

„Avery, was sollte das? Warum tanzt du mit ihm??" keift mich Owen an. Er packt mein Handgelenk und zieht mich hinter sich her. „Owen, du tust mir weh… Wir haben nur getanzt!" Sein Blick ist giftig. Er ist eifersüchtig und besitzergreifend. „Ich will nicht, dass du Kontakt zu ihm hast!! Dieser Bastard tanzt nicht einfach so mit dir!" Ich versuche mich loszureißen, aber es geht nicht. „Er ist der beste Freund meines Bruders! Es wird schwierig mit ihm nicht in Kontakt zu treten!" Er lacht abfällig. „Fickst du ihn?" Ich schaue ihn geschockt an. Die Leute um uns herum schauen uns schon an. Ich meine, es ist der Winterball. Hier ist immer was los. „Nein, oh Gott nein!". Er zieht immer noch an meinem Handgelenk. „Wir haben nur getanzt, du warst ja nicht da!" Er stoppt, lässt mich aber immer noch nicht los „Wir gehen, Avery!" Ich versuche mich weiter loszureißen, aber er ist stärker. „Gibt es hier ein Problem?" Rhys sieht auf mein rotes Handgelenk und ich sehe, wie ihm die Sicherungen durchbrennen. „Geht dich nichts an, du Bastard!" zischt Owen. „Du hast nicht das

Recht sie so anzufassen…" brummt Rhys. Er kommt näher und schubst Owen von mir weg. Die beiden schubsen sich und Owen setzt zum ersten Schlag an. „Hört auf!" Ich gehe dazwischen und werde zu Boden geschubst. Mir fällt auf, dass Rhys bisher nicht zurückgeschlagen hat. Rhy´s Augen wandern sofort zu mir. Er kommt direkt zu mir und hilft mir auf. „Alles gut, Kleines?" fragt er besorgt. Seine dunklen Iriden suchen mich nach Verletzungen ab, seine Hände bleiben sanft an meinen Handgelenken hängen. Seine Anspannung merke ich bereits. „Scheiß drauf!" Plötzlich springt er auf und schlägt Owen direkt ins Gesicht. „Fuck Rhys! Bist du verrückt?!" Es kommen direkt mehrere Securitys. „Wenn du sie noch einmal so anfässt…" Die Männer halten die Jungs fest, als wären sie Verbrecher. „Okay Weaver, die Party ist für dich vorbei". Rhys ignoriert die Securityleute. Ich nehme seinen Arm und will ihn wegziehen. „Rhys bitte, wir gehen." Owen lacht wieder. „Ist das dein Ernst? Du gehst mit ihm?" Ich ignoriere ihn und versuche Rhys irgendwie mit mir zu ziehen. Das ist schwerer, als gedacht, weil er sich gegen alles und jeden wehrt. „Rhys verdammt, bitte beruhig dich!". Er ballt seine Hände zu Fäusten. „Fuck Avy, er hat dir wehgetan! Dafür wird er bezahlen!" Ich ziehe ihm am Arm zurück. „Bitte Rhys, das ist es nicht wert!" Er sieht immer noch so wütend aus. „Wenn er dich noch ein einziges Mal anfässt…" Ich halte *ihn die Hand vor den Mund. „Sag bitte nichts mehr, Rhys.“ Er legt seine Stirn an meine und schließt die Augen. „Avy… Du bist mir wichtig…“ Ich streiche durch seine Haare und sehe ihm ein letztes Mal tief in die Augen. Der Alkoholgeruch lässt mich erschaudern. „Du mir auch Rhys. Komm, wir gehen jetzt“. Er hat zurückgeschlagen. „Wo sind deine Autoschlüssel? Ich fahre dich nach Hause.“*

Ich zittere am ganzen Körper und schrecke auf. Ich kann mich kaum bewegen. Es fühlt sich so an, als würde mir jemand den Hals zudrücken. Mir laufen warme Tränen über die Wangen. Ich habe immer mehr Angst, vor dem, was passiert ist und dass ich mich daran erinnern könnte. „Rhys…“ murmele ich mit kratziger Stimme. Das Zittern wird schlimmer. Ich versuche ruhig zu atmen, aber es fällt mir immer schwerer. Ich bekomme Panik. Mir schießen Bilder in den Kopf, von kaputten Autoscheiben und von mir, wie ich blutend im Auto sitze, überall Glas. Ich merke, wie jemand meine Hände nimmt. „Avy, hey, es ist alles gut. Ich bin hier! Atme ganz ruhig, wir machen es zusammen. Ein und aus..." Rhy´s Stimme flutet meinen Körper, wir machen gemeinsam diese Atemübung. Ich merke, wie sich mein Körper wieder etwas entspannt. Ich will so nicht fühlen. Es ist Rhys, der fucking beste Freund meines Bruders. Was zur Hölle mache ich hier?! „Rhys, ich..." Er hält mir einen

Finger sanft vor den Mund. „Du brauchst nichts zu sagen, Avy. Es ist okay..." sagt er mit sanfter, aber tiefer Stimme. Er nimmt meinen Kopf und legt ihn an seine Brust. Ich kann seinen Herzschlag hören. Er ist etwas schneller als normal, würde ich behaupten. „Denk immer dran: Ich lasse dich nicht fallen..." flüstert er mir ins Ohr. Ich habe das Gefühl in ihn einen besten Freund gefunden zu haben. Ich meine, mehr kann das zwischen uns niemals sein. Oder? Ich würde niemals jemanden betrügen und Rhys ist nicht der Typ für Beziehungen. Ich beschließe, den Kopf auszuschalten und den Moment zu genießen. Denn ausnahmsweise fühle ich mich in seiner Gegenwart wohl und gut aufgehoben. „Danke Rhys, für alles..." sage ich leise mit einer zitternden Stimme. Er drückt mich fester an sich heran. „Du brauchst dich nicht zu bedanken. Alles, was mit dir zu tun hat, mache ich gerne." sagt er mit einem verschmitzten Lächeln. War sein Lächeln schon immer so traumhaft schön? „Du hast im Schlaf geredet." flüstert er mir zu. Ich vergrabe meinen Kopf an seiner Brust und fahre mit meiner zitternden Hand über die Tattoos an seinem Arm. Der Schmetterling sieht recht frisch aus, das kann noch nicht so alt sein. Verdammt, er ist heißer, als ich ihn in Erinnerung habe und, als ich ihn die letzten Tage wahrgenommen habe. Ich schließe meine Augen. Es sind so viele Bilder, die mir in den Kopf kommen, aber mein Kopf weiß nichts damit anzufangen. „Rhys…" Er blickt auf mich hinunter. „Ja, Avy?" Er schaut mich besorgt an. „Versprich mir, mich nicht fallen zu lassen… Bitte…"

Kapitel 8

Avery

Ich merke, wie mir die Sonne ins Gesicht strahlt. Ich sehe mich um und merke, dass ich allein bin. Ich höre, wie eine Dusche prasselt. Ich schaue auf mein Handy. Es ist Samstag. Das heißt, es ist heute keine Uni, also müsste Rhys ja zuhause sein. Ich schmeiß mich wieder in die Kissen. Wie kann ein Bett nur so gemütlich sein? Ein großes Grinsen macht sich in meinem Gesicht breit. Ich höre, wie die Dusche ausgeschaltet wird. Deswegen tue ich so, als würde ich noch schlafen. Rhys tritt in das Zimmer ein, nur mit einer Unterhose bekleidet. „Ich weiß, dass du wach bist, Ave". Ich fange an zu grinsen. „Woher wusstest du das?" Er lächelt und trocknet sich die Haare ab. Ich schaue auf seine vielen Tattoos, was sie wohl für Bedeutungen haben? „Avery". Ich schaue ihn mit großen Augen an. „Du starrst schon wieder". Ich schnappe mir ein Kissen und werfe es ihm entgegen. Plötzlich klopft es an der Tür. „Ey Arschloch, hast du besuch oder kann ich rein kommen?" Verdammt! „Versteck dich im Schrank". Er zieht mir die Decke weg, scheucht mich in den Schrank und schließt die Tür. „Komm rein". Er steht immer noch im Handtuch da. „Dad und Kristen sind vor 10 Minuten losgefahren zu einem Meeting. Sie kommen erst morgen Abend wieder." Rhys öffnet den Schrank und sieht mir direkt ins Gesicht. Er nimmt sich ein T-Shirt und schließt die Schranktür wieder. „Ich lad ein paar Freunde ein… Verpisst du dich?" Beide sagen nichts für einige Zeit. „Ich habe sowieso keine Lust auf deine beschränkten Idioten." Ich höre ein Lachen von Owen. „Fick dich, dich kann sowieso keiner leiden. Und lass die Finger von Avery. Wir wissen beide, wie es endet…" Ich höre, wie eine Tür knallt. Was meint Owen damit? Wir wissen, wie es endet? Ich mache die Schranktür auf und sehe Rhys. Mittlerweile ist er angezogen. Er macht sich gerade die Haare. Ich merke, dass Rhys viel angespannter ist, als vorher. „Ich bringe dich heim". sagt er kurz angebunden. Habe Ich etwas falsch gemacht?" Okay, darf ich noch kurz duschen?" Er nickt, sieht mich aber nicht an.

Während der Fahrt haben wir so gut wie nicht miteinander geredet, seitdem er mit Owen zusammen getroffen ist. Er hält vor unserem Haus. Es sieht aus wie in meinen Erinnerungen. Jetzt weiß ich auch die Adresse wieder. Millbridgestreet 177 in Massachusetts. Wie konnte ich das nur vergessen? „Nun dann Avery, da wären wir." Ich weiß nicht, was ich sagen soll.

77

Es fühlt sich komisch an mit ihm hier zu sitzen. „Steigst du aus oder soll ich dir helfen ?" Er sagt das in einem barschen Ton. „Nein, das kriege ich hin." sage ich ganz leise und öffne die Tür. Mit meinen Krücken gehe zur Haustür.

Rhys

Sie steigt aus dem Auto. Warum habe ich sie nicht aufgehalten? „Fuck". Ich schlage auf mein Lenkrad. Ich muss mich von ihr fernhalten, doch warum macht sie es mir so schwer? Ich nehme mein Handy. Ich muss auf andere Gedanken kommen, weswegen ich Jays Nummer wähle. „Jo Alter?" höre ich Jayden. Er klingt, als hätte er die ganze Nacht durchgefeiert. „Wo bist du? Ich brauche was starkes." Ich höre ein lautes Knarren. „Komm zu Noah, ich stell dir ein Wodka kalt". Ich lege auf steig ins Auto und starte den Motor.

Ich parke meinen Wagen vor dem großen Bonzen Haus. Es ist ähnlich groß wie das meiner Eltern. Ich springe über den Zaun und gehe gleich nach hinten in den Garten. „Da bist du ja…" Ich gehe direkt zu Jay und nehme mir sein Bier, setze an und kipp es hinter. „Ey du Penner, das war meins!" Ich stelle das Bier wieder ab. „Hast du ein Problem?" frage ich gereizt. „Alles klar bei dir? Warum bist du denn so gereizt? Willst du reden?" Er klingt pervers besorgt. „Ist dir eine Pussy gewachsen oder warum redest du so einen Blödsinn?" Er verdreht die Augen und reicht mir ein neues Bier. „Geht es um ein Mädchen?" fragt er direkt. Ich kann es ihm nicht sagen. „Wer ist sie?" Ich trinke den nächsten großen Schluck "Niemand. Du weißt, ich date nicht." Ich habe die Hoffnung, dass die Stimmen in meinem Kopf verschwinden. Doch das tun sie nicht. Sie werden immer lauter, mit jedem verdammten Tag.

Avery

Meine Mum hat mich die letzte Zeit sehr überfürsorglich behandelt. Ich habe ihr gesagt, dass ich allein aus dem Krankenhaus gegangen bin. Natürlich hat die Schwester etwas anderes gesagt. Schließlich hat sie mich mit Rhys gesehen. Meine Mum glaubt mir das auch nicht, aber sie hat irgendwann aufgehört zu fragen. Wir hatten gestern den letzten Termin im Krankenhaus. Nach drei Wochen Zuhause sitzen und auf den Krücken und viel Überzeugungsarbeit hat Dr. Cruiz gesagt, dass ich die Krücken nicht mehr brauche und ich ab der nächsten Woche wieder zur Uni gehen darf. In den letzten fast zwei Monaten habe ich mich fast zu Tode gelangweilt. Ich habe Freudensprünge gemacht. Meine Mum jedoch war wieder sehr besorgt, dass die Erinnerungen mich überfordern könnten und ich einen Nervenzusammenbruch erleide oder sowas ähnliches. Ich habe versucht mir so viel wie möglich für die Uni anzuschauen. Es ist so viel gelaufen. Ich bin mir nicht sicher, ob ich das alles hinbekomme, aber ich muss das Beste daraus machen.

Es ist schon spät, da höre ich, wie die Tür unten aufgeht und jemand rein stolpert. Ich gehe näher an meine Zimmertür, um zu lauschen. „Jayden, ist das dein Ernst? Du musst morgen zur Uni!" meckert meine Mutter. Ist Jay betrunken? „Hey Mum, alles cool. Rhys und ich hatten uns ein bisschen verquatscht". Er hat mit Rhys getrunken, war ja klar, mit wem denn sonst. „Wehe du hast morgen einen Kater! Du wirst deine Schwester heil zur Uni hin und zurück bringen." Ich habe Mum schon lange nicht mehr so wütend erlebt. Ich höre, wie Jayden die Treppen hoch geht. Ich springe schnell wieder in mein Bett, setze meine Kopfhörer auf und tue beschäftigt. Ich nehme nach einigen Minuten meine Kopfhörer wieder ab. Ich höre nichts mehr, nur Stille. Es macht mir Angst, wenn es so ruhig ist. Es erinnert mich an die Zeit im Koma, wo mich die Dunkelheit verschluckt hat und ich das Gefühl hatte, dort nie wieder raus zu finden.

Mein Wecker klingelt. Ich stehe auf, wie ein Zombie. Ich habe Angst vor dem ersten Tag, wie werden die sich alle verhalten? Ich stehe im Bad vor dem Spiegel und sehe leichte Augenringe, die sogar niedlich aussehen. Plötzlich hämmert es laut an der Tür. „Ave! Abfahrt in 10." Ich öffne die Tür. „10 was?". Er dreht nochmal um. „10 Minuten, sonst fährt Shawn-Rhys ohne dich!" Verdammt. Ich kämme mir schnell meine Haare und versuche meine Augenringe abzudecken. Meinen Rock und die Bluse ich streiche ich glatt. „Avery, komm!" Ich greife meine Tasche und gehe schnell die Treppen runter. Rhys steht bereits vor der Tür und Jayden steigt gerade ins Auto ein. Ich öffne die hintere Autotür und das erste, was ich höre, ist kein: „Guten Morgen, Avery". Nein, es ist ein: „Da hast du Glück gehabt, paar Sekunden später und du wärst gelaufen." Ich werfe ihm ein bösen Blick zu, doch diesen ignoriert er. Die Beiden unterhalten sich die ganze Autofahrt nur über Eishockey, verdammt, warum sind die so Sportbesessen ?

Wir fahren auf den Parkplatz der Uni. Ich habe ein ganz komisches Gefühl im Bauch. Es fühlt sich alles vertraut an und doch so fremd. Wir steigen aus. „Hey Schwesterherz, wenn was sein sollte, sag Bescheid. Wir sind nur einen Anruf von dir entfernt." Er gibt mir einen Kuss auf die Wange und geht mit Rhys zu ein paar anderen Jungs. Ich schaue ihnen hinterher. Jetzt bin ich auf mich allein gestellt. „Bleib cool, Avery.." flüstere ich zu mir selbst. Ich merke, wie sich eine Hand um meine Taille legt. „Hey Babe, alles klar? Wie fühlt es sich an wieder an der Uni zu sein?" Er küsst mich. Sogar seine Zunge versucht mit meiner zu spielen. „Ich habe dich vermisst." „Avery!" Ich drehe mich um und sehe ein Mädchen auf mich zu kommen. Sie umarmt mich stürmisch. „Ohne dich war es total scheiße". Ich sehe, wie sie zu Owen rüber schaut. Sie sehen sehr vertraut miteinander aus. Sie ist meine beste Freundin. Sie wird wahrscheinlich immer mit uns zusammen abhängen.

Wir sind kurz vor unserem Kursraum, da sehe ich Lauren an uns vorbeihuschen in die Richtung der Mädchentoilette. „Guck mal, Bitchi Lauri. Ihr Bodycount soll sich in den letzten Monaten verdoppelt haben." sagt Chey ganz schadensfreudig. Owen lacht, sollte ich auch lachen? Ich finde es nicht lustig. War ich auch so ein schrecklicher Mensch vor meinen Unfall? Mir wird plötzlich ganz übel. „Hey Leute, ich muss auch mal. Wir sehen uns gleich im Kursraum." Beide nicken und gehen vor. Ich öffne langsam die Tür und höre gerade eine Spülung. Lauren steht direkt vor mir. Ich fühle mich komisch. „Hey Lauri…" Sie sieht mich verwirrt an, doch dies vergeht schnell. Dann sehe ich nur noch Hass in ihrem Blick. „Fick dich, Avery!" faucht sie mich an. Auf dem Weg nach draußen rempelt sie mich an. Ich überlege, was ist die letzte Erinnerung mit ihr war. „Denk nach Avery!" Ich schlage gegen eine der Klotüren, dann arbeitet mein Kopf…

„Avery, warte!" Ich drehe mich um und sehe Lauri auf mich zukommen. „Du glaubst nicht, was ich gehört habe!" sagt sie ganz aufgeregt. Ich sehe sie fordernd an. „Nate geht auf den Ball! Du musst mir helfen das perfekte Kleid zu finden!" Lauri ist schon seit einer Ewigkeit in Nate verliebt, er hat sie nur noch nicht bemerkt. „Heute kann ich leider nicht, ich treffe mich noch mit Chey… Aber morgen können wir gleich früh hingehen." Immer, wenn der Name Chey fällt, ist Lauri mies drauf. Sie mag Chey nicht. „Ave, du weißt, was ich von Chey halte. Sie ist echt kein guter Umgang." Ich verdrehe die Augen. „Bist du meine Mum? Du kennst sie doch garnicht". Sie will etwas sagen, das sehe ich. „Ich will mich nicht mit dir wegen ihr streiten, dann sehen wir uns morgen früh." Sie umarmt mich und geht zur Bushaltestelle.

„Hey Ave, wo warst du so lange?" fragt mich Chey. „Ich war noch kurz bei Lauri. Ich suche morgen mit ihr ein Kleid aus, weil sie Nate beeindrucken will." Sie zieht eine Augenbraue hoch. „Tut mir leid, du musst morgen ohne mich zur Schule fahren." Sie nimmt einen großen Schluck von ihrem Kaffee. „Kein Problem, ich kann ja deinen schnuckeligen Bruder fragen, ob er mich mitnimmt." Ich stoße sie in die Seite. „Cheyenne!" Sie lacht. „Was denn? Er ist süß, genauso wie Nate. Ich könnte ein gutes Wort bei *ihm einlegen für Lauri. Deine Freunde sind auch meine Freunde".*

Ich reiße meine Augen auf und merke, wie mir eine Träne die Wange runterläuft. Ich wische sie weg und renne los zu meinem Vorlesungsraum.

„Na wen haben wir denn da? Was ist deine Ausrede fürs zu spät kommen?" Ich erschrecke mich, sehe aber, das Rhys an der Wand angelehnt steht und mich mustert. „Das gleiche könnte ich dich auch fragen." murmel ich in mich rein. „Ich brauche keine Ausreden mehr. Professor Wilson kennt mich bereits, aber von dir wird er enttäuscht sein, Ciccina".Ich hätte nie gedacht das Rhys auch Jura studieren wird, aber so gut wie er diskutieren kann ist es der perfekte Job für ihn. Er setzt dieses provokante Lächeln auf. Ich verdrehe nur meine Augen und klopfe an der Tür. Er fängt an zu lachen. „Was ist so lustig, Weaver?" Er drückt mich leicht weg und macht einfach die Tür zum Vorlesungssaal auf. Alle sehen uns beide an. Boden tu dich auf und verschluck mich bitte. „Mr. Weaver. Schön, dass sie uns auch beehren und Mrs...." Kurze Stille, der Professor räuspert sich kurz. „Mrs. Carter, ich habe bei ihn beiden so ein Dejavue. Wenn sie keine Extra-Hausaufgaben wollen, sollten sie sich schnell hinsetzen!" Ich schaue nach unten auf den Boden. Oh Gott, wie peinlich. Ich schaue rüber zu Rhys, er lächelt immer noch. Ihn scheint das gar nichts auszumachen. „Mach dich locker,

Ave!" flüstert er mir zu und setzt sich direkt in die erste Reihe. Ich sehe mich um. Es ist nichts frei, Owen und Chey sitzen weiter hinten. Sollten sie mir nicht einen Platz frei halten? „Mrs. Carter, setzen Sie sich bitte direkt hier vorne hin." Natürlich. Warum muss ich denn direkt hinter ihm sitzen? Habe jetzt das restliche Jahr diesen Dickkopf vor dem Gesicht? Er dreht sich plötzlich um. „Dich werde ich auch nicht mehr los was?" fragt er mich. Ich will ihn hauen, aber er zieht den Kopf ein. Der Professor schaut zu uns, ich verkneife mir mein Lachen. Die restliche Stunde hatte ich meine Ruhe. Es war viel Stoff, aber ich denke, ich komme gut klar.

Kapitel 9

Avery

Wir laufen gerade in die Cafeteria. Jayden hat sich mit mir zusammen angestellt, weil Owen und Chey nirgends zu sehen waren. „Wo sind denn deine tollen Freunde?" fragt er mich. „Weiß ich nicht, können wir über was anderes reden?" Ich habe das Gefühl, alle starren mich an, als wäre ich von den Toten auferstanden. Ich habe Kopfschmerzen, lasse mir aber nichts anmerken. Ich stelle mir meinem Milchshake auf einem Tablett an. Ich will weiter zur Essensausgabe, da stellt sich jemand direkt vor mich. „Hey, ist das jetzt dein Ernst?!" fauche ich. „Beruhig dich Ciccina, du bist doch direkt nach mir dran." Dieses Szenario kommt mir bekannt vor, mir wird schwindelig.

„Hey Ave, nimmst du auch einen Erdbeershake?" fragt mich Chey. Ich nicke, ich liebe Erdbeeren. Die Dame an dem Tresen stellt ihn mir auf mein Tablett. Ich will mir gerade eines der belegten Brötchen nehmen, da werde ich zur Seite geschubst. Ich runzel meine Stirn „Hey, kannst du nicht aufpassen, wo du hinläufst, du Arsch?"

86

Die Person dreht sich zu mir um, es ist Rhys. Ich bin nicht sonderlich überrascht. „Bleib cool, Ave. Du bist doch direkt nach mir dran." Ich packe ihm am Arm und drehe ihn zu mir um. „Wow, ganz ruhig Tiger." sagt er lachend. Ich verdrehe meine Augen. „Wer gibt dir denn eigentlich das Recht, dich wie ein Arsch zu verhalten, Shawn-Rhys Weaver?!" keife ich ihn an. „Hm… Lass mich kurz überlegen… Ich mache das, was ich will, Prinzessin". Er schubst mich weg, um sich vor mir ein belegtes Brot nehmen zu können. „Geh mir aus dem Weg, Avery." zischt er. In diesem Moment brennt irgendeine Sicherung in meinem Kopf durch. Ich nehme meinen Milchshake in die Hand. Na warte. „Hey Weaver!" Er dreht sich langsam zu mir um. In diesem Moment kippe ich ihm meinen Milchshake direkt ins Gesicht.

Ich bin geschockt von mir selbst. Ihm läuft alles über sein Gesicht. Ich muss lachen. „Fuck, habe ich das echt gemacht?" Habe ich das laut gesagt? Ich halte mir die Hand vor den Mund. Er sieht wütend aus. Plötzlich verzieht er sein Gesicht und wischt sich ein Mal darüber. „Fick dich, Avery!" Im gleichen Augenblick spüre ich, wie sein Milchshake mir kalt ins Gesicht läuft. Jetzt lacht er. Ich gebe einen kleinen Schrei von mir. Rhys sieht mich starr an. Alles klebt in meinen Haaren, mein Gesicht, einfach alles. Er fässt mir sanft ins Gesicht, danach führt er seinen Finger in seinen Mund. Was zur Hölle??

„Naja, wenigstens schmeckst du nicht so sauer, wie du aussiehst." In deiesem Moment kommt Professor Wilson. „Herzlichen Glückwunsch Mr. Weaver und Mrs Carter, sie haben eine Runde Nachsitzen verdient." Ich werfe Rhys einen bösen Blick zu und begebe mich ins nächste Mädchenklo, um mir das Gesicht zu waschen.

Ich sitze allein in einem Vorlesungsraum Ich wurde noch nie in der Schule oder Uni für etwas bestraft. Meine Mum bringt mich um, wenn sie das herausfindet. Ich starre auf die Uhr. Ist das immer so, dass man so lange wartet? Es kommt ein Lehrer rein, den ich noch nie gesehen habe. „Sind sie Mrs Carter?" Ich nicke schüchtern mit meinem Kopf. Er schreibt etwas auf einem Zettel. „Wo ist Mr. Weaver?" Ich schaue genervt. „Woher soll ich das denn wissen? Er hat mir das doch eingebrockt…" knurre ich. Ich verschränke meine Arme. „Nun sie sollen sich den Fall 197 in ihrem Buch anschauen mit ihm zusammen… Ich komme um 16 Uhr wieder, um sie zu entlassen." Verdammt, anderthalb Stunden ?!

In dem Moment kommt Rhys ohne T-shirt reinstolziert. Mir klappt die Kinnlade runter. Er braucht immer den großen Auftritt. „Ave, du starrst." Er zwinkert mir zu. Ich schaue ihn geschockt an. „Sieh mich nicht so an Avery. Ich habe ein Shirt im Rucksack. Du hast ja meins mit deinem verdammten Shake versaut." Der Lehrer sieht uns beide mit großen Augen an, geht dann aber aus dem Raum. „Du hast es verdient, du Arschloch!" Ich verschränke meine Arme und schau mir die Aufgabe im Lehrbuch an. Er lacht laut los. „Du hast angefangen, Avery Elea. Du bist im Unrecht Miss Perfect. Also schalt mal einen Gang runter Miss-Ich-Kipp-dir-ein-Milchshake-über-den-Kopf." zischt er. „Hättest du dich wie jeder andere einfach hinten angestellt, dann wären wir nicht hier!" Ich weiß nicht, was ich darauf kontern soll. Er hat recht. Ich gebe es ungern zu, aber er hat Recht, ich habe angefangen. „Es tut mir leid.." flüstere ich fast. Er sieht mich verwundert an. „Was habe ich da gehört? War das etwa eine Entschuldigung?" fragt er ganz schadenfroh. So provokant, dass ich ihm gleich noch einen hinterherkippen würde. „Ja verdammt, es tut mir leid. Wir sollten das Kriegsbeil mal begraben, es nervt langsam". Er sieht mich an, überlegt er etwa? „Okay." Ich bin verwirrt. „Wie okay? Mehr sagst du nicht? Heißt das jetzt, wir sind Freunde?" Er lacht. „Stopp, ich finde dich immer noch unheimlich nervig. Sagen wir es so… Wir versuchen uns anzufreunden und legen die Waffen nieder." Er hält mir die Hand hin. „Versprochen?" Er lacht wieder. „Schlag ein, sonst überlege ich es mir nochmal, Avery". Ich nehme seine Hand. „Wir sind keine Freunde, wir sind nur Fremde, die versuchen sich nicht mehr zu hassen." Ich schaue ihm tief in die Augen. Er lächelt mich an. Das kann ja was werden.

Rhys

Avery fällt der Milchshake von ihrem Tablett. Ich dachte schon, der landet wieder in meinem Gesicht. Der Aufprall hallt durch die Cafeteria. Ihr ist es sichtlich unangenehm. Ich versuche die Situation aufzulockern. „Sieh es positiv Ave, diesmal ist er nicht in meinem Gesicht gelandet." Ich sehe ein kleines Schmunzeln in ihrem Gesicht. Sie sieht sich um, als würde sie jemanden suchen. Ich schaue mich um, Owen und Chey sind nirgends zu sehen. Wer weiß, wo die schon wieder sind. „Ave, du kannst mit uns essen, wenn du magst." sagt Jayden. Naja, was soll er auch anderes sagen? Er kann ja seine Schwester schlecht alleine essen lassen. Arschloch spielen war schon immer mein Job. Er hingegen ist der Sunnyboy, der nur gute Laune verbreitet. „Suchst du wen?" frage ich Avery. Sie erschreckt sich etwas. „Ja, ich wollte mit Lauren reden." Ich versuche mich daran zu erinnern, wer sie war. Dann kommt es mir wie ein Blitz: Bitchi Lauri, Aves Ex-beste Freundin. Die beiden hatten damals einen riesen Streit, mehr weiß ich auch nicht. Ave hat nie wirklich drüber geredet, aber warum will sie ausgerechnet jetzt das Gespräch mit ihr suchen?

Avery

Ich stochere in meinen Salat rum und schaue, ob ich irgendwo Lauren sehe. Sie ist wie vom

Erdboden verschluckt, genauso wie Owen und Chey. Ich muss unbedingt mit ihr reden. Ich sitze hier an diesem Tisch und die einzigen Leute, die ich kenne, sind mein Bruder und Rhys. Der Rest sind Fremde. Ich habe das Gefühl, alle starren mich an, oder bilde ich es mir ein? Ich lasse meinen Blick noch einmal durch die Cafeteria gleiten. Dann sehe ich sie, Lauren. Ich springe auf „Ave, ist alles okay?" Ich ignoriere die Frage von meinem Bruder und laufe in ihre Richtung.

Wir laufen nach draußen. Hier stehen auch einige Studenten, aber das ist mir egal. „Lauren!" rufe ich, doch sie ignoriert es. Ich rempel ausversehen einen anderen Studenten an, dafür entschuldige ich mich natürlich. „Lauri! Warte!" Sie bleibt stehen und dreht sich langsam zu mir um. Ich stoppe und muss erstmal kurz durchatmen. Ich konnte mich im Koma ja nicht wirklich fit halten. „Wow, gleich zweimal an einem Tag. Was verschafft mir das Vergnügen?" Es hört sich so böse sarkastisch an, dass ich im ersten Moment zurückschrecke. Viele Leute schauen uns an. „Lauri, ich möchte mit dir reden, unter vier Augen." Sie lacht laut auf. Ich bin total verwirrt. Was ist daran so lustig? „Wir haben seit fast 2 Jahren nicht mehr gesprochen. Und du bist heute aufgestanden und dachtest dir, heute ist der perfekte Tag für eine Entschuldigung?!" Sie schubst mich. „Lauri bitte, es tut mir leid, ich…" In diesem Moment fliegt mir ihre Hand mitten in mein Gesicht. Es ist still, keiner sagt etwas. Ich fasse mir an meine Wange und merke, wie mir das Atmen schwer fällt. Mein Herz fängt an zu rasen. Die Dunkelheit in meinem Kopf breitet sich wieder aus. „Fick dich Avery. Du hättest bei diesem Unfall sterben sollen!"

Ihre Worte wiederholen sich immer und immer wieder in meinem Kopf. „Du hättest sterben sollen..." Vielleicht hat sie recht. Ich habe darauf keine Antwort mehr. Ich drehe mich um und laufe, auch, wenn ich nicht weiß, wohin. Hauptsache weg von hier, weg von ihr. Ich merke, wie mir Tränen über die Wangen rinnen. Wann bin ich so eine Heulsuse geworden? Ich renne so schnell ich kann zur nächsten Toilette. Ich lehne mich auf das Waschbecken und schaue mich im Spiegel an. Mein Anblick macht mich so wütend, ich sehe Hass in meinem Spiegelbild. „Fuck!!" Mir wird augenblicklich übel. Ich renne schnell zu einer der Toiletten und übergebe mich. Ich konnte meine Haare gerade noch so retten. Ich setze mich neben die Toilette, während mir schwarz vor Augen wird. Ich versuche mich der Dunkelheit zu entziehen, aber es ist ausweglos.

Kapitel 10

Avery

*„**W**ow Ave, du siehst so gut aus in diesem blauen Kleid!" quietscht Lauri. Sie hat das gleiche nur in rot. „Bist du bereit für Nate?" frage ich sie neckend. „Er wird mich bestimmt nicht einmal bemerken…" sagt sie ganz bedrückt. „Ich habe es im Gefühl, dass er dich heute sehen wird!" sage ich ganz optimistisch. Sie umarmt mich. „Was würde ich nur ohne dich machen, Avery Elea Carter." Das gleiche frage ich mich immer wieder bei ihr. Was tue ich, wenn ich Lauri nicht mehr habe?*

Bei dem diesjährigen Sommerball hat sich die Organisation selbst übertroffen. Alles passt zusammen. Ich schaue mich um. Jayden ist mit Rhys an der Bar. Sie versuchen die Bowle mit Alkohol zu strecken, wie jedes Mal. „Na Jungs, habt ihr Erfolg?" Rhys schaut mich genervt an. „Naja, wenn du es weiter so laut raus posaunst, dann nicht!" Ich verdrehe die Augen und sehe, dass die Jungs in ihrem Rucksack noch genügend Zeug haben, um damit die ganze Stufe abzufüllen. Ich schüttel nur mit dem Kopf und suche Lauri. „Ave!" Ich sehe Chey. Sie winkt mich zu sich. „Du siehst hammermäßig aus!" Sie reicht mir einen Becher. Ich nippe daran, das ist eine starke Mische. „Das mit Nate ist erledigt, rede doch mal kurz mit ihm." Sie zwinkert mir zu und geht wieder in der Menge unter.

Ich merke den Alkohol langsam in meinem Kopf. Ob Lauri schon mit Nate geredet hat? Ich bekomme Kopfschmerzen und suche daher den Weg zur frischen Luft. Draußen angekommen, strecke ich mich einmal großzügig. Ich sehe eine Jungsgruppe. Nate ist ein Teil davon. Er baut mit mir Blickkontakt auf und fängt an zu grinsen. Er sagt etwas in die Runde und alle seine Jungs gehen wieder rein. „Na hallo, schöne Frau." Ich lächel etwas. „Hey Nate, hast du Lauri schon gesehen?" Er sieht mich fragend an. „Ich habe ja jetzt dich gefunden." Was ist denn mit ihm los? „Okay, ich gehe dann jetzt mal…" Bevor ich rein gehen konnte, hält er mich am Arm fest. Er zieht mich näher an sich ran und presst seine feuchten, nach Alkohol schmeckenden, Lippen auf meine. Ich versuche ihn wegzudrücken. „Avery?" Diese Stimme jagt mir einen kalten Schauer über den Rücken. Bitte, lass es jemand anderes sein. Ich schaffe es endlich ihn von mir wegzudrücken und drehe mich um. Ich sehe Lauri mit tränengefüllten Augen. „Lauri, warte, ich kann es erklären!!" Sie rennt weg. „Lauri, Fuck!" Nate hält mich wieder fest. „Die kriegt sich wieder ein. Komm Baby, wollen wir uns einen ruhigeren Ort suchen?" Ich sehe ihn geschockt an und falle fast vom Glauben ab. „Nein, ich habe kein Interesse an dir, Nate." sage ich etwas leiser. „Ach komm Ave, wir hatten doch so viel Spaß und…" In dem Moment wird Nate von mir weggerissen. Ich realisiere erst jetzt, wer es ist. „Ich gebe dir 2 Sekunden zum Rennen, bevor ich dich…" Ich halte ihn zurück. „Lass gut sein, Rhys. Er ist es nicht wert." Ich stehe total neben mir. Mein Körper fühlt sich an wie gelähmt. Ich sehe, wie Rhys ihn am Kragen packt. „Sei froh, dass sie mich zurück hält. Machst du ihr noch einmal Probleme, kommst du nicht so glimpflich davon". Er schubst ihn weg. Nate sucht schnell das Weite. Ich sinke zu Boden und starre ins Leere. Was zur Hölle ist hier gerade passiert? „Hast du noch was im Rucksack?" frage ich ihn ungeduldig und direkt. Ohne auf eine Antwort zu warten, krame ich in seinen Rucksack nach der Vodkaflasche und setze an. „Ave, das Zeug ist extrem…" Ich lache und sehe ihn direkt an. „Bist du etwa mein Daddy? Ich kann selbst auf mich aufpassen." Ich merke, dass das Zeug um einiges hochprozentiger war, als das, was ich den restlichen Abend getrunken habe. Ich will aufstehen taumel leicht und falle fast um, aber Rhys hält mich fest. „Lass mich los!" fauche ich ihn an. „Deine Mutter bringt dich um, wenn du so nach Hause kommst." sagt er leise. „Ach, glaubst du? Ich denke, sie sitzt mit ähnlicher Verfassung *auf der Couch." Ich fange an zu lachen. Hatte Rhys schon immer so kräftige Arme? „Avy, die Party ist für dich vorbei. Du kannst dich bei mir ausschlafen…"*

Er schiebt mich von der Party zu seinem Auto und schnallt mich sogar an. „Weißt du was, Rhys? Ich finde dich gar nicht so scheiße, wie ich immer sage…" Er lächelt. Verdammt, hat er Grübchen? „Rede kein Blödsinn, Avy." Er will gerade etwas auf den Rücksitz packen, doch ich schaue nach hinten und wir knallen mit unseren Köpfen aneinander. Er legt seine Hand an meine Wange. „Alles okay, Kleines?" Ich sehe Emotionen in seinen Augen. Ich dachte, sowas besitzt er nicht. Ich nicke ganz langsam, weil ich diesen Augenkontakt gerne noch länger halten würde. Ich schaue auf seine Lippen. Ist es falsch, wenn ich ihn jetzt küssen will? „Avy, tu nichts, was du später bereuen könntest." flüstert er leise. Ich muss lachen. „Toll Weaver, du hast unseren emotionalen Moment kaputt gemacht…"

Ich schreie auf. Ich habe das Gefühl, endlich wieder durchatmen zu können. Mir wird wieder übel und ich erbreche erneut. Ich sitze auf den kalten Fliesen, stehe total neben mir. Wer bin ich überhaupt? Ich fühle nichts, rein gar nichts. Außer Schmerz und Wut in mir. Ich stehe auf und gehe wieder zum Spiegel. Ich blicke mir selbst tief in die Augen und hole aus. Ich schlage in den Spiegel. Er zerspringt, genauso, wie meine

Hoffnungen und Gedanken, in 100 einzelne Scherben. Ich spüre etwas an meiner Hand und bemerke, wie mir ein paar Blutstropfen an der Hand runterlaufen. Ich starre die Scherben vom Spiegel an. In meinem Kopf herrscht das totale Chaos. Ich greife meinen Rucksack und renne aus der Mädchentoilette. Ich muss hier weg, ganz weit weg. Ich schaue auf mein Handy, als ich in jemanden rein renne. „Kannst du nicht aufpassen?!" keife ich die Person an. „Charmant wie immer, Avery." Dieser Spruch kommt von niemand geringeren als Rhys. Er taucht aber auch überall auf. Ihn werde ich wohl nie mehr los. Ich bin beim Zusammenprall mit meiner Hand an sein T-Shirt gekommen. Er hat da jetzt etwas Blut. Als er meinen Blick bemerkt, schaut er ganz erschrocken. „Avery, blutest du etwa?!" Rhys nimmt meine Hand und inspiziert meine Wunde. Gleichzeitg sucht er meinen Körper nach weiteren Verletzungen ab. „Rhys… Ich will nur weg von hier, bitte…" Ich merke, wie sich mein Puls beschleunigt. Es wird alles unscharf und die Stimmen werden immer verwaschener. Er nimmt meine unverletzte Hand und führt mich raus. Die Geräusche um mich herum werden immer lauter.

Der Weg nach draußen fühlt sich wie eine Ewigkeitan. Er nimmt einfach kein Ende. Ich reiße mich von Rhys los. Wir sind an seinem Auto. Ich gehe einige Schritte vor, verliere jedoch das Gleichgewicht und falle auf den harten

Asphalt. Mein gesamter Körper zittert und ich wimmer. Plötzlich durchzuckt ein starker Schmerz meine Hand. Erst jetzt realisiere ich den tiefen Schnitt in meiner Hand. „Hey Avy, beruhige dich." Ich nehme seine Stimme nur schemenhaft wahr und trotzdem durchflutet sie meinen Körper. Meine Atmung beruhigt sich wieder und die Geräusche werden immer leiser.

Kapitel 11

Avery

Er nimmt meine verletzte Hand. „Tut dir das weh?" fragt er sanft. Ich ziehe sie zurück. „Ja." sage ich leise. Er holt Verbandszeug aus seinem Kofferraum und verbindet meine Wunde. Es tut etwas weh, aber es ist auszuhalten. „Willst du darüber sprechen?" Ich schaue auf den Boden. „Nein… Eigentlich nicht." Er nickt verständnisvoll und geht zurück zum Kofferraum. Ich setze mich auf den Beifahrersitz. Beim Blick in den Seitenspiegel sehe ich, dass er sein T-Shirt auszieht. Sein definierter Körper glänzt in der Sonne, seine Tattoos gehen ineinander über und ich kann meinen Blick nicht von ihm abwenden. Er kommt nach vorne zur Beifahrertür. „Hast du Durst?" Ich starre ihn an. Es kommt nichts aus meinen Mund. „Erde an Avy?" Ich schrecke kurz zusammen und räusper mich. „Ehm, ja g-gerne." Er lacht. „Bringe ich dich etwa in Verlegenheit?" Ich runzel meine Stirn. „Nein, wie kommst du denn darauf?" Ich versuche mir nichts anmerken zu lassen, aber es ist schwerer als gedacht. „So wie du mich angestarrt hast…" Ich merke, wie ich erröte. „Ja und? Selbst Schuld, wenn du dein

99

Shirt hier einfach ausziehst. Das ist wie ein Unfall. Man muss einfach hinschauen." Er zieht eine Augenbraue hoch und lehnt sich auf das offene Fenster. „Ich bin also ein Unfall?" Er lacht und geht Richtung Fahrertür. Was rede ich denn eigentlich für ein Blödsinn? Er schnallt sich an. Zum Glück trägt er mittlerweile ein T-Shirt. „Also, wo soll es hingehen, Little Avy?" Ich starre aus dem Fenster. „Egal, hauptsache weg von hier." antworte ich ihm ganz leise.

Wir halten auf einem recht leeren Parkplatz. Ich kann das Meer riechen. Der Wind fährt mir durch die Haare. „Ist das weit genug?" Ich nicke und steige aus. Das ist um einiges besser, als in der Uni zu versauern. Ich laufe durch den Sand und setze mich in den Sand. Er ist schön warm. Das ist einer der Vorteile, wenn man nahe am Meer wohnt. Man kann sich öfter mal eine Auszeit gönnen, eine Gedankenpause. Die brauche ich auf jeden Fall. Ich atme einmal tief ein und stark wieder aus. Rhys setzt sich neben mich in den Sand. Mit seinen Fingern streicht er sanft durch den Sand.

Rhys

Ich schaue sie an. Ihr Gesicht wird von der Sonne geküsst, ihre Haare wehen im Wind. Ich nehme einen süßen Duft war, was wohl ihr Parfüm ist. „Warum bist du mit mir hier hergekommen?" fragt sie mich direkt. Sie schaut immer noch auf`s Wasser. „Weil ich weiß, wie es ist, wenn man mal eine Pause von allem braucht." antworte ich ihr genauso direkt zurück. Wir schweigen. Nur das Rauschen vom Meerwasser ist zu hören. „Was ist passiert, Avery?" Sie antwortet nicht. „Avery antworte, wen muss ich verprügeln?" Sie verdreht ihre Augen. „Es ist nichts…" sagt sie leise. Ich nehme ihre verletzte Hand hoch. „Also wenn das für dich nichts ist,´dann…" Sie zieht ihre Hand weg. „Was ist dein Problem? Ich bin nicht in Stimmung für deine blöden Sprüche. Ich habe meine beste Freundin verloren…" Sie stoppt und ihr laufen Tränen über die Wangen. „Ich habe sie vorhin gesehen, wollte mit ihr reden, aber sie hasst mich." flüstert sie schon fast. Ich berühre sanft ihre Hand. „Sie hasst dich nicht. Wie könnte man dich hassen?" Sie sieht mir das erste Mal seit längerer Zeit wieder in die Augen. Ihre grauen Augen glänzen und fixieren mich. „Du hasst mich doch auch." Ich lache kurz auf. „Du bist zwar ungeheuerlich nervig, aber…" Sie lehnt ihren Kopf an meine Schulter. „Du musst es nicht schön reden, Rhys. Sie wird nie wieder mit mir reden. Ich habe meine Chance vertan." Sie starrt wieder auf´s Meer. „Glaub mir, sie wird dir verzeihen. Es braucht nur Zeit…" Ich würde zu gern in ihren Kopf schauen, was geht da nur vor sich ?

Avery

Ich war hier schon einmal mit ihm. In meinem Kopf sind die Bilder, ich sehe sie, aber sie sind unscharf. Ich probiere mich daran, mich zu erinnern. Warum waren wir zusammen hier? Überleg Avery… Ich schließe meine Augen und konzentriere mich voll und ganz auf die Bilder in meinem Kopf.

Ich steige wütend aus meinem Auto aus. „So ein Arschloch…" Owen und ich haben uns gestritten, weil er wieder mal unsere Verabredung vergessen hat. „Warum gebe ich mir diese Scheiße überhaupt…" brumme ich leise vor mir hin. Ich gehe zum Strand und schaue hoch. Der Himmel ist voller Sterne. Ich komme immer hier her, um einen freien Kopf zu bekommen. Ich schaue mich um. Es ist weit und breit niemand hier, ich bin alleine. Ich ziehe meine Schuhe aus, um mit meinen Füßen ins Wasser zu gehen. Ich zucke zusammen, als meine Füße das kalte Wasser berühren. Ich laufe den Strand entlang. Mein Handy vibriert, eine Nachricht von meiner Mutter. „Avy, wo bist du?? Dein Vater ist gegangen." Ich schalte mein Handy aus. Ich kann das alles nicht mehr hören. Jayden kommt sehr gut damit klar. Ihn interessiert die Trennung unserer Eltern kaum. Es ist ihm schlichtweg egal, mir leider nicht. Und unserer Mum auch nicht. Sie leidet und bekommt immer häufiger

Alkoholrückfälle… Ich höre leises Gekicher. Ich schaue nach rechts und sehe zwei Leute kuscheln. Nein, Stopp! Haben die da gerade Sex? „Hey, was glotzt du denn so?" Diese Stimme… Das kann nicht sein. „Rhys?" Er dreht sich zu mir um und geht von dem Mädchen runter. Zum Glück trägt er noch seine Hose, sonst wäre ich für den Rest meines Lebens verstört gewesen. „Fuck Avery, was machst du denn hier?" zischt er mich an. Ich sehe den fragenden Blick des Mädchens. „Rhys, kennst du sie?" Er schüttelt den Kopf. „Nein, ich habe absolut keine Ahnung. Lass uns weitermachen…" Er kennt mich nicht, na warte. Dann wird er mich gleich kennenlernen. „Und wie er mich kennt. Ich bin seine Freundin. Von ihm habe ich meinen Tripper." Der Blick von ihr ist unbezahlbar. Sie steht auf und ist schneller weg, als ich schauen kann. Jetzt sind nur noch ein wütender Rhys und ich hier. „Was soll die Scheiße, Ave?!" meckert er mich an. „Ich wollte halt nicht die Einzige sein, die einen scheiß Abend hat!" Er sieht wütend aus und kommt auf mich zu. „Und deshalb versaust du mir meinen Abend?" Er steht wenige Zentimeter von mir weg. Ich kann mir ein Lächeln nicht verkneifen. „Willst du mich provozieren, Avery?!" brüllt er mich an. Ich zucke, er schaut auf mich runter. Unsere Gesichter berühren sich fast. „Du machst mir keine Angst, Shawn Rhys Weaver." knurre ich ihn an. „Bist du dir da ganz sicher, Ciccina?"

fragt er mich leise. „Sei ehrlich, es hat dir gefallen." haucht er mir ins Ohr. Ich bekomme eine Gänsehaut, dazu kommt ein leichtes Kribbeln in meinem Bauch. „Vor ein paar Tagen wolltest du noch, dass ich mich als deine Ex ausgebe, um dir ein Mädchen vom Leib zu halten. Ich habe dir nur einen Gefallen getan, Weaver!" Er dreht sich von mir weg, um sein T-shirt vom Boden aufzuheben. Er fängt an zu lachen. „Und du denkst ernsthaft, dass du mir mit deinem ausgedachten Tripper einen Gefallen getan hast?" Er schaut mir direkt in die Augen. Ich kann meinen Blick nicht abwenden. „Wenn das in der Uni rumgeht, bist du fällig, Avery." Er rempelt mich beim Vorbeigehen an. „Versau das nächste Mal wen anders den Abend." Ich schaue ihm nach, bis ich ihn nicht mehr sehen kann.

„Hast du Hunger?" Ich schrecke auf. „Was?" Ich war total in Gedanken gewesen. Er grinst. „Ich habe gefragt, ob du Hunger hast. Wir könnten zur Promenade und uns etwas holen." Mein Magen knurrt. Etwas zu Essen wäre keine schlechte Idee. „Auf geht's Weaver!" Ich springe auf und laufe ein paar Meter vor ihm. „Komm schon, Rhys! Schlaf nicht ein." Er kommt mir zügig nach und setzt sich seine Sonnenbrille auf. Das sieht schon echt süß aus. „Du starrst wieder, Avery." Er stupst mir auf die Nase und geht wieder einige Schritte vor mir. „Wie wäre es mit Eis?" Er zeigt in die Richtung einer Eisdiele.

Kapitel 12

Avery

„Verdammt Rhys, wer isst denn bitte Schoko-Minze-Eis?" frage ich ihn lachend. Er nimmt einen großen Happen von seinem Eis. „Besser als das typische Schoko-Vanille." Ich stoße ihn sanft in die Seite. „Sag nichts gegen Schoko Vanille!" Er stößt mich sanft zurück und hält mir sein Eis hin. „Probiere doch mal was neues." Ich sehe sein Eis an und schüttel meinen Kopf. „Nein danke. Ich bleibe bei meiner Kombi." Er zuckt mit seinen Schultern. „Du verpasst einen Geschmacksorgasmus." Wir laufen die Strandpromenade entlang und genießen das schöne Wetter. „Fuck." sagt Rhys plötzlich leise und zieht mich wieder in die andere Richtung. „Was ist denn los?" Ich schaue mich um. Da ist sie, das Mädchen vom Strand. „Sie kommt genau auf uns zu, Casanova…" Ich muss mir ein Lachen verkneifen. „Rhys, hey, lange nicht gesehen." Sie sieht mich mit einem abfälligen Blick an. „Hey Claire, ja, ich war beschäftigt." Claire`s Gesichtsausdruck verzieht sich. „Ich weiß, du warst damit beschäftigt meine beste Freundin zu vögeln, du Arschloch!" Er sieht sie emotionslos an. „Sie war um Welten besser als du…" Nachdem er das gesagt hat, holt sie aus, um ihn zu schlagen. Er packt sie aber vorher am Handgelenk. „Das wagst du nicht." Sie zieht ihre Hand schnell aus seinem Griff. „Fick dich, du Tripper-Arschloch!" Sie geht schnell weiter. Rhys fängt an laut zu lachen. „Fuck Avy, das habe ich dir zu verdanken!" Ich muss ebenfalls lachen. „Oh ja Rhys, stimmt, was macht dein erfundener Tripper?" Er sieht mich mit ernster Miene an. „Ave, da hinten ist Owen!" Ich sehe schnell in die Richtung, aber da ist niemand. Ich drehe mich zurück und merke es plötzlich kalt in meinem Gesicht. Rhys hat mir sein Eis ins Gesicht gedrückt. Ich ziehe scharf die Luft ein. „Jetzt siehst du viel erträglicher aus, Avery." Ich grinse und drücke ihm mein Eis in sein Gesicht. Er leckt sich über die Lippen. Verdammt, ist das heiß. „Ich hasse Vanille." Trotzdem leckt er weiter über seine Lippen. „Hast du gerade indirekt gesagt, dass du mich magst?" Ich glaube es nicht, ein neuer Meilenstein. „Nein, habe ich nicht. Ich denke, du interpretierst da zu viel rein. Ich habe nur…." Ich unterbreche ihn. „Habt ihr das alle gehört?! Shawn Rhys Weaver hat grade das erste Mal seit dem wir uns kennen gesagt, dass er mich mag!" Die Leute, die an uns vorbei laufen, sehen uns nur komisch an. Mir fällt auch gerade ein, dass ich noch Eis im Gesicht habe. Rhys schüttelt den Kopf und lächelt mich an. „Wenn es dir so wichtig ist, dann ja, ich mag dich, Avery Elea Carter. Ich finde dich nicht so scheiße, wie ich immer sage." Er hält mich an meinem Arm fest und zieht mich näher zu sich ran. Er nimmt eine Serviette und wischt mir sanft das Eis aus dem Gesicht. „Rhys?" Er schaut mir mit seinen Grau-grünen Iriden direkt in meine Seele. „Ich finde dich auch gar nicht so scheiße…"

Rhys parkt vor unserer Haustür. „Sag deiner Mum einfach, dass du bei Owen warst. Das ist die beste Ausrede." Ich nicke. „Danke für den Nachmittag." Ich umarme ihn. Keine Ahnung, was in mich gefahren ist, aber ich hatte das Bedürfnis, ihn zu umarmen. Ich steige aus und will die Tür aufschließen, da wird die Tür schon aufgemacht. „Avery, wo warst du?! Ich habe mir Sorgen gemacht." Meine Mum sucht mich nach Verletzungen ab. Ich sehe ihren Blick zu Rhys wandern. Sie sieht ihn böse an. „Ich war bei Owen und Rhys wollte zu Jayden. Deswegen bin ich mit ihm hergekommen." Es ist besser, wenn sie die Geschichte glaubt.

Rhys

Mrs.Carter sieht mich böse an. Was denkt sie? Dass ich ihre Tochter entführt habe? Wenn sie wüsste, dass Avery zu mir kam… „Jayden ist oben in seinem Zimmer." Ich trete ein, ziehe meine Schuhe aus und gehe schleunigst nach oben. „Jay?" Ich klopfe an der Tür und sehe ihn auf seiner Couch sitzen. Er drückt wie wild auf seinen Controller rum. „Jo Rhys, komm, setz dich und spiel eine Runde mit mir." Ich schmeiß mich zu ihm auf die Couch und schnapp mir den zweiten Controller. Aus einer Runde wurden schnell zwei, drei, ich habe nach einer Zeit aufgehört zu zählen. Jayden geht mit mir auf den Balkon. „Willst du auch eine?" fragt er mich. „Ne, ich habe aufgehört." Er sieht mich verwundert an. „Für wie lange? Bis zur nächsten Party?" Ich lehne mich an die Wand und schaue nach oben. Die Sterne sind heute sehr gut sichtbar. „Danke, dass du Avy mitgenommen hast. Auf Owen ist nie verlass." Er wirkt sehr besorgt. „Er ist ein Arschloch. Genauso, wie sein Vater." sage ich spöttisch. Wenn ich nur an diese beiden Schmierfrisuren denke, kriege ich das Kotzen. „Ich brauche doch einen Zug." Er reicht mir seine Zigarette und ich nehme einen großen Zug. „Was findet deine Mum nur an dem?" Ich schüttel meinen Kopf. Ich bin der Meinung, meine Mum will einfach nicht alleine sein. „Glaubst du, Owen liebt Ave?" Ich weiß nicht, warum ich das ausgerechnet Jayden frage. Er sieht nachdenklich aus und zieht wieder an seiner Zigarette. „Nein, ich glaube nicht." Ich starre in den Nachthimmel. Dieser klare Himmel erinnert mich an jene Nacht.

Ich suche meine Sachen zusammen, damit ich Heim fahren kann. „Rhys, ich erwarte dich am

Wochenende bei Ashers Party!" Ich lächel ihn an. „Dein Arschlochgrinsen zieht bei mir nicht." sagt er lachend. „Doch, es wirkt. Sonst würdest du nicht lachen." Ich zwinker ihm zu und gehe aus seinem Zimmer. Ich will gerade die Treppen runter gehen, da höre ich aus Avery´s Zimmer noch den Fernseher laufen.´Ich klopfe leise an, bekomme aber keine Reaktion. „Ave?" Ich öffne die Tür und sehe sie in ihrem Bett ganz friedlich schlafen. Ich schleiche rein und mache ihren Fernseher aus. Ich gehe an ihr Bett. Ich könnte sie stundenlang einfach nur ansehen. Ich habe Angst die Kontrolle zu verlieren... Wegen ihr die Kontrolle zu verlieren. Ich streiche ihr eine Haarsträhne aus dem Gesicht. „Was machst du nur mit mir, Avery?" flüster ich in mich hinein. Sie ist so ein guter Mensch. Damit kann ich nicht umgehen. Verdammt, ich komme nicht einmal selbst mit mir klar. Ich stehe schnell auf und lösche das Licht in ihrem Zimmer. Ich schließe leise die Haustür, steige in mein Auto und fahr los.

Zuhause angekommen sind weder meine Mum noch Owens Vater da. Ich höre laute Musik aus dem Haus. Ich will hoch in mein Zimmer gehen und der Schmierfrisur aus dem Weg gehen, leider macht er es mir nicht leicht. „Hey Rhys, komm ran und trink etwas mit uns!" Er winkt mich zu sich ran. Ich verdrehe die Augen, aber gehe trotzdem zu ihm und seinen Freunden.

„Komm, wir holen dir ein Bier aus dem Kühlschrank." Er schlägt mir brüderlich auf die Schulter und geht mit mir zusammen in die Küche. Ich lehne mich an den Küchentresen und beobachte jede seiner Bewegung. „War Avery Zuhause? Sie hat mir nicht mehr geantwortet…" Ich lache auf. „Ist das der Grund, warum du mir ein Bier öffnest? Weil du deine Freundinnen nicht im Griff hast?" frage ich ihn provokant und nehme einen großen Schluck. „Bist du neidisch, weil sich keine für dich interessiert?" Ich gehe auf ihn zu. „Du weißt ganz genau, wenn ich wollte, dann könnte ich." Er schubst mich hart zurück. „Pass auf, was du sagst, du Bastard. Sie ist meine Freundin!" Ich kann mir ein erneutes Grinsen nicht verkneifen. „Du meinst eine Freundin. Du fickst doch auch ihre beste Freundin, habe ich Recht?" In der Sekunde holt er aus und schlägt mir ins Gesicht. Ich würde so gerne zurückschlagen, aber ihr zu liebe… „Wehr dich, schlag zurück, du Arschloch!" keift er mich an. Ich sage mit ruhiger Stimme: „Ich schlage schon im richtigen Moment zurück, vertrau mir, Bruder." Mit diesen Worten lasse ich ihn in der Küche zurück. Ich schmecke Blut. Es ist Ewigkeiten her, dass ich einen Schlag kassiert habe und diesen Geschmack im Mund hatte.

Kapitel 13

Avery

Ich schrecke auf und gucke auf meine Uhr. Es ist Samstag und nicht mal 7 Uhr morgens. Ich strecke mich einmal aus und setze mich auf. Die ganze Woche in der Uni hat mal wieder etwas Struktur in meinen Tag gebracht. Dazu hatte ich die Möglichkeit auf andere Gedanken zu kommen. Ich schaue auf mein Handy und sehe einen verpassten Anruf von Owen. Ich wähle seine Nummer und rufe ihn zurück. Es dauert eine Weile, bis er rangeht. „Hey Baby. Alles klar? Hast du heute Zeit?" Er klingt total aus der Puste. Hatte er gerade Training? „Holst du mich in einer Stunde ab?" Ich höre es am anderen Ende der Leitung rascheln. „Ich werde da sein! Ich liebe dich, Avy." Sollte ich es erwidern? Liebe ich ihn denn? In meinem Kopf macht das keinen Sinn. „Bis gleich!" Ich lege schnell auf, bevor er noch etwas sagen kann. Ich lasse mich wieder auf mein Bett fallen. Avery, reiß dich zusammen. Du verbringst einen Tag mit deinem Freund, so wie es sein sollte. Ich greife mir ein Handtuch und gehe erstmal unter die Dusche.

Ich stell mich unter den etwas zu warmen Strahl und lasse das Wasser über meinen Körper laufen. Ich schaue nach oben, um mein Gesicht nass zu machen. Immer, wenn ich meine Augen schließe, kommen Bruchteile von Erinnerungen in meinen Kopf, die sich aber nicht zusammenfügen lassen.

Ich warte seit 10 Minuten auf Owen. Wo bleibt er nur? Ich schaue ungeduldig auf meine Uhr. Er reagiert auf keine meiner Anrufe. Plötzlich hupt es, na endlich. Ich steige in sein Auto und knall die Tür zu. „Hey Baby, es tut mir leid, dass ich zu spät bin. Sei nicht wieder sauer, ich will mich nicht streiten." Ich verdrehe die Augen, ich habe auch nicht die Kraft mich jetzt zu streiten. „Schon okay." Er lehnt sich zu mir rüber und küsst mich auf die Wange. „Du bist die beste, Avery." Er legt seine Hand auf meinen Oberschenkel, jedoch ziehe ich mein Bein etwas weg und schaue aus dem Fenster. Ich habe dunkle Erinnerungen an dieses Auto. Mir schießen Bilder in den Kopf, wo Owen und ich in diesem auf dem Rücksitz…

Er fässt mir an den Hinterkopf und zieht mein Gesicht näher an seines. Unsere Zungen spielen miteinander, er kann echt gut küssen. „Fuck Avy, du bist so heiß." Seine Hand wandert meinen Oberschenkel hoch, doch ich schiebe sie wieder etwas runter. „Komm schon, Ave…Wir daten uns seit fast 3 Monaten."

haucht er mir in mein Ohr. Er beißt mir zart auf die Lippe. „Ich will dich jetzt." Er drängt seine Hand wieder meinen Oberschenkel hoch zu meinem Höschen . Ich setze mich auf ihn und kreise meine Hüfte. Sein Handy klingelt, ich höre kurz auf. „Nein. nicht aufhören." haucht er mir in den Mund. Er öffnet seine Hose und will gerade sein Hemd aufknöpfen, da klingelt es erneut. „Willst du nicht rangehen? Vielleicht ist es wichtig…" Er küsst mich einfach weiter und ignoriert meine Aussage. Es vibriert ein drittes Mal. Dieses Mal gehe ich von ihm runter und schaue auf sein Handy rauf. „Warum ruft dich Chey an?" Ich versuche so ruhig und ausgeglichen wie möglich zu klingen. „Owen, antworte mir…" Er druckst herum. „Oh mein Gott!" Ich steige aus dem Auto und laufe los. „Fuck Ave! Steig wieder ein! Wir sind nur Freunde…" Ich blende seine Ausrede aus. Ich versuche mit aller Kraft meine Tränen zurückzuhalten. Würde Owen mir sowas antun?

Ich schaue zu ihm rüber. Er sieht echt gut aus beim Autofahren. Diese Erinnerung lässt mir jedoch keine Ruhe. Warum hat Chey ihn angerufen? Er schaltet den Motor aus und lächelt mich an. „Aussteigen Prinzessin." Er öffnet mir die Tür. „Wir essen nachher zusammen mit meinen Eltern. Ich hoffe, das ist kein Problem für dich." Ich schüttel den Kopf und verneine. Die einzige Fragem die mir im Kopf schwirrt ist, ob Rhys auch da ist.

Er bringt mich in sein Zimmer. Wir setzten uns auf die Couch und schalten den Fernseher an. Er legt seine Hand auf meinen Oberschenkel und streichelt ihn sanft. Ich bekomme eine Gänsehaut. Ich lege meinen Kopf an seine Schulter. Sein Herzschlag ist ganz ruhig und regelmäßig, der von Rhys war…. Stop Avery, hör auf an Rhys zu denken, wenn du mit deinem Freund hier liegst. „Wie geht's dir, Avy?" Er wandert mit seiner Hand meinen Arm hoch. Dann dreht er mein Gesicht zu sich. Er sieht mir erst in die Augen und dann auf meine Lippen. Sekunden später sind seine Lippen auf meinen. Er küsst mich und drückt sich noch näher an mich ran. Ich kann mich an keine vorherigen Beziehungen erinnern. Habe ich davor schon mal jemand anderen geküsst? Ich weiß nicht, wie sich das anfühlen muss, wenn ich jemanden küsse, den ich liebe.

Fühlt sich so die Liebe an? Ich habe es mir besonders vorgestellt. Mit etwas mehr kribbeln und Feuerwerk. Aber irgendwie ist da nichts Feuerwerksähnliches in mir. Ich drücke ihn sanft weg. „Alles okay?" fragt er ganz hektisch. „Ja, ich… Ehm… Müsste mal. Ich komme gleich wieder." Ich gehe aus seinem Zimmer raus. Ich habe ganz vergessen, dass hier so viele Zimmer sind. Wo ist denn hier das verdammte

Badezimmer? Ich sehe, dass eine der vielen Türen nur leicht angelehnt ist. Ich schaue kurz rein, mir bleibt der Atem weg. Es ist ein Sportraum und Rhys ist mitten in einem Workout. Er stemmt Oberkörperfrei die Hanteln. Warum ist mir nie aufgefallen, wie gut er aussieht? Sein Körper glänzt von seinem Schweiß. Ich kann meinen Blick nicht abwenden. Ich lehne mich an den Türrahmen, um ihn noch etwas zu beobachten. Ich lege meine Hand auf den Ständer, wo einige Hanteln drauf sind. Plötzlich rutscht eine runter. Die Hantel knallt auf den Boden. Er setzt seine Kopfhörer ab und dreht sich zu mir um. „Avery?" Er steht auf, seine Muskeln sind wie Magneten. Ich kann nicht wegsehen. „Rhys hey, ich habe mich wohl in der Tür getäuscht…" Ich fange an zu stottern und es fällt noch eine Hantel runter. Sie knallt auf den Boden. Er grinst und hebt die beiden Hanteln wieder auf. „Hat dir gefallen, was du gesehen hast?" Ich sehe ihn an. Hat er das gerade wirklich gefragt? Er kommt näher an mich ran. „So, wie du mich anstarrst, sehe ich das als ein ja." Ich sehe seine aufgeplatzte Lippe. „Was ist da passiert?" frage ich vorsichtig. „Zerbreche dir nicht dein hübsches Köpfchen über Sachen, die dich nichts angehen." Ich verdrehe meine Augen. „Bilde dir nicht zu viel auf dein Aussehen ein. Das ist nämlich vergänglich!" Er lacht wieder und fährt sich durch die Haare. Mit seinen grauen dunklen Iriden fixiert er mich. „Hast du mir gerade indirekt gesagt, dass du findest, dass ich gut aussehe?" Ich laufe rot an, mir wird so warm. Ich öffne meinen Mund, um etwas zu sagen, aber mir fällt nichts ein. „Ich… Ehm… Muss wieder los."

Ich flüchte aus diesem Raum und gehe schnell wieder in die Richtung von Owens Zimmer. Warum verhalte ich mich wie eine Idiotin in seiner Gegenwart? Verdammt! Ich stoße mit Owen zusammen. „Hey Baby, wo warst du denn?" Ich richte meine Haare. „Ich hatte kurz mit meiner Mum telefoniert, Kontrollanrufe." sage ich lachend. Er stellt keine weiteren Fragen und wir gehen zurück in sein Zimmer.

Kapitel 14

Rhys

Meine Mum hat heute gekocht. Was ich aber
nicht wusste, ist, dass der Schleimbeutel Ave
einlädt. Als ich sie vorhin im Trainingsraum
gesehen habe… Verdammt, sie ist die Schwester
von Jayden und die Freundin von meinen
Idiotenbruder. Stiefbruder, der Kerl ist nicht mein
Blutsverwandter. Ich stelle das Wasser kalt,
damit ich wieder runterkomme. Ich bekomme
eine Gänsehaut und reibe mein Gesicht. Ich balle
meine Hände zu Fäusten und haue sanft gegen
die Fliesen. Es hätte alles anders kommen
können.

Ich habe kein gutes Gefühl bei dem Essen heute.
Ich schaue in meinen Spiegel und richte mein
Hemd. Meine Mutter liebt es, wenn wir uns zum
Essen schick anziehen. Das ist so eine Art
Tradition geworden. Ich gehe die Treppe runter
und sehe das meine dabei ist den Tisch zu
decken. „Warte, ich helfe dir." Ich nehme ihr die
Teller ab und stelle sie ordentlich auf den Tisch.
„Oh Schatz, dankeschön." Sie fässt mir an die
Wange und kneift leicht rein. Ich verdrehe meine
Augen. „Shawnie, lächel doch mal bisschen

mehr!" Sie lächelt mich an, so wie immer. Ich wunder mich jedes Mal, warum ich nicht so ein Sonnenschein geworden bin.

Nachdem wir den Tisch gedeckt haben, kommen alle zusammen und setzen sich an den Tisch. Owen hat es nicht mal geschafft sein Hemd ordentlich zu knöpfen. Da kann ich mir einen Kommentar nicht verkneifen. „Du solltest beim nächsten Mal jemand bezahlen, der dich vernünftig anzieht, Owen." Er sieht gleich richtig genervt aus, genau das wollte ich erreichen. Ich glaube, der Abend kann nur besser werden. Ich setze mich auf meinen Platz und Avery setzt sich mir gegenüber. Sie stößt mit ihrem Fuß gegen mein Bein. Ich schaue sie an, aber sie wird nur rot und versucht den Blickkontakt mit mir zu vermeiden. „Wo ist denn mein Stiefdaddy." frage ich provokant in die Runde. „Shawn Rhys Weaver, was soll denn das?!" fragt meine Mutter verärgert. Ich muss schmunzeln, sie liebt Owens Dad, aber ich hasse diesen Kerl. „Lasst es euch schmecken." Meine Mutter wirft mir einen scharfen Blick zu. Ich schenke ihm aber nicht viel Aufmerksamkeit. Sie weiß ganz genau, was ich von Owen halte.

Nach dem Essen habe ich mich bereit erklärt, den Tisch abzuräumen. Der Grund ist eigentlich ganz simpel: Ich will Owens schleimiges Gesicht nicht länger ansehen, was sich bei meiner Mutter einschleimt, als wäre er der leibliche Sohn. Ich räume alles zusammen und fange an, alles in die Küche zu räumen. „Kann ich dir helfen?" Ich drehe mich zu der engelsgleichen Stimme um und sehe Avy im Türrahmen stehen. „Hälst du es nicht ohne mich aus, Avery?" sage ich lachend. Sie antwortet mir nicht auf meine Frage, trotzdem fängt sie an, die Teller in die Spülmaschine zu räumen. Sie bindet sich die Haare zusammen, verdammt, sieht das gut aus. Ich räume das Besteck ein. Plötzlich knallen wir mit unseren Köpfen zusammen. „Autsch." Ich nehme ihren Kopf in meine Hände und sehe ihr direkt in die Augen. „Alles gut, Avy?!" frage ich ganz besorgt. Ich schaue, ob man etwas sieht. Sie fängt an zu lachen. „Warum so besorgt, Rhys? Hab ich dir eine Gehirnerschütterung verpasst?" fragt sie mich lachend. „Wohl eher ein Schleudertrauma." Wir haben wieder diesen intensiven Augenkontakt. Verdammt, warum sieht sie mich nur so an? Wir kommen uns etwas näher, ich halte ihr Kinn hoch mit meinen Fingern. Wie gerne würde ich sie jetzt…

Avery

Ich habe so ein Kribbeln im Bauch, habe ich wirklich eine Gehirnerschütterung oder warum fühle ich das? „Hey Avery, ich bringe dich heim. Ich gehe noch auf Ashers Party." Ein Glück ist Owen gekommen. Wer weiß, was noch passiert

wäre, wenn er uns nicht unterbrochen hätte.
Rhys räumt weiter das Geschirr ein. „Ich hole dir
deine Jacke." sagt Owen und gibt mir einen Kuss
auf die Wange. Ich schaue wieder kurz zu Rhys.
„Wie fühlt es sich an, nicht eingeladen zu sein,
Ave?" Er macht sich darüber lustig. Ich denke
kurz nach. Er hat recht. Owen hätte mich ja
fragen können, ob ich mit möchte, aber er kam
garnicht auf die Idee. „Was ist mit dir? Bist du
eingeladen?" frage ich fordernd. „Asher spielt in
meiner Mannschaft. Wäre schon doof, wenn er
den Captain nicht einlädt. Findest du nicht?" Wo
er recht hat, hat er recht. „Stimmt, es tut mir leid,
Captain." Er schmunzelt. Er will mir eigentlich
gerade antworten, da kommt Owen reingestürmt.
„Abfahrt Avery!" Owen nimmt meine Hand und
zieht mich aus der Küche. Ich konnte mich nicht
einmal von Rhys verabschieden.

Wir sitzen im Auto und biegen auf die
Hauptstraße ab. Ich schaue aus dem Fenster
„Kann ich mitkommen, Owen?" Er schaut
verwundert. „Auf die Party? Da sind doch eh nur
Sportler. Das ist nicht dein Ding, Baby." Er legt
seine Hand wieder auf meinen Oberschenkel.
„Hm, achso, dann mache ich mir einen schönen
Abend." Ich schaue wieder raus. Ich will auch
mal wieder auf eine Party. Nur, weil ich einen
Unfall hatte, heißt das nicht, dass ich mein Leben
nicht mehr leben darf. Freu dich Owen, deine
Freundin besucht heute eine Party, Ashers Party.

Er setzt mich schnell Zuhause ab, sogar der Abschied war sehr kurz angebunden. „Ich liebe dich, Avery. Es war sehr schön mit dir." Er küsst mich auf den Mund. Ich warte noch so lange, bis ich sein Auto nicht mehr sehen kann.

Ich gehe hoch in mein Zimmer. Meine Mum kommt erst in 15 Minuten. Ich krame in meinem Kleiderschrank nach einem Kleid, was man für eine Party tragen kann. Vor zwei Jahren hatte ich noch nicht so viele Klamotten. Da springt mir ein dunkelblaues Kleid ins Gesicht. Es glitzert etwas, es ist perfekt. Ich halte es an meinen Körper. Ich liebe es jetzt schon. Es erinnert mich an etwas… Ich sehe mich in diesem Kleid in meinen Erinnerungen… Es war eine der Schulveranstaltungen, ich versuche mich zu erinnern…

Ich sitze auf diesem verdammten Schulball alleine an einem Tisch, weil mein Freund nicht auffindbar ist. Ich nehme mein Handy und versuche ihn anzurufen, der Anrufer ist leider nicht erreichbar. Ich bin wütend. Was mache ich eigentlich hier? Alle um mich herum tanzen und haben gute Laune, außer ich. Ich stütze mein Kinn auf meine Hand und schaue mich um. Die Musik wird immer lauter. Ich will tanzen, aber alleine ist das blöd.

Ich nippe an meinem Drink, das einzig Gute heute Abend sind die kostenlosen Getränke. Mir tippt jemand auf die Schulter, Ich drehe mich um und sehe ein breites Lächeln. Verdammt, dieses Lächeln. „Avery Elea Carter, warum sitzt du hier allein? Wo ist denn die Schmierfrisur?" Er setzt sich zu mir, ich muss schmunzeln. „Nenn ihn nicht so, Rhys…" Die Musik ist so laut, dass wir uns fast anbrüllen müssen. „Tanzt du?" Er sieht mich überrascht an. „Ciccina, fragst du mich gerade wirklich, ob ich mit dir tanzen möchte?" Ich schaue ihn grinsend an. „Hast du ein Problem damit, Weaver?" Er schüttelt seinen Kopf. „Ich habe schon etwas getrunken, nicht, das ich dir auf die Füße trete." Das bunte Licht schmeichelt seinem markanten Gesicht. Seine Grübchen kommen perfekt hervor in diesem hellen Schein. Ich stehe auf und halte ihm meine Hand hin. „Also, was sagst du? Nur ein Tanz bitte! Lass mich nicht hängen, Rhys" Er nimmt meine Hand. Es fühlt sich an, wie ein Stromschlag, der durch meinen kompletten Körper zieht. Er übernimmt direkt die Führung, dann kommt er näher an mein Ohr und flüstert: „Dafür schuldest du mir was, mi corazo'n." Ich bekomme eine Gänsehaut, versuche aber die Fassung zu bewahren. Er dreht mich einmal um meine eigene Achse. Ich schaue ihn überrascht an. Er tanzt wie ein Profi. Ich habe schon gehofft ihn aufziehen zu können, verdammt, warum muss er immer alles so perfekt können?

„Ich wusste nicht, dass du so gut tanzen kannst."
Wir bewegen uns perfekt zum Rhythmus. Ich
habe das Gefühl, dass uns alle anstarren. Aber
das ist mir in diesem Moment total egal. „Du
wärst überrascht. Ich stecke voller Geheimnisse,
Avery." Plötzlich ändert sich die Musikrichtung
von poppig zu langsam, romantisch. Ich merke,
wie mein Körper sich etwas verkrampft. Mit ihm
zu dieser Musik zu tanzen, fühlt sich falsch an.
„Okay… Ehm… Danke für den Tanz, Rhys. Ich
gehe dann…" Er zieht mich an meiner Hand
zurück. Ich bin ihm viel näher als vorher. Seine
eine Hand liegt an meiner Hüfte und die andere
an meinem oberen Rücken. Er übt einen leichten
Druck aus, der mich bei ihm hält. Ich bin wie
gelähmt. Es fühlt sich so richtig an, dabei ist es
doch so falsch. „Nicht so schnell, wenn ich schon
tanze, dann richtig." Ich starre ihm in die Augen.
Mein Körper bewegt sich ganz von allein zur
Musik. Ich sehe, wie sich seine Pupillen weiten.
„Avery, du starrst mich an." sagt er belustigt. „Du
starrst genauso, was ist deine Ausrede?" Er
schaut mir weiterhin direkt in die Seele. „Deine
Augen, sie faszinieren mich…" Ich spüre eine
Anziehungskraft zwischen uns. Sie sollte nicht
sein. Warum kommen wir uns immer näher?
Warum fühle ich mich so wohl bei ihm ?

„Fuck, Avery, warum tanzt du mit dem?!" Ich
zucke zusammen und sehe, wie Owen wütend
auf uns zu kommt.

Jetzt habe ich die Erinnerung komplett. Deswegen haben Rhys und Owen sich geprügelt. Aber wir haben doch nur getanzt…

Was ist das zwischen uns? Ich versuche diese Erinnerungen an Rhys zu verdrängen. Sie sollten nicht in meinem Kopf sein. Ich versuche mich abzulenken, indem ich dieses Kleid genauer anschaue. Das Kleid ist perfekt für diese Party heute Nacht.

Ich höre, wie meine Mum zur Tür reinkommt. „Ave, bist du schon da?" Sie kommt die Treppen hoch und klopft an meiner Tür. Ich verstecke das Kleid unter der Decke und tue so, als würde ich meinen Schlafanzug anziehen. „Komm rein." Ich nehme mein Schlafoberteil in die Hand. „Hey Mum, ich bin müde. Ich sollte schlafen gehen." Oh Gott, wann habe ich gelernt so dreist zu lügen? Ich habe auch kein schlechtes Gewissen dabei, ich muss mehr über meine Vergangenheit erfahren… Und mir über meine Gefühle im Klaren werden. Sie lächelt mich an. „Schatz, wann bist du nur so erwachsen geworden?" Sie kommt zu mir und umarmt mich. Ich drücke sie ganz fest an mich. „Gute Nacht, Mum. Ich habe dich lieb." Sie streichelt mein Gesicht. „Ich liebe dich auch." Sie sieht mich an, geht dann raus aus meinem Zimmer und schließt die Tür hinter sich.

„Es tut mir leid Mum…" flüstere ich und ziehe mir mein Kleid an. Ich schaue noch ein letztes Mal in den Spiegel, streiche es glatt, bevor ich das Fenster öffne und meinen Balkon hinunter klettere. Ich schaue mich nochmal um. Mich hat zum Glück keiner gesehen. Mein Herz rast, ich spüre das Adrenalin, welches ich vermisst habe.

Kapitel 15

Avery

Dank den Social Media Kanälen wusste ich genau, wo Ashers Party steigt und welche Adresse ich suchen muss. Ich laufe seit 20 Minuten die Straße rauf, man hört die laute Musik schon einen Kilometer weiter. Ich bin der festen Überzeugung, dass ich diese Party nicht verfehlen werde.

Ich halte vor einem riesigen Haus, quatsch, es ist eine Villa. Ich würde sogar behaupten, dieses Haus ist ein Stückchen größer, als das der Weavers. Im Vorgarten sind einige Leute. Die einen spielen Bierpong, andere übergeben sich im Gebüsch und wieder andere knutschen rum, obwohl ich das schon als Geschlechtsakt bezeichnen würde. Ich versuche, so wenig wie möglich aufzufallen. Dazu laufe ich ganz zügig durch den Vorgarten und sehe niemanden an.

Ich öffne die Tür zur Hölle. Ich schaue mich um, es grüßen mich eine menge Leute. Owen ist nirgends zu sehen. Ich sehe direkt einige Spieler aus Jayden's Mannschaft. Ich nehme mir ein Bier aus der Küche und begebe mich auf die Suche nach Owen. Ich schreibe ihm eine Nachricht, sie kommt aber nicht mal bei ihm an. Ich probiere ihn anzurufen, erfolglos. Ob Jayden auch hier ist? Er würde mich hier rausschleifen, Mum würde ihn umbringen, wenn sie das rausbekommt. Ich gehe raus auf die Terasse, dort sind einige Leute aus der Eishockeymannschaft. Ich erkenne einige Spieler vom letzten Spiel. „Hey Avery, was machst du denn hier?" Ich drehe mich um und sehe Asher. Er ist unglaublich gutaussehend, aber sehr abgehoben. „Ich wollte mal ein bisschen feiern." Ich setze das breiteste Lachen auf, was ich hervorbringen kann. Ich will mir meinen nächsten Drink holen, da läuft es mir eiskalt den Rücken runter. Ich sehe Lauren an mir vorbeilaufen, mit einem sehr breiten Grinsen. Warum sieht sie mich so an? Ich spüre plötzlich eine große Hand an meiner Schulter, die mich zur Seite zieht. „Scheiße Ave, was machst du hier?!" Ich reiß mich von ihm los. „Was ist dein Problem? Das ist eine Party, hier hat man Spaß!" Ich setze das Bier an und trinke einen großen Schluck. Rhys nimmt mir den Becher aus der Hand. „Verdammt, Jayden bringt mich um, wenn er dich hier sieht!" Ich verdrehe meine Augen. Was glaubt er denn eigentlich, wer er ist? „Rhys, du bist nicht mein Vater! Hör auf dich wie er zu verhalten! Oder soll ich dich ab jetzt Daddy nennen?" fauche ich ihn an. „Schon vergessen, dass dein Vater euch für eine Studentin verlassen hat?" zischt er zurück. Damit hat er

einen wunden Punkt getroffen. „Fick dich, Rhys!"
Ich schubse ihn weg, laufe über den Rasen in die
Richtung des Poolhauses.

"Avery, bleib stehen!" Die Tür zum Poolhaus ist
offen, ich gehe hinein. Ich nehme seine Stimme
nur schemenhaft wahr. Die laute Musik dröhnt in
meinem Kopf, die Geräusche werden immer
unerträglicher. Ich halte mir meine Ohren zu und
setze mich an den Beckenrand. „Ich will nicht mit
dir reden!" brülle ich ihn an. „Ich bringe dich nach
Hause, Avy." Ich schüttel den Kopf. „Warum
solltest du das tun? Willst du uns beide
umbringen?" frage ich vorsichtig. „Ich glaube,
deine Mutter würde eher mich umbringen, als
dich! Du bist hier nicht sicher… Das alles kann
ein Trigger für dich sein." Er sagt es diesmal viel
ruhiger. Er hat recht, ich hasse es zu zugeben,
dass ich unrecht habe. Es war eine blöde Idee
hier her zu kommen. Ich will gerade aufstehen,
merke aber schnell, dass mein Körper nachgibt.
Ich sollte noch kurz sitzen bleiben.

"Vertraust du mir, Avery?" Ich schaue ihn
verwundert an. „Warum?" Plötzlich zieht er sich
sein T-Shirt aus und lässt die Jeans ebenfalls auf
den Boden fallen. Was passiert hier? Ich sehe
seinen muskulösen Körper öfter, als den von
Owen. Avy, denk an Owen. Er ist dein Freund.
„Schönes Kleid, aber seit wann ziehst du ein
Kleid mehrfach an?" Ich schau an mir runter. „Ich

finde es zu hübsch, um das es nur im Schrank hängt." Er erkennt das Kleid.

Er springt kopfüber ins Wasser. Ich werde etwas nass, fange aber an zu lachen. Damit habe ich nicht gerechnet. „Bist du verrückt, Rhys? Wir können doch nicht einfach ins Wasser, das ist abgeschlossen! Wir sollten nicht hier sein." Er verdreht die Augen und kommt an den Beckenrand des Pools. Er ist jetzt zwischen meinen Beinen und legt seine eine Hand auf meinen Oberschenkel. Mir wird plötzlich ganz heiß und kalt zugleich. „Ich kann das nicht mehr hören. Du redest immer von Regeln. Verdammt Avery, fang an zu leben und brech endlich diese Regeln in deinem süßen Kopf!" Ich denke über seine Worte nach, Sekunden lang schweigen wir, keiner sagt was. Ich kann mich nur auf seine Augen konzentrieren. „Okay, dann zwing ich dich zu deinem Glück..." Er sagt nichts weiter. Er greift meinen Arm und zieht mich mit all meinen Sachen ins Wasser. Es ist verdammt kalt. Ich bekomme sofort eine Gänsehaut. Ich tauche wieder auf. „Rhys verdammt!! Ich hasse dich!" Ich spritze ihm Wasser ins Gesicht. „Was ist los, Avery? Angst vor dem Wasser? Oder Angst, weil du hier etwas verbotenes machst?" Ich sehe ihn an und weiß nicht, was ich ihn darauf antworten soll.

„Ich will im Moment nur eine Regel brechen." Er sieht mich fragend an. „Und welche deiner einhundert Regeln wäre das?" fragt er neugierig.

Dich Idioten zu küssen, verdammt! Den besten Freund meines Bruders und den Stiefbruder meines Freundes… Ich würde damit gleich zwei Herzen brechen. Mir wird übel. „Dich schlagen, weil du meine Haare ruiniert hast!!!" Wie gerne hätte ich die Wahrheit gesagt. Spürt er das auch zwischen uns? Oder bilde ich es mir nur ein?Mir wird schwindelig. Ich fasse mir an den Kopf, die Kopfschmerzen werden immer schlimmer. Ich habe das Gefühl, dass mich etwas unter Wasser zieht.

Mir laufen die Tränen über die Wangen. Ich starre in meinen Rückspiegel, starte den Motor und fahre los. Ich habe kein Ziel, denn mein Herz fühlt sich an, als wäre es in 1000 Teile zerbrochen. Ich kann es kaum noch spüren und habe das Gefühl keinen klaren Gedanken fassen zu können. Was ist nur los mit mir?

Rhys

„Avery! Fuck, was machst du denn?" Sie reagiert nicht. Ihr Kopf ist mittlerweile unter Wasser. Ich ziehe sie wieder hoch. „Ave?!" Ich sage panisch mehrmals ihren Namen. Mir kommen die Erinnerungen an diesen einen Abend wieder hoch, wo sie…

Ich fasse ihr an den Hals. Einen leichten Puls kann ich kann einen leichten spüren. Ich ziehe sie aus dem Wasser. Ich kann sie nicht verlieren, nicht schon wieder!

Avery

Ich öffne meine Augen ganz schwerfällig. Ich stehe auf den Kopf, überall ist Blut und kaputte Autoscheiben. Ist das mein Blut? Ich spüre nichts. Was ist los mit mir? Ich kann meine Augen kaum aufhalten.

Plötzlich wird alles schwarz…

Kapitel 16

Avery

Alles ist schwarz. Ich höre jemanden meinen Namen rufen. Ich versuche meine Augen zu öffnen, habe jedoch das Gefühl, mich übergeben zu müssen. Ich rieche Chlor, dazu ist die Luft sehr feucht. Ich reiße meine Augen auf. Wasser läuft aus meinem Mund und meiner Nase. Ich keuche und merke einen starken Druck auf meiner Brust. Ich bekomme kaum Luft und hyperventiliere. Meine Atmung kann ich nicht mehr kontrollieren. „Avy, beruhige dich. Alles ist gut." Er streichelt meinen Rücken und drückt meinen Kopf an seine Brust. Er ist noch ganz feucht, ich spüre, dass er zittert. Sein Herz rast, dazu hat er eine Gänsehaut. „Konzentriere dich auf deine Atmung…" Er macht mir den Rhythmus vor und ich probiere ihn nachzumachen. Meine Atmung beruhigt sich wieder. Diese Erinnerung hat sich so real angefühlt. Ich dachte kurzzeitig, dass ich sterbe. Ich habe Angst vor dem, was passiert ist. Vielleicht sollte ich es gut sein lassen, vielleicht ist es besser, wenn ich das alles nicht weiß. „Rhys… Ich hatte Todesangst… Es hat sich so real angefühlt. Als würde ich meinen

Unfall erneut erleben." Er sieht mich besorgt an. „Avy, ich bringe dich ins Krankenhaus. Du musst durchgecheckt werden. Beinahe wärst du ertrunken!" Er sagt das in einem sehr fordernden Ton. Er steht auf und zieht sich seine Sachen über seinen feuchten Körper. „Kannst du aufstehen oder soll ich dich tragen?" fragt er mich mit einem ernsten Blick. „Rhys, ich möchte nicht ins Krankenhaus. Ich bin doch nicht aus Glas." Er hält mir die Hand hin und zieht mich hoch, sodass ich auf meinen Beinen stehe. Aufmerksam begutachtet er mich und meinen Körper. „Rhys es geht mir gut!" Er schaut skeptisch. „Bist du dir sicher?" Ich nicke mit meinem Kopf, um ihn zu signalisieren das es mir gut geht. „Erinnerst du dich öfter an deinen Unfall?" fragt er mich mit leiser Stimme. Ich zögere, aber ich kann nicht ewig davor weglaufen. „Ab und zu. Es sind aber immer nur Bruchteile, Sekunden. Ich sehe immer sehr viel Blut, kaputtes Glas und Rauch…" Er nimmt meine Hand. „Es tut mir so leid, was da passiert ist, Avery…" Warum sollte es ihm leid tun? Er sieht mich wieder an. „Ich will mich daran nicht erinnern. Diese kleinen Erinnerungen reichen mir schon." Er sieht mich besorgt an. „Ich glaube, du kannst vor deiner eigenen Vergangenheit nicht davonlaufen… Früher oder später wirst du dich daran erinnern." Er hört sich traurig an, weiß er etwa mehr, als er zugibt ?

Wir steigen zusammen in sein Auto. Er startet den Motor. „Wo fahren wir hin?" Er ignoriert meine Frage. Es nervt mich, wenn man mich ignoriert. „Kannst du vielleicht mal aufhören, mich zu ignorieren?!" frage ich ihn zynisch. Er schaut nur auf die Straße. „Liegt das bei euch in der Familie? Du und Owen seid euch ähnlicher als gedacht…" Bevor ich zu Ende reden kann, macht Rhys eine Vollbremsung. Mein Körper wird in den Sitz gepresst. „Spinnst du?? Willst du uns jetzt umbringen?! Glaubst du, die eine Nahtoderfahrung reicht mir nicht für heute?" kreische ich. Mein Herz springt mir fast aus der Brust. „Vergleiche mich nie wieder mit Owen, Avery." zischt er mich an. Sein Blick ist finster. Ich schlucke schwer. „Wir fahren ins Krankenhaus, damit du durchgecheckt wirst! Du bist grade fast ertrunken."

Egal, wie oft ich ihm sage, dass ich nicht dahin möchte, er ignoriert meine Bitte. „Rhys bitte, bring mich nach Hause. Mir geht es gut." Er beißt sich auf die Lippe. „Bist du dir sicher?" Er legt seine Hand auf seinen Kupplungsknauf. Wir bleiben stehen. Er mustert mich von oben bis unten. Es kommt mir vor, als würde er nach Verletzungen suchen. „Mir geht es gut, versprochen…" Ich lege meine Hand auf seine und drücke sanft zu. Ich merke, wie sich sein Körper anspannt. Ich ziehe erschrocken meine Hand zurück. Er greift meine Hand und hält sie fest. „Avy, ich… hätte es mir niemals verziehen, wenn dir etwas passiert wäre." Ich nehme seine andere Hand und sehe ihn direkt in sein besorgtes Gesicht. „Rhys, mir geht es gut. Es ist nichts passiert. Du warst da und…" Wir werden von der Vibration meines Handys unterbrochen. Rhys schaut weg. „Du solltest ran gehen. Schmierfrisur kann mit Ablehnungen nicht sonderlich gut umgehen." So viel Spott in seiner Aussage. Warum hasst er Owen so?

Er hält einige Meter vor meinem Haus, schaltet den Motor aus und starrt auf die Straße. Ich sehe zu ihm rüber. Seine Haare sind noch leicht feucht. „Wir sind da…" Ich will gerade alles machen, außer aussteigen. Mir läuft ein kalter Schauer über den Rücken. „Ist dir kalt?" Er greift nach hinten und hält mir einen Pullover hin. Es ist sein Sportpullover. Ich halte ihn in meinen Händen. Warum habe ich das Bedürfnis, daran zu riechen? „Danke." flüstere ich. Es herrscht eine peinliche Stille. „Sehen wir uns in der Uni?" Ich nicke. „Ja klar, ich bin da, wir sehen uns." Ich steige aus dem Auto aus und versuche, so schnell wie möglich Abstand zwischen uns zu bringen. Dabei falle ich fast hin. Zum Glück kann ich mich gerade so halten. „Alles gut!" Versuche ich ihn zu beruhigen. Er schüttelt den Kopf und lächelt. „Pass auf dich auf, Kleines." Ich nicke ihm zu und sehe ihm davonfahren. Warum fühle ich mich auf einmal so leer? Ich stehe in unserem Garten, schaue, ob die

Luft rein ist. Dann klettere ich meinen Balkon hoch. Zum Glück habe ich die Seite mit den Säulen bekommen. Jayden hatte es immer schwerer sich rauszuschleichen. Ich schleiche mich in mein Zimmer und ziehe schnell meinen Schlafanzug an. Ich sehe Rhys Pullover auf meinem Bett liegen. Ich setze mich hin und nehme ihn näher zu mir ran. Ich führe ihn zu meinem Gesicht und rieche dran. Es weckt in mir ein vertrautes Gefühl, Erinnerungen an ihm, in diesen Pulli. Ich ertappe mich selbst beim Grinsen und lege ihn zur Seite. Ich schmeiß mich in meine Kissen. Was macht er nur mit mir?

Kapitel 17

Avery

Ich habe fast verschlafen. Meine nächtlichen Ausflüge sollte ich aufs Wochenende verschieben. Ich packe mir ein Kissen auf den Kopf und überlege, ob ich heute überhaupt aufstehe. Es hämmert jemand an meiner Tür. Ich versuche es zu ignorieren, ohne Erfolg. „Avery, aufstehen! Abfahrt in 10!" Moment, in 10 Minuten? Verdammt, ich springe auf und renne ins Bad. Ich putze meine Zähne und überlege nebenbei, was ich heute anziehe. Zum Glück ist heute Freitag. Einen weiteren Tag in der Hölle hätte ich nicht ausgehalten.

Ich schmeiße mir meine Tasche über die Schulter und renne die Treppen runter. „Jayden, warte!!" Ich komme total aus der Puste an seinem Auto an und bin verwundert. „Wo ist Rhys?" Er sieht mich verwundert an. „Er fährt heute anders zur Schule. Alles okay? Du müsstest dich eigentlich freuen." Wir steigen gemeinsam ins Auto ein. Jayden`s Fahrstil lässt zu wünschen übrig. Ich habe Herzrasen und ein sehr unwohles Gefühl, was ich versuche zu verbergen. Deswegen wünschte ich, dass ich heute den Bus genommen hätte.

Jayden lässt mich direkt vor dem Eingang raus. Wir sind wieder so spät, sodass wir keinen Parkplatz gefunden haben. „Laufend komme ich wegen dir zu spät!!" zische ich ihn an. „Dann such dir eine andere Mitfahrgelegenheit oder fahre alleine! Es kann dich nicht immer jemand bringen, Prinzessin" keift er zurück. Er merkt recht schnell, dass er etwas doofes gesagt hat. „Avy, es tut mir…" Ich knall die Autotür zu und gehe von dem Auto weg. So ein Arsch, was denkt er? Ich würde auch lieber selbst fahren, aber ich kann nicht. Alleine, bei dem Gedanken alleine fahren zu müssen, wird mir schon ganz schlecht. Ich merke, wie mein Puls in die Höhe schießt. Ich schmecke wieder Blut, sehe viele Bilder, die ich nicht zusammenfügen kann. Ich schließe meine Augen, in der Hoffnung. dass dieses grausame Gefühl wieder verschwindet.

Rhys

Heute werden über 30 Grad. Ich habe mein Motorrad aus der Garage geholt und vor der Uni geputzt. Ich sehe, wie Owen zu seinem Auto läuft und mich abfällig anschaut. „Glaubst du, dass du mit der Brille schlauer aussiehst?" Ab und an habe ich Kopfschmerzen, wenn das der Fall ist, setze ich sie auf. Eigentlich sollte ich sie öfter tragen aber ich wehre mich strikt dagegen. „Die

Mädels würden mich auch mit Brille wollen. Bei dir wäre ich mir nicht ganz so sicher." Ich zwinkere ihm zu. Darauf antwortet er mir nicht mehr. Vernünftige Gespräche wird es zwischen Owen und mir niemals geben. Wir beleidigen uns nur und früher oder später werden wir uns, glaube ich, umbringen. Also ich werde ihn umbringen.

Ich parke an der Uni und laufe Richtung Eingang. Heute bin ich ausnahmsweise mal pünktlich. Ich gehe in den Vorlesungsraum und bemerke, dass die Plätze von Jayden und Avery noch leer sind. Ich schaue nochmal auf die Uhr und den Tag, ich bin richtig. Ich setze mich hin und richte meine Brille auf der Nase. Einige Mädels laufen kichernd an mir vorbei. Ich werfe ihnen nur ein sanftes Lächeln zu. Daran werden sie bei ihrem nächsten Orgasmus denken.

Jayden kommt in den Vorlesungssaal gestürmt und setzt sich schnell neben mich hin. „Hast du Avery gesehen? War sie schon hier?" Er wirkt etwas panisch, ich harke nach. „Was ist denn das Problem, Jay?" Sein Gesicht verzieht sich. Er sieht schuldig aus. Was hat er denn nun wieder ausgefressen? Nach langem stottern, rückt er mit der Sprache raus. „Ich habe vorhin etwas doofes zu ihr gesagt. Ich glaube, es hat sie verletzt. Warum musste ich ausgerechnet das Autofahren ansprechen? Ich bin so blöd." Er macht sich Vorwürfe. Ich denke, dass es gesagt werden musste. Ich meine, will sie nie wieder am Steuer sitzen? „Sie ist deine Schwester. Sie hasst dich nicht, komm runter…" In dem Moment sehe ich eine blonde Gestalt sich neben mich setzen. „Avery?" Ich sehe sie fragend an. Sie sitzt eigentlich neben Jayden,doch jetzt hat sie sich neben mich gesetzt. „Was?! Die Jayden-Toleranz-Grenze ist für heute überschritten. Überschreite deine heute nicht!" faucht sie mich an. Ich hebe meine Hände unschuldig. „Boa Leute, ich kriege kaum Luft zwischen euch beiden, so dicke Luft herrscht hier. Avy, wollen wir nicht einfach Plätze tauschen und…" Sie sieht mich böse an und zieht mich wieder runter, dass ich mich hinsetze.

Die ganze Stunde haben die beiden kein Wort miteinander gewechselt. Und als ob das nicht genug wäre, nein, sie haben den ganzen restlichen Tag nicht miteinander geredet. Ich danke meiner Mutter dafür, dass sie mir keine Geschwister geschenkt hat. Avery ist Erfahrung genug.

Avery

Ich habe den ganzen Tag mit meinen Erinnerungen zutun gehabt. Ständig habe ich mein kaputtes Auto vor Auge, den Geschmack von Blut im Mund und diese Todesangst. Ich will keine Angst vor meiner Vergangenheit haben.

Sie ist ein Teil von mir und ich muss mich mit ihr auseinandersetzen.

Die letzte Lesung ist vorbei. Ich greife meine Tasche und stürme aus dem Raum raus. Ich will nicht mit Jayden Heim fahren. Ich werde mit ihm reden, aber heute habe ich keine Lust auf Mitleid und doofe Entschuldigungen. „Avery, bitte fahr mit mir mit! Mum bringt mich um, wenn ich ohne dich komme…" Ich verdrehe genervt die Augen. „Weißt du was, Jayden? Das klingt nach einem Du-Problem." Er sieht mich mit einem verzogenen Gesicht an. „Wir sehen uns, Bruderherz." Ich drehe um und suche mir einen anderen Weg nach Hause.

„Verdammt!" Ich renne dem Bus noch ein Stück hinterher. Ich bin total aus der Puste und schaue auf den Plan, wann der nächste Bus kommt. „In einer Stunde??" Habe ich das gerade wirklich so laut gesagt? Ich schaue genervt auf mein Handy. Ich werde Jayden nicht anrufen, das muss ich alleine klären.

Ich lasse meinen Blick über den Parkplatz schweifen. Es ist schon viel leerer als vorher. Da fällt mir jemand auf, ein bekanntes Gesicht. „Rhys! Hey, warte mal!" Ich laufe schnell zu ihm. „Was gibt's Ciccina? Willst du dich auch mit mir streiten?" Ich sehe ihn an. Seit wann trägt er eine Brille? „Die Brille steht dir. Mit der siehst du nicht ganz so übel aus. Intelligenz ist sexy, Weaver."

Er sieht mich mit hochgezogener Augenbraue an. „Willst du mir sagen, dass ich sonst hässlich und dumm bin? Also flirten sollten wir nochmal üben, Avery!" Moment flirten? Ich stoße ihn in seine Seite und muss lachen. Er hält plötzlich an. „Hey, gehen wir nicht zu deinem Auto?" Er sieht mich schräg an und geht zu einem der Motorräder. Verdammt! Ich habe vergessen, das Rhys ein Motorrad hat. Das ist meine Chance. Eine Möglichkeit, einen Teil meiner Angst zu beseitigen. Oder wenigstens etwas besser mit ihr umzugehen.

„Kann ich mitfahren?" frage ich geradeheraus. Sein Blick sagt eindeutig nein, genauso wie sein Mund. „Nein Avery. Bist du verrückt? Nach dem, was im Pool war? Was ist, wenn dir was passiert? Deine Mum tötet mich!" Ich verdrehe genervt meine Augen. „Du schuldest mir was, Rhys. Du hast keine andere Wahl!" Ich sehe ihn fordernd an und verschränke meine Arme. Ich stelle mich so selbstbewusst vor ihn, dass es mir schon fast Angst macht. „Avery, du weißt, dass ich dich ganz einfach zur Seite schieben kann?" Ich sehe ihn mit großen Augen an. „Bitte Rhys." Er schaut wütend weg und ballt seine Hände zu Fäusten. Er fixiert mich mit seinen dunklen Augen. „Ich hasse kleine und nervige Blondinen, die immer ihren Willen bekommen." Ich sehe ihn beleidigt an. Trotzdem reicht er mir seinen zweiten Helm. „Zum Glück hasst du mich nicht mehr!" Ich fange an zu lächeln. Er schüttelt nur seinen Kopf und setzt sich auf das Motorrad. Ich hätte nicht gedacht, dass ich jemals Rhy's Lächeln so attraktiv finden würde. Vor zwei Jahren hätte ich ihn die Grübchen rausschneiden können, und jetzt?

Kapitel 18

Avery

Ich setze mich hinten auf seinen Soziussitz. Er
schaut über die Schulter. „Willst du dich nicht
festhalten?" Ich suche verzweifelt nach etwas,
woran ich mich festhalten kann. „Alles gut!"
sage ich etwas lauter. Durch den Helm versteht
man mich nicht so gut. „Wenn du meinst:" sagt
er lachend. Er startet den Motor und fährt
ruckartig los. Ich falle fast hinten runter. Im
nächsten Augenblick bremst er und wir knallen
mit unseren Helmen zusammen. Ehe ich mich
versehe, sind meine Hände um seine Taille
gelegt. „Verdammt Rhys!" Ich stoße ihn leicht in
den Rücken. „Ich weiß doch, dass du nur
mitfahren willst, damit du mich anfassen
kannst." In dem Moment berührt er meine
Hände mit seinen, legt sie um seinen Bauch.
Ich fühle seine harten Muskeln. Er erklärt mir,
dass ich mich beim Bremsen am Tank
abstützen muss. „Sonst knallen wir mit unseren
Köpfe aneinander. Das ist unangenehm für uns
beide." Er schaut nochmal zu mir. „Bist du
soweit? Du kannst auch den Bus nehmen." Ich
unterbreche ihn direkt. „Nein, fahr los." Ich will

es, nichts wird mich jetzt davon abbringen. Er startet wieder den Motor. Ich spüre, wie mein Herz rast, drücke mich dennoch näher an ihn ran.

Ob er mein Herz spüren kann? Ob er spüren kann, wie mein Herz seinen Rhythmus verliert? Ich schließe meine Augen und lege meinen Kopf an seine Schulter. Ich spüre, wie wir losfahren. Mein Körper verkrampft sich, ich bekomme leichte Panik und kralle mich an Rhy`s Körper fest. „Wenn du mich umbringst, dann stirbst du auch, Ciccina!" Er berührt wieder meine Hände. um meinen Griff etwas zu lockern. Ich kann ihn nicht antworten. Es kommt einfach nichts aus meinem Mund.

Langsam öffne ich meine Augen, langsam entspannt sich mein Körper immer mehr. Rhy`s Hand ist an meinem Schienbein. „Keine Angst, Avy. Ich lasse dich nicht fallen." Ich lehne mich mit meinem Helm näher an sein Ohr. „Ich weiß, Rhys."

Ich spüre den Wind. Er bereitet mir eine wohlige Gänsehaut und ein breites Lächeln auf meinen Lippen. Ich löse eine Hand von Rhy`s Körper, um sie durch den Wind gleiten zu lassen. Es fühlt sich unglaublich an. Meine Angst ist fast verflogen. Seine Berührungen lassen mich zusammenzucken. Er fühlt sich an wie Feuer. Bei jeder Berührung verbrenne ich mich ein bisschen mehr an ihm. Wir halten vor einem Café an. Ich hüpfe runter. „Das war der Wahnsinn!" Ich habe so viel Adrenalin in meinem Körper, dass ich leicht zittere. Ich will den Helm absetzen, bekomme ihn aber nicht auf. „Warte, ich helfe dir." Er hebt mein Kinn sanft mit seiner Hand, um an die Schnalle zu kommen. Er zieht den Helm sanft über meinen Kopf. Ich richte meine Haare, die durch den Helm total zerzaust sind. „Ich habe Lust auf eine Erfrischung. Was sagst du, Avy?" Er legt den Helm über seinen Spiegel, geht zu dem Café und öffnet mir die Tür. „Nach dir, Avery." Ich muss lächeln und gehe durch. „Was für ein Gentleman, Mr. Weaver."

„Es ist Ewigkeiten her, dass ich einen Milchshake getrunken habe." Ich nehme einen großen Schluck. „Das könnte daran liegen, dass dein letzter Milchshake in meinem Gesicht gelandet ist." Ich muss mir mein Lachen verkneifen, als ich daran zurückdenke. Mir wird warm um`s Herz. Meine ganzen Probleme sind wie verflogen. Die Albträume, die Erinnerung… Ich bin im hier und jetzt mit ihm.

Wir sitzen draußen. Das Wetter ist traumhaft. „Woran denkst du?" fragt mich Rhys mit einem breiten Lächeln im Gesicht. Sollte ich die Wahrheit sagen? Ich denke an meinen Unfall… Die Teile fliegen durch meinen Kopf und ich versuche, sie zusammen zu setzten, doch ohne

Erfolg. „Warst du auf der Party? Am Unfallabend meine ich." Ich blicke ihn direkt an, in der Hoffnung, dass ich erkenne, wenn er lügt. Aber es zuckt kein Muskel in seinem Gesicht. „Ja, betrunken irgendwo." Er hält seine Antwort kurz und knapp, aber das reicht mir nicht. „Haben wir an dem Abend gesprochen?" Ich will alles über diesen Abend wissen. Er blockt jedoch ab. „Ja, sozusagen… Warum willst du das alles wissen?" Er nimmt einen großen Happen von seinem Eis. „Ich dachte, dass ich mich an den Abend erinnern könnte… Mit deiner Hilfe. Die Unfallnacht ist für mich immer noch nicht klar.". Er lacht spöttisch, ich hoffe er merkt nicht das ich mich an so viel mehr nicht erinnere. „Und du glaubst, dass du mir vertrauen kannst, Avery?" Seine grün, grauen Iriden fixieren mich. Kann ich ihm vertrauen? Ich habe keine andere Wahl. Wenn ich ihm nicht trauen kann, wem dann? Sein eiserner Blick wandert zu meinem Milchshake. „Ich mag es, wenn du meinen Namen sagst…"

Habe ich das gerade laut gesagt? „Was?" Ich räusper mich kurz. „Du meinst Avery Elea Carter?" Er sagt das in einer so tiefen Stimme, dass ich eine wohlige Gänsehaut bekomme. Warum hört sich das aus seinem Mund so perfekt an? Ich lache los und verschütte fast meinen Shake. Rhys zuckt zurück. „Ich vertraue dir nicht, wenn du einen Milchshake in der

Hand hast." Sein Blick ist steif auf meinen Milchshake gerichtet. Er steht auf und geht langsam um den Tisch rum. Ich trinke provokant noch einen großen Schluck. Ich halte ihn den Becher ruckartig rüber. Er zuckt zusammen. „Ganz schön nachtragend, Rhys." Diese kurze Angst in seinen Augen ist sehr amüsant. Ehe ich mich versehe, packt er den Becher. Seine Hand berührt meine. Ich fühle mich wie elektrisiert. Plötzlich drückt er den Becher leicht zusammen, etwas tropft daneben. „Das ist hoffentlich nicht deine Lieblingsbluse, Ave." Er drückt den Becher kräftiger zusammen. Es spritzt überall hin, auch in unsere Gesichter. Ich fange an laut loszulachen.

Er wischt sich etwas aus dem Gesicht. Ich lecke mir meinen Mund ab. Seine Hand nehme ich runter. Er sieht mich überrascht an. Ich wische ihm über seine Stupsnase. „Du schmeckst traumhaft." Er nimmt auch einen Finger und fährt damit über meine Wange. „Du schmeckst auch nicht schlecht." Wir lachen beide. Ich glaube, ich habe ihn noch nie so herzhaft lachen sehen. Was machst du nur mit mir?

Rhys

Wir machen unsere Gesichter sauber. Ave`s Bluse wurde vom Erbeershake verschont.

„Warum habt ihr euch vorhin gestritten?" Ihrem Blick nach zu urteilen weiß sie genau, wovon ich spreche. „Warum fährst du denn eigentlich nicht alleine mit dem Auto?" Sie schaut runter und fängt an rumzudrucksen. „Ich habe Angst…" Ich habe sie kaum verstanden. Sie hat so leise gesprochen."Wie bitte? Ave, bei dir brauche ich bald ein Hörgerät." Ich schubse sie leicht an ihrer Schulter. „Ich habe Angst im Auto…" sagt sie diesmal lauter. Ich werde still. Ich habe bei all dem Spaß den wir zusammen hatten komplett ausgeblendet, dass sie einen Autounfall hatte, verdammt. „Ich kann mit dir zusammen üben. Wir können uns langsam herantasten." Sie sieht mich überrascht an. „Immer, wenn ich im Auto sitze, kommen Bruchteile von der Nacht wieder hoch. Sie sind unklar, verwaschen und machen mir eine heiden Angst…" Ich lächel sie an, in der Hoffnung, es beruhigt sie wieder etwas. „Morgen nach der Uni bekämpfen wir deine Angst." Sie nickt schüchtern. Mir kommen auch einige Bilder aus dieser Nacht hoch. Ich kann ihr nicht die Wahrheit sagen, auch, wenn sie sie verdient hat. Warum bin ich so egoistisch? Was macht sie nur mit mir?

Kapitel 19

Avery

Wie am Vortag besprochen, werde ich mich mit Rhys nach der Uni auf dem Parkplatz der Uni treffen. Ich bin heute Morgen wieder mit Jayden gefahren. Er kam gestern Abend mit meinem Lieblingseis und hat sich für das entschuldigt, was er gesagt hat. Dafür liebe ich meinen Bruder. Er ist einsichtig und kann sich seine Fehler eingestehen. Das können nicht viele männliche Wesen. Das beste Beispiel ist Owen. Er ist der Meinung, dass er nie Fehler macht. Und genau das nervt mich. Was hat mich denn eigentlich dazu getrieben, mit ihm zusammenzukommen? Überlege Avery... Ich sitze zur Zeit in meiner Vorlesung und versuche meine Erinnerungen von Owen zusammenzusetzen.

„Hast du schon gehört? Es kommt ein neuer an unsere Uni und er soll heiß sein." Chey sagt das mit so einer Begeisterung, dass ich glaube, dass sie sofort die Hose für ihn runterlassen würde.

Chey hat nicht gelogen. Er sieht unfassbar gut aus. Alle anderen Mädchen sehen das scheinbar genauso. Sogar Lauren, mit der ich seit fast einem Jahr nicht mehr gesprochen habe. „Guck mal, sogar Bitchy Lauri hat ein Auge auf ihn geworfen. Ich habe gehört, er heißt Owen. Und Trommelwirbel… Er ist wohl Single." Ich schaue zu ihm rüber, mustere ihn von oben bis unten. „Und seinem Vater gehört eine große Anwaltskanzlei." Meine Ohren sind gespitzt. „Eine Anwaltskanzlei?" Sie nickt ganz enthusiastisch. „Ja, er hat sich jetzt mit einer anderen Anwältin zusammengetan. Das soll ein großes Ding werden." Das könnte meine Chance sein. Eine Chance auf Erfolg. Es ist schwer in gute Kanzleien reinzukommen als Studentin. Vielleicht sollte ich ihn mir mal genauer angucken. „Was sagt denn eigentlich Shawn-Rhys dazu?" Ich sehe sie verwundert an. „Du weißt es nicht? Ich dachte, du redest ab und an mal mit dem Typen. Er ist schließlich der beste Freund… Ach, egal. Owen ist sein Stiefbruder. Sein Dad hat seine Mum geheiratet." Woher weiß sie das alles immer nur? Mir bleibt der Mund offen stehen, als Owen mich anlächelt. Das könnte lustig werden.

„Mrs. Carter Sind sie in meinem Unterricht anwesend?" Vor Schreck lasse ich meinen Stift fallen. Alle sehen mich an. „Das nächste mal werden sie extra Aufgaben bekommen damit sie nicht so viele träumen." Ich nicke zögerlich mit meinem Kopf. Ich starre auf meinen leeren

Zettel. Ich bin immer noch total verwirrt, aber bei einer Sache bin ich mir jetzt sicher: Ich habe keine Gefühle für Owen! Jetzt zu mindestens nicht. Wie es vor meinem Unfall war, weiß ich nicht. Ich weiß nur, dass ich im Hier und Jetzt keine Gefühle für ihn habe.

Ich habe das Gefühl, an meiner Verwirrung zu ertrinken. Alle sehen mir nur zu, keiner hilft mir aus meinem Loch.

Das Klingeln zum Stundenende reißt mich aus meinen dunklen Gedanken. Der Lesesaal wird immer leerer. Ich bin einer der letzten Studenten. Ich bekomme eine Nachricht von Owen. Er fragt, ob er mich mit zu sich nehmen soll. Verdammt, was mache ich nur mit ihm? Darauf fällt mir nur eine Lüge ein, die passt zur Zeit immer. „Ich habe einen Arzttermin." Ich kann ihn nicht ewig anlügen. Ich muss es beenden, aber was ist, wenn es ein Fehler ist, ich meine Erinnerungen zurück bekomme und es bereue. mit ihm Schluss gemacht zu haben? Ich war noch nie in meinem Leben so unsicher.

Ich stürme aus dem Saal. Alles um mich herum wird wieder unerträglich laut. Ich halte mir die Ohren zu, doch es hilft nicht. Es kommen wieder Bruchteile von Erinnerungen, die ich nicht entziffern kann.

„Du wirst nichts sagen Avery. Ich kann dein Leben zerstören." Ich sehe mich halbnackt auf

dem Bett liegen. Woher hat er ein solches Bild von mir? Ich werde blass. Sowas darf nicht rum gehen. Erst recht nicht von einer anstrebenden Anwältin.

„Deinem Gesicht nach zu urteilen, gehe ich davon aus, dass du den Mund hälst, Avy. Richtig?" Ich weiche von ihm zurück. „Warum tust du das Owen?" Sein Gesicht verzieht sich zu einem bösen Grinsen. „Ich liebe dich, Avery. Du gehörst mir. Wenn ich dich nicht haben kann, dann soll dich keiner haben." Er streichelt meine Wange und küsst sie sanft. „Bitte Avy, mach das zwischen uns nicht kaputt." Mein Herz klopft mir bis in meinen Kopf. Was ist nur los mit ihm? Er nimmt den Hefter mit den Lösungen der nächsten Klausuren und lässt mich alleine stehen.

Ich stoße mit jemanden zusammen. Sofort entschuldige ich mich tausendmal. Was war das gerade? Ich wusste, dass die Beziehung zwischen Owen und mir toxisch ist, aber so toxisch? Ich habe mitbekommen, dass nicht alles perfekt bei uns war. Aber, dass wir so kaputt sind… Weiß Rhys davon? Hat er deswegen so im Krankenhaus reagiert, als ich meinte, dass Owen mich angefasst hat?

Ich werde immer unsicherer. Wem kann ich vertrauen? Owen gibt mir nicht das Gefühl, ihm wichtig zu sein. Rhys ist da ganz anders. Warum vergleiche ich ihn mit Rhys? Er und ich sind nur Freunde, oder etwas dazwischen. Ich weiß es nicht, aber was ich weiß: Er tut mir gut! Aber da ist noch etwas... Verdammt Kopf, erinnere dich endlich!

Ich laufe über den Parkplatz auf der Suche nach Rhys und seinem Auto. Ich entdecke ihn schließlich. Er lehnt an seinem schwarzen Mercedes und schaut auf sein Handy. Seine Sporttasche inklusive Eishockeyschläger steht direkt vor ihm. Im nächsten Augenblick sieht er auf und bemerkt mich. Er stößt sich vom Auto ab. „Da bist du ja, Little Avy. Hab gehört, dass du fast extra Aufgaben machen musstest und das ohne mich." Ich rolle die Augen. „Du hast deine Ohren aber auch überall." Er grinst und setzt sich seine Sonnenbrille auf. „Steig ein, sonst nimmst du den Fußbus, Ciccina." Lautes Lachen dröhnt aus meinem Mund. „Wo hast du denn diesen Spruch her?" Er startet den Motor und lässt ihn kurz aufheulen. „Frag mal deinen Bruder." Jetzt, wo er es sagt... Das ist definitiv ein Spruch, der von Jayden kommen könnte.

Wir biegen auf einen großen leeren Parkplatz in einem verlassenen Industriegebiet. Rhys fährt an die Seite und schnallt sich ab. „Bist du bereit, Ave?" Er steigt aus und öffnet mir die Tür. Mir bleibt die Luft weg. Mein Herz rast, ich bekomme feuchte Hände. Ich atme tief ein und versuche meine Luft langsam raus zu lassen. Du kannst das Avery… Du kannst das… Ich wiederhole diese Worte immer wieder in meinem Kopf. Ich setze mich hinter das Lenkrad. Es fühlt sich so vertraut und doch auch so fremd an. „Es gibt nichts, wo du gegen fahren könntest. Also, wenn du mich oder uns umbringen möchtest, könnte es schwierig werden."

Er schnallt sich an und hält sich oben an dem Griff fest. Ich starre das Lenkrad an. Mir wird übel, alles dreht sich in meinem Kopf. Ich höre laute Geräusche, das zerspringen von Autoscheiben, Blut, überall Blut. Im nächsten Augenblick spüre ich, wie jemand meine Hand berührt. Es bringt mich wieder in das Hier und Jetzt. Ich sehe mit großen Augen zu ihm rüber. Er drückt meine Hand etwas fester. „Willst du, dass wir gehen?" fragt er mich vorsichtig. Ich schüttel sofort den Kopf. „Nein, ich kann das!" sage ich etwas zynisch. Ich lege beide Hände ans Lenkrad und will den Motor starten, aber irgendwas in meinem Kopf hält mich davon ab. Ich probiere gegen diese Blockade anzukämpfen, aber es ist zwecklos. „Verdammt!" schreie ich. Währenddessen schlage ich einmal auf das Lenkrad. „Ich kann das nicht…" flüstere ich. Fast hätte ich mich selbst nicht verstanden.

Ich stürme aus dem Auto und laufe einfach los."Avery, warte!" Ich drehe mich ruckartig zu ihm um. „Worauf Rhys?! Ich bin kaputt…" Ich fasse mir an den Kopf. Am liebsten würde ich mir die Haare ausreißen. Ich schreie einmal auf. Ich bin so wütend auf mich, auf die Person, die den Unfall verursacht hat… Er packt mich am Arm und zieht mich zu sich ran. „Na los Ave. Schrei mich an! Was macht dich alles wütend?" Warum sollte ich ihn anschreien? Er kann dafür ja nichts. Ich sehe ihm tief in die Augen. „Ich bin sauer auf mich, dass ich mich nicht an diese Nacht erinnere. Ich bin sauer darüber, dass mich jeder anlügt! Und ich bin sauer auf die Person, der ich diese scheiß Situation zu verdanken habe!" Ich fühle mich viel freier, nachdem ich das alles ausgesprochen habe. „Ist da noch etwas, was raus will?" Er hält immer noch sanft meinen Arm fest. Seine Berührung fühlt sich an wie Feuer. Mir ist schlecht, ich habe das Gefühl, mich gleich zu übergeben. Einen kleinen Augenblick später drehe ich mich ruckartig um und übergebe mich in einem Gebüsch. Ich versuche meine Haare zurückzuhalten. Ich merke, wie Rhys seine Hand auf meinen Rücken legt. Er nimmt meine Haare und hält sie hinten beisammen mit seinen großen Händen. Ich sacke in mich zusammen. Er hält mich fest, sodass ich sanft lande. *"Ich lasse dich nicht fallen"* Diese Worte erklingen immer wieder in meinem Kopf, sie werden immer lauter. Seine Berührungen sollten nicht so sein… Warum fühlt sich das alles so gut und gleichzeitig so verdammt falsch an?

Kapitel 20

Avery

Rhys geht zum Auto und holt mir etwas zu trinken. Verdammt, wie unangenehm war das bitte? Es hätte nur gefehlt, dass ich ihn nerve, wortwörtlich. „Geht es dir wieder besser?" Er tut so, als wäre nichts gewesen. Ich weiß nicht, ob mich das freuen sollte, oder, ob mich noch etwas erwartet. Ich nicke mit dem Kopf „Kommt kein doofer Spruch von dir?" frage ich forsch. Ich meine, er ist nicht Rhys, wenn er mir keinen guten Spruch an den Kopf haut. „Ich dachte, es wäre unpassend in dieser Situation." Er grinst, seine Grübchen werden von der Sonne geküsst. Er hat doch etwas im Kopf. „Sag es Rhys. Ich weiß, dir liegt etwas auf der Zunge." Ich stoße ihn spielerisch in die Seite. „ Na gut, ich wollte nur angemerkt haben, dass der Tag heute einfach nur zum kotzen war, wortwörtlich." Er schubst mich leicht zurück. „Du hattest Glück, dass ich da war. Sonst wären deine Haare ruiniert... Wie damals von dem Milchshake." Er lacht. „Dein Blick damals... Du hast mich in dieser Sekunde wirklich gehasst." Ich denke daran zurück. Was habe ich in dem Moment gefühlt? „Ich habe dich nicht gehasst. Ich war nur sehr überrascht, dass du dich das getraut hast." Ein Lachen entweicht meinen Lippen. „Das mit uns beiden glaubt uns sowieso keiner..." sagt er etwas leiser. „Es reicht, wenn wir beide es glauben. Wer hätte gedacht, dass wir beide nebeneinander stehen können, ohne, dass wir uns umbringen wollen?" sage ich genauso leise. Wir lehnen uns an die Motorhaube und schauen zu, wie die Sonne langsam untergeht. Auf einmal klingelt Rhy`s Handy. Dieses verdammte Telefon unterbricht diesen schönen Moment.

Rhys

Mein Handy klingelt. Es ist Jayden. Ich merke, wie Avery und ich uns wieder mehr voneinander distanzieren. „Hallo?" sage ich genervt ins Telefon.

"Hey Alter, wo bleibst du? Wir haben heute ein Freundschaftsspiel und du als Captain bist nicht da."

Ich schaue aufs Datum. „Fuck, ich bin auf`m Weg." Kurze Stille. „Du hast 30 Minuten." Ich schaue auf die Uhr. „Gib mir 20." Ich lege auf und sehe rüber zu Avy. „Wir müssen los, Ciccina." Sie verdreht die Augen. „Nenne mich nicht so." Ich wuschle ihr durch ihre perfekten Haare. „Okay Bella, ab ins Auto. Oder willst du hier bleiben?" Ich mache ihr die Tür auf. Sie setzt sich lachend rein. Dieses verdammte Lachen.

Es ist so ruhig, ich schalte das Radio ein. Der Song, der da läuft, macht mir gleich bessere Laune. Ich drehe die Lautstärke auf. „Was ist denn jetzt los?" Sie schaut überrascht. „Lebe den Moment, Ave." Ich drücke auf`s Gaspedal. Die Musik dröhnt laut aus den Boxen. Ich sehe zu ihr rüber, sie kennt den Song. Ich sehe, wie sie ihre Lippen mitbewegt. Ich muss aufhören sie so anzuschauen. Also konzentriere ich mich wieder auf die Straße. Wir liegen sehr gut in der Zeit. Ich hoffe bloß, dass uns niemand sieht.

„Ich lasse dich hier raus, Avy. Wir sehen uns." Ich stehe ein paar Meter von dem Haupteingang weg, sodass uns nicht direkt jeder sehen kann. Es ist wieder so ein unangenehmer Moment. Umarmt man sich? Nickt man sich nett zu? Ich weiß es nicht. „Wir sehen uns Rhys. Viel Glück bei dem Spiel." Wir umarmen uns. Ihr Duft steigt mir in die Nase. Ich wünschte, dieser Geruch würde nie mehr vergehen. Nach diesem merkwürdigen Umarmungsversuch steigt sie aus dem Auto. Ich schaue ihr nach und probiere, wieder klare Gedanken zu fassen.

Ich bin auf dem Weg in die Umkleide, da stellt sich mir die Schmierfrisur in den Weg. „Hallo Arschloch, willst du mir erzählen, was das mit Avery ist oder soll ich das aus dir herausprügeln?"

Ich mache ein abfälliges Geräusch. „Soll ich jetzt vor die Angst haben, Owen?"

Ich will ihn zur Seite schubsen, aber er bleibt stur stehen. „Wir wissen doch beide, dass du nicht zurückschlagen wirst." Ich merke, wie die Hitze in mir aufsteigt. Meine Hände sind zu Fäusten geballt. Wenn er nur wüsste, wie gerne ich ihm den Kiefer brechen würde. „Zwischen Ave und mir ist nichts. Aber wir wissen beide, dass sie das nicht mehr lange mit dir macht." Ich sehe die Wut in seinen Augen. Er würde auf mich losgehen, aber er weiß, wenn er vor dem Spiel Probleme macht, wird er heute nicht auf`s Eis dürfen. „Ein falsches Wort zu ihr und du bist Tod, Weaver. Das weißt du!" Er rempelt mich an und geht in seine Kabine. Ich habe das starke Bedürfnis, heute jemanden umzubringen. Ich hasse diesen Gedanken, Avery nicht die ganze Wahrheit sagen zu können, ohne mein komplettes Leben zu zerstören. *Es tut mir Leid, Avy. Ich hoffe, du wirst mir irgendwann verzeihen.*

Wir fahren auf`s Eis. Unser Coach pfeift uns zu sich ran. „Weaver, nächstes Mal bist du pünktlich! Du kannst jetzt keine Ablenkung gebrauchen!"

„Ja, Coach." Ich sehe mich um. Die Tribünen sind voll, voller als sonst. Ich habe kein Problem mit vollem Publikum, sie sind mir alle egal, aber heute ist sie da. Das ändert alles, auch, wenn es das nicht sollte.

Jayden klopft mir motivierend auf die Schulter. „Alles klar bei dir?" fragt mich Jayden besorgt. Ich lasse meinen Blick erneut über die Zuschauertribünen schweifen, in der Hoffnung, ihren Blick aufzufangen. „Alles Bestens. Lass uns diese Idioten fertig machen." Wir schlagen ein. Nach dem Aufwärmen nimmt jeder seine Position ein. Ich fahre vor zum Bully. Ich stelle mich direkt gegenüber von dem Spieler aus der gegnerischen Mannschaft. „Bereit zu verlieren, Weaver?" Ich lächel provokant. „Spar dir das Gerede und lass uns spielen." Ich schaue ihm tief in die Augen. Das ist sein drittes Spiel der Saison. Ganz schön dumm ihn den ersten Schlag zu überlassen. Ich spüre meinen Herzschlag. Die Aufregung vor dem Spiel ist immer das Beste und gleichzeitig das schlimmste Gefühl. Der Schiedsrichter kommt zur Mitte mit dem Puck in der Hand. „Bereit Männer?" Er sieht uns beide an.

Der Startpfiff erklingt. Ich schnappe mir die Scheibe und spiele sie zu einem meiner Teamkollegen. Ich rempel den Typen vor mir weg und laufe mich frei. Ich merke, wie einige von den Spielern es auf mich abgesehen haben. Jayden spielt mir den Puck zu, ich stürme zu dem gegnerischen Tor. Allerdings komme ich nicht zum nächsten Zug. Mit voller Wucht werde ich gegen die Bande geknallt. Jayden kommt direkt zu mir und hilft mir hoch. „Alles klar?" Ich rappel mich wieder auf. Ich wusste, dass es heute nicht reibungslos ablaufen würde. Ich werfe einen bösen Blick zu Owen. „Warum sind die denn heute so aggressiv?" fragt er mich. Wenn du nur wüsstest, Jay. „Weil sie anders nicht gewinnen können." Ich fahre direkt los und schaue wieder zur Tribüne. Ich sehe sie dort sitzen, mitfiebern. Neben ihr sitzt Chey. Dieses Weib ist der Teufel persönlich. Wenn Ave nur wüsste… Bevor ich zuende denken kann, gibt mir jemand einen kräftigen Bodycheck. Ich konnte ihn diesmal etwas besser abfangen. Ich gehe direkt auf den gegnerischen Spieler zu, natürlich ist es Owen. „Was ist dein scheiß Problem? Lass uns vernünftig und fair spielen und nicht so eine scheiße hier machen!" brülle ich ihn an. Ich schaue wieder hoch zu ihr, doch das war ein Fehler Er sieht es. „Was guckst du laufend zu ihr? Ich hätte sie nicht für eine Hure gehalten…" Ich höre das Wort, in Verbindung mit ihr, und in mir fängt es an zu kochen. Ich fahre näher an ihn ran. „Du nennst sie eine Hure? Du bist doch derjenige, der ihre beste Freundin flachlegt. Vielleicht sollte ich ihr das ja mal sagen." Er schubst mich weg. Der Schiedsrichter hat schon ein Auge auf uns geworfen. „Das würdest du nicht tun, weil du ganz genau weißt, dass die Umstände drum herum dafür sorgen würden, dass sie dich genauso hassen wird wie mich."

Er hat recht. Ich hätte es ihr längst sagen können. Warum habe ich das nie? Um sie zu schützen. Würde ich das Risiko eingehen, dass sie mich hasst? „Sie hat dir richtig das Gehirn verpestet oder? Dann wird es mir jetzt noch mehr Spaß machen, sie zu ficken." Er setzt ein dreckiges Lächeln auf. Ich will auf ihn losgehen, da geht der Schiedsrichter dazwischen. „Reißt euch zusammen, sonst kommt ihr auf die Bank." keift er uns beide an. Alles was mit ihr zu tun hat, bringt mich so unendlich auf die Palme. Er weiß das und nutzt es aus. Mein Coach winkt mich zu sich ran. „Was ist los, Weaver. Lass dich nicht provozieren!" Das ist leichter gesagt als getan. Ich würde gerne Unaussprechliches mit ihm tun. Ich umfasse meinen Schläger noch fester und versuche mich auf das Spiel zu konzentrieren.

In der Zwischenzeit haben wir 2 Tore geschossen. Es steht 2 zu 1 für uns, wir werden auch diesmal Owen seine Mannschaft besiegen. Owen ist mir im zweiten Drittel mehr oder weniger aus dem Weg gegangen. „Was ist los zwischen dir und Owen?" fragt Jay ganz neugierig. „Ist alles bestens." Er sieht mich schief an. Ich sehe sie in seiner Mimik, warum sehen die beiden sich nur so verdammt ähnlich? „Das glaubst du doch selbst nicht. Du kannst mit mir reden, das weißt du, oder?" Ich atme tief ein und aus.

„Ich weiß, du bist für mich ein Teil der Familie, Jay…"

„Der ganze Scheiß ist nachher mit einem Bier wieder vergessen."

Er geht wieder auf seine Position. Ich sehe Owen mit einem aufmerksamen Blick an. Er steht mir beim Bully gegenüber. „Bruderherz, wie ist es so, auf meine Freundin zu stehen?" Lass dich nicht provozieren, sind die einzigen Gedanken in meinem Kopf. Tu es ihr zu liebe und prügel dich nicht mit ihrem Freund. „Lass uns spielen. Sie ist mir scheißegal." antworte ich ihm trocken. „Sie wird dich niemals mögen, geschweige denn lieben. Komm damit klar." Ich antworte ihm nicht. Ich beiße meine Zähne fest zusammen „Wenn die Leute wüssten, dass du ein Schläger bist… Was glaubst du?" Kurze Stille. Das wagt er nicht.

Er fängt wieder an „Der eifersüchtige Stiefbruder will die Freundin seines Bruders umbringen. Das hat Schlagzeilenpotenzial, findest du nicht auch, Rhys?"

Das hat einen Nerv getroffen. Ich lasse meinen Schläger fallen und gehe direkt auf Owen los.

Kapitel 21

Avery

Das Spiel ist heute sehr angespannt, besonders
zwischen Rhys und Owen. Was ist nur los bei
den Beiden?

Die Beziehung zwischen ihnen war nie
sonderlich gut, aber zurzeit ist es angespannter
denn je.Ich schrecke zusammen, als sie
aufeinander losgehen. Ich renne runter zur
Reservebank, komme aber nicht rein. „Jay!" Er
hört mich nicht, es ist viel zu laut. Es wird probiert
die Beiden auseinander zu bringen, hoffentlich
passiert nichts Schlimmeres. Es wird immer
lauter um mich herum. Ich versuche mich aus der
Menschenmasse zu retten.

Rhys

Der Schiedsrichter und meine Mitspieler
versuchen mich von Owen zu ziehen, ohne
Erfolg. „Halte dich fern von ihr, sonst wirst du es
bereuen, Weaver!" Wenn ich könnte, würde ich
ihn zum Schweigen bringen. „Das war`s für Sie,
Weaver. Das Spiel ist vorbei!" sagt der
Schiedsrichter. Ich nehme meinen Schläger auf,

daraufhin zerschlage ich ihn am Tor. Mein Schläger ist nun in zwei einzelne Teile gebrochen, wie mein Herz. Ich sehe in Owen`s Gesicht Zufriedenheit. Das wollte er erreichen, wollte, dass ich zuerst schlage. Verdammt!

„Nummer 99 Weaver, räumen Sie das Eis!" Ich gehe lieber jetzt. bevor sie mich für die gesamte Saison sperren. Ich stapfe wütend in die Umkleide, ich sehe rot. Diese Gefühle, die ich jetzt spüre, erinnern mich an damals. Ich hasse mein damaliges Ich. Ein Teil will Avy die komplette Wahrheit sagen, der andere Teil will sie nicht verlieren und lügt sie deshalb an. Ist es egoistisch von mir? Ich hasse es sie anzulügen, bringe es aber auch nicht übers Herz ihres zu brechen, nicht schon wieder.

Ich balle meine Hände zu Fäusten und schlage gegen meinen Spind. Zurück bleibt eine große Delle. „Fuck!" Ich ziehe meine Ausrüstung aus und werfe meine Protektoren durch die Gegend. Warum fühle ich mich so? Ich schlage erneut gegen den Spind. Ich ziehe mich komplett aus und stelle mich unter die kalte Dusche.Das kalte Wasser bereitet mir Gänsehaut, ich spüre, wie mein Körper anfängt zu zittern. Die Gedanken kreisen in meinem Kopf, sie kommen einfach nicht zum Stillstand. Ich fahre mir über mein Gesicht, schmecke immer noch etwas Blut. Erst jetzt merke ich, dass meine Lippe leicht aufgeplatzt ist. Dieses Arschloch… Nach meiner kalten Dusche ziehe ich meine Klamotten an. Ich muss raus hier, ganz schnell! Ich will niemanden sehen. Ich bin eine tickende Zeitbombe und sollte jetzt mit niemanden reden.

Ich will mit meiner Tasche aus der Eishalle laufen. Ich schaue nach unten, ziehe mir meine Kapuze über den Kopf und renne in jemanden rein. „Kannst du nicht aufpassen?!" keife ich sofort, bis ich ihr Gesicht sehe. Ich bereue sofort, dass ich sie angemeckert habe. „Avy… Ich… Was machst du hier?" Ich will sie berühren, aber sie sieht distanziert aus.

„Was war das heute auf dem Eis?" fragt sie mich mit ruhiger Stimme. Ich schaue weg. Ich kann ihr nicht mal in die Augen sehen. Meine Schuldgefühle fressen mich von innen auf. Ich muss umgehend weg von ihr. Ich will vor diesem Gespräch flüchten, ich kann das nicht, nicht heute. „Rhys bitte! Warum bist du auf ihn losgegangen? Was ist los mit dir?" Ich werde wieder wütend, warum sollte was mit mir los sein? Warum bin ich das Problem? Ich lache, sie sieht mich verwirrt an. „Mit mir ist gar nichts los, Avery. Dein Freund hat mich die ganze Zeit provoziert, das ist los. Du hättest heute nicht herkommen sollen, verdammt !" Ich balle meine Hände wieder zu Fäusten. Ich muss irgendwo gegen schlagen. „Willst du mir jetzt die Schuld daran geben, das du dich nicht im Griff hast?" Diese Worte aus ihrem Mund schmerzen. „Dein

Owen ist nicht so ein Unschuldsengel, wie du glaubst!" Ich komme ihr gefährlich nahe. Ihr Körper lehnt an der Wand. Ich spüre ihre schnelle Atmung. „Sag mir Avery, wer von uns beiden hat sich nicht im Griff?" Ich sehe, wie jegliche Farbe aus ihrem Gesicht verschwindet.

Avery

Weiß er Bescheid? Weiß er, dass ich mich nicht an alles erinnern kann? Er drückt mich an die kalte Wand. Panik steigt in mir auf. Ich sehe in seine Augen. „Wenigstens renn ich nicht rum und schlage grundlos Leute!" fauche ich ihn an. Seine Pupillen werden ganz eng. Er sieht mich starr an, ich kann nichts in seinem Blick sehen. Mir fällt auf, dass er an der Lippe blutet. „Wenigstens spiele ich nicht jeden was vor." haucht er mir ins Ohr. Ich muss meine Tränen unterdrücken. „Sogar dir selbst spielst du was vor. Wer bist du überhaupt, Avery?!" Ohne zu überlegen fliegt meine Hand in sein perfektes Gesicht. Er sieht mich schockiert an und schlägt mit seiner anderen Hand gegen die Wand.

Plötzlich wird Rhys von mir weggestoßen und an die Wand gedrückt. Es ist Jayden. „Jay, was machst du denn?!" Ich versuche ihn von Rhys wegzuziehen, ohne Erfolg. „Du bist zwar mein bester Freund, aber bei meiner Schwester hört der Spaß auf!" knurrt er ihn an. Ich sehe zwischen den beiden hin und her. „Lass mich los,

Carter." Rhys schubst ihn etwas stärker weg. Er sieht mich an. Ich bereue es, ihn geschlagen zu haben. Ich will mich entschuldigen... „Rhys, es..." Er unterbricht mich direkt. „Spar es dir, Avery." Er greift seine Sporttasche und stürmt an uns beiden vorbei. Ich sehe ihm nach. Was hat Owen gesagt, was ihn so aus der Fassung gebracht hat? Warum sagt er mir nicht einfach die Wahrheit?

„Was war das gerade, Ave? Warum ist er bei dir so ausgerastet?" fragt er mich besorgt. Er sucht mich nach Verletzungen ab. „Hat er dir wehgetan?!" Ich schubse ihn leicht weg. „Nein, verdammt! Rhys würde mir nie weh tun!" Warum schreie ich so? Diese ganze Situation macht mich total emotional. „Was ist das zwischen euch?!"

„Nichts, er ist mir scheißegal!"

„Das kaufe ich dir nicht ab, Avery. Ich will, dass du dich von ihm fern hälst." Ich lache laut auf. „Willst du mich verarschen, Jayden? Ich kann ja wohl selbst entscheiden, mit wem ich Zeit verbringe oder nicht." Er nimmt meine Hand. „Ave, ich mache mir Sorgen um dich. Seit dem du öfter mit Rhys rumhängst..."

„Jayden, zwischen Rhys und mir ist nichts. Er ist dein bester Freund." Es fällt mir so leicht ihn anzulügen. Vielleicht ist das ja auch nur so, weil ich selbst nicht weiß, was das mit Rhys und mir ist. „Versprochen, Avy?" Warum macht er das? Wir haben uns immer alles gesagt. Jayden und ich haben uns nie angelogen. „Versprochen, Jayden." Er nimmt mich in den Arm, ich drücke ihn etwas fester.

Wie kann ich ihm etwas versprechen, wo ich nicht mal sicher bin, dass ich es halten kann?

Die Heimfahrt ist unangenehm still. Jayden sagt nichts. Er starrt stur auf die Straße. Ich bekomme starkes Herzklopfen und merke, dass ich schwitze. Reiß dich zusammen, Avery. Du kannst nicht ewig Angst haben vor dem Auto fahren. Mir wird schlecht. Ich habe das Gefühl, mein Mageninhalt kämpft sich nach oben.

Der Bass dröhnt durch meinen Körper, ich tanze zu der Musik. Der Alkohol fließt durch meine Venen. Ich spüre nichts mehr. „Hey Ave, wo ist Owen?" fragt mich Chey. Sie ist mindestens genauso betrunken wie ich. „Keine Ahnung, wir haben uns gestritten. Er kann mich mal." Ich tanze noch wilder umher. Nach einiger Zeit verliere ich Chey aus den Augen. Ich bin wieder alleine, nur auf mich gestellt. Ich sehe meinen Bruder, wie er mit einem Mädchen rummacht. Ich glaube nicht, dass er heute noch nach Hause fährt.

Ich gehe wieder in die Küche, um mir einen Drink zu machen. Ich will meinen Becher gerade ansetzen, da nimmt ihn mir jemand aus der

Hand. „Hey, was soll das?" lalle ich. „Du hast genug, Avery." Er kippt meinen mühevoll zusammen gemischten Drink in den Abfluss. „Sei doch nicht so eine Spaßbremse, Rhys." Ich betatsche ihn an der Brust. Er nimmt meine Hände von sich weg. „Du solltest dich hinlegen, Ave. Ich bringe dich Heim." Er macht eine fordernde Kopfbewegung in Richtung Tür. „Ich mag noch nicht gehen, tanz lieber mit mir!" Ich nehme seine beiden großen Hände und mache Tanzbewegungen. „Avery, hör auf. Ich kann nicht…" Ich schaue ihn flehend an. „Bitte Rhys. Bitte, bitte." Er versucht sein Lächeln zu unterdrücken. Ich stupse ihn in seine Wange. „Das habe ich gesehen, Weaver!" Ich grinse breit. Er fängt auch an zu grinsen. „Du bist unmöglich, wenn du betrunken bist, Avy…" Wir taumeln zu seinem Auto, er stützt mich. „Verdammt, Avery. Deine Mutter bringt mich um, wenn ich dich so Heim bringe…"

Kapitel 22

Avery

Plötzlich bin ich wieder in der Realität, bin nicht betrunken, sondern nüchtern. So nüchtern wie noch nie. Ich wünschte mir manchmal meinen Frust einfach in Alkohol ertränken zu können, aber das würde nichts ändern.

Ich habe keine Kontrolle mehr über meine Gefühle, Rhys und Owen. Ich bin durcheinander. Alles in mir schreit nach meiner Vergangenheit, meiner Vergangenheit mit Rhys. Ich habe diese ganzen Scherben um mich herum und versuche alles zusammenzusetzen, aber ich merke, dass dieses Puzzle nie wieder eins wird.

Ich stürme hoch in mein Zimmer. Weder sage ich Mum hallo, noch warte ich auf Jayden. Ich schließe die Tür hinter mir. Augenblicklich rutsche ich die Tür hinunter auf den Boden. Ich breche in Tränen aus, ich weiß nicht einmal genau warum. Sie laufen einfach über meine Wangen. Ich ziehe meine Beine näher an mich heran und umschlinge sie. Ich bekomme wieder Flashbacks von meinem Unfall. Ich versuche sie zu verdrängen, ich will mich nicht erinnern. Ich

173

kneife meine Augen zu und halte mir selbst den Mund zu. Ich will schreien, so laut, dass es endlich aufhört wehzutun. Doch es wird nicht aufhören, niemals. Ich bin gebrandmarkt. Jeder wird in mir nur „Das Mädchen, was ein Autounfall hatte" sehen. Niemand sieht mich, außer er. Meine Gedanken wandern wieder zu ihm. Ich erinnere mich an so viele schöne Sachen, die ich mit Rhys erlebt habe… Ich muss aufhören an ihn zu denken… Denk an Owen, Avery, denk an Owen.

Mein Handy klingelt, ich nehme ab. „Hey Baby, alles gut bei dir? Du warst vorhin so schnell weg."

„Jayden wollte schnell los, Mum wollte etwas von ihm." lüge ich ihn an. „Achso, ich dachte, er wäre mit Rhys los." Er sagt seinen Namen mit so einem Unterton. „Was war denn los bei euch beiden?" Ich muss wissen, was zwischen den Beiden war. „Er ist einfach ausgerastet. Ich habe gesagt, dass er gut spielt. Plötzlich ist er auf mich losgegangen. Er verfällt wieder in alte Muster." Was meint er damit? Warum sollte Rhys ihn einfach schlagen? Das ergibt keinen Sinn, Rhys ist nicht so. „Pass auf dich auf, Ave. Nicht, dass er dich noch verletzt." Ich höre es im Hintergrund bei ihm laut knallen. „Hey Avy, ich muss los. Wir hören uns, ich liebe dich." Er legt auf, ich starre auf das Telefon. Noch mehr ungeklärte Fragen. Wem soll ich denn nun glauben? Ich weiß nicht, wem ich noch vertrauen kann. Kann ich überhaupt mir selbst vertrauen?

Ich schaue hoch an die Decke. Ich versuche mich an Owen zu erinnern… Wie ernst war unsere Beziehung wirklich? Habe ich ihn geliebt? Bitte Gedächtnis, gib mir irgendetwas…

Wir sitzen in einem schicken Restaurant. Owen trägt einen Anzug, er sieht aus wie maßgeschneidert. „Du siehst bezaubernd aus, Avery." Er nimmt meine Hand und küsst sie, was für ein Gentleman. „Ich habe dir Blumen mitgebracht, Rosen in allen Farben die sie hatten. Sie haben mich an dich erinnert." Ich starre diesen großen Strauß Blumen an, ich hasse Rosen. Doch das sage ich ihm natürlich nicht und lächel trotzdem. Ich stehe auf, umarme ihn und sehe in seine eisblauen Augen. „Mein Dad wird dich mögen, Avy. Er kann dir einen Praktikumsplatz in den besten Kanzleien anbieten." Jackpot, ursprünglich wollte ich nur das Praktikum. Owen ist mir eigentlich total egal, aber ich merke, dass er mir auch auf dem College eine menge Vorteile bringen kann. Dazu sieht er unfassbar gut aus. „Owen, wie kamst du auf die Idee hier her zu kommen?" Er lächelt. „Für meine hübsche Dame, nur das Beste." Wenn ich ganz ehrlich bin, habe ich mich vielleicht ein bisschen in ihn verknallt.

Nach dem Essen gehen wir Hand in Hand zum Auto. Er fährt mich nach Hause. Während der Autofahrt lachen wir viel und er legt seine Hand auf meinen Oberschenkel. Wir halten vor meinem Haus. „Ich fand den Abend schön, Avy. Wir sollten das wiederholen…" Er beugt sich zu mir und küsst mich auf den Mund. Ich bin erschrocken. Ich habe damit nicht gerechnet… „Ich liebe dich, Avery." Ich sehe zur Tür, Jayden und Rhys schauen mich an. Verdammt, ich muss den Beiden gleich Rede und Antwort stehen.

Ich komme wieder zu mir. Gehetzt schaue ich mich um. Es ist niemand da, er ist nicht da. Ich habe Owen geliebt. Wann habe ich damit aufgehört? Ich fasse mir an den Kopf…

„Hey Mum, ich treffe mich mit Jayden und Rhys im Kino, bis später." Ich gehe zur Tür und laufe los.

Am Kino angekommen sehe ich nur Rhys dort stehen, wo ist Jayden? „Hey Weaver, wo ist mein Bruder?" Er schaut mich nicht an. „Er kommt bestimmt zu spät, wie immer." Ich verdrehe die Augen. „Wie wäre es denn mal mit einer Begrüßung?" Ich schubse ihn leicht. Er guckt mich genervt an. „Was machst du überhaupt hier. Warum bist du nicht mit Schmierfrisur unterwegs?" Nun blickt er mir direkt ins Gesicht. Ich schaue auf den Boden. „Er hat mich wieder mal versetzt." brumme ich leise. Er lacht. „Was?

Er hat dich versetzt und ihr habt euch deswegen gestritten? Wie vorhersehbar, schieß ihn in den Wind, Avery. Du hast etwas Besseres verdient." Habe ich etwas Besseres verdient? Ich habe diese Beziehung auf einer Lüge aufgebaut und muss weiter lügen, damit sie nicht zusammenfällt. *„Wow, du bekommst eine Auszeichnung, der beste Motivationsredner." Er zieht seine Augenbraue hoch und schaut wieder auf sein Handy. „Ich glaube, du bist nur mit ihm zusammen, weil du nicht alleine sein willst, oder du willst andere Gefühle unterdrücken."*

Ich merke meinen Puls. Es tut weh, so doll pumpt mein Herz. Will ich andere Gefühle unterdrücken? Ich weiß es nicht.

Ich liebe Owen, keinen anderen. Ich hasse Rhys, ich liebe ihn nicht. Ich habe ihn immer gehasst… Das, was ich für ihn fühle, ist Freundschaft. Wir sind keine Feinde mehr, wir sind jetzt Freunde, die sich versuchen nicht mehr zu hassen.

Ich wiederhole die Worte flüsternd immer und immer wieder. „Ich liebe Owen, nicht Rhys..."

Ich sehe ihn verärgert an. „Was glaubst du eigentlich, wer du bist?" fauche ich ihn an. Er steckt sein Handy weg und kommt näher zu mir. „Ich bin Shawn Rhys Weaver. Und du? Soll ich dir sagen, wer du bist? Du bist Avery Elea Carter, ein kleines Mädchen auf der Suche nach der wahren Liebe… wach auf, die gibt es nicht." Ich schubse ihn von mir weg. „Fick dich Rhys, du bist ein verdammtes Arschloch." Er lacht. „Vor ein paar Tagen war ich noch ein Idiot, jetzt ein Arschloch. Was denn nun, Avery?" Ich fixiere ihn mit meinen Augen. Es fängt an von oben zu tröpfeln. Ich schaue auf die Uhr. Jayden müsste längst da sein. „Verdammt, ich habe keinen Regenschirm dabei." Er atmet schwer aus. „Setz dich mit ins Auto, dann bleibst du trocken." Wir gehen zu seinem Auto und setzen uns rein. Das ist eines der größten Horrorszenarien, die ich mir hätte ausmalen können. Mit Rhys in einem Auto, auf nächsten Raum, ohne Jayden, oder jemand, der uns davor bewahren könnte, uns umzubringen. Wir schweigen, keiner sagt etwas. Ich meine, was hätte ich ihm schon zu sagen? „Ich glaube, Jayden kommt heute nicht mehr. Soll ich dich nach Hause fahren?" Ich sehe zu ihm rüber. „Von mir aus." sage ich genervt. Was auch immer Jayden dazwischen gekommen ist, ich hoffe, es war wichtig! Das Radio läuft, Rhys summt zu so einem neuen Liebessong. Ich muss mir das Lachen verkneifen. „Was ist so lustig, Ave?"

„Ich wusste nicht, dass du auch mal nicht ernst sein kannst."

„Ich habe viele Facetten, Kleines. Du kennst mich ja nicht richtig." Er hat recht, er war immer nur der nervige, gemeine beste Freund meines Bruders. Ich habe nie mehr in ihm gesehen, bis

jetzt. „Wir sind da, du kannst aussteigen, außer,
du willst mich näher kennenlernen." Ich muss
lächeln. „Warum eigentlich nicht? Du bist gar
nicht so scheiße." Er schaut mich verwundert an.
„Meinst du das Ernst?" Ich mache die Tür auf.
„Ich finde es heraus, Weaver!" Ich winke ihm zu
und gehe zurück ins Haus.

Verdammt, warum ist er in jeder meiner
Erinnerungen? Jedes Mal ist er da, es macht
mich verrückt. Ich verkrieche mich in mein Bett,
schaue auf mein Handy. Ein Teil von mir hofft auf
eine Nachricht, der andere Teil wünscht sich,
dass das alles nicht so verdammt kompliziert
wäre.

Kapitel 23

Rhys

Ich bin sauer auf mich und auf Owen. Warum musste Jayden ausgerechnet in diesem Augenblick kommen? Er weiß ganz genau, dass ich Avery nie ein Haar krümmen würde. Meine Hände umschlingen das Lenkrad, meine Knöchel sind weiß. Ich schlage mit einer Hand auf`s Lenkrad. Ich greife mein Handy und wähle ihre Nummer. Es geht nur die Mailbox ran. Sie ist sauer auf mich. Ich wäre auch sauer auf mich. Verdammt, ich tippe eine Entschuldigung, lösche sie aber sofort wieder. Ich wähle erneut ihre Nummer, sie hebt ab. „Hallo?" Sie klingt verschlafen, habe ich sie geweckt?

„Rhys? Bist du dran?" fragt sie leise. „Es tut mir leid Ave, ich wollte…"

„Nein Rhys, mir tut es leid. Ich mag es nicht, wenn wir uns streiten." Sie spricht mir aus der Seele, ein Streit mit ihr ist das Letzte, was ich will.

„Sehen wir uns, Avy?" Ich höre ein leises Gähnen aus ihrer Leitung. „Ja, wir sehen uns,

Rhys. Spätestens an Thanksgiving." sagt sie kichernd.

„Ich hoffe früher..." Sie legt auf. Ich lehne mich in meinen Sitz, Ich fühle mich um einiges besser jetzt, wo ich weiß, dass sie mich nicht hasst, noch nicht. Das zwischen uns ist eine tickende Zeitbombe. Es kann jede Sekunde vorbei sein, jede Sekunde kann sie sich an alles erinnern, was passiert ist.

Ich steige aus dem Auto aus, schlage meine Tür zu. Ich will so schnell wie möglich hoch in mein Zimmer. Ich ertrage es nicht erneut sein dummes Gesicht zu sehen. Ich schließe die Haustür so leise, wie es geht, in der Hoffnung, niemand hört mich.

„Shawn Rhys Weaver, ich glaube, wir müssen reden." Ich zucke leicht zusammen. Owen`s Dad steht breit im Türrahmen. Ich muss mir ein Lachen verkneifen. Direkt hinter ihm steht Owen. Er sieht viel schlimmer aus als ich. Ein Punkt für mich. „Kannst du deine Angelegenheiten nicht ohne Daddy klären?" sage ich spottend. Ich will die Treppen hoch gehen, da packt mich sein Vater am Arm. Ich sehe ihn nur giftig an. „Fass mich nicht an, John. Ich bin nicht dein Sohn. Du hast mir einen Scheiß zu sagen. Bekomme lieber deinen Sohn im Griff." Er sieht wütend aus. „Du bist der Jenige, den man unter Kontrolle kriegen muss, Rhys" keift mich Owen an. Ich will wieder auf ihn los gehen, da hält mich John zurück

„Was ist denn los mit dir, Rhys? Vielleicht sollten wir wieder über eine Therapie nachdenken…" Ich sehe ihn hasserfüllt an. „Fick dich, John. Du kannst mich mal, ich brauche keine Therapie. Mit mir ist alles in Ordnung!" Ich höre die Haustür aufgehen. „Was ist denn hier los?" fragt meine Mutter. Ich sehe sie an. Ich hasse es, wenn sie mich so besorgt ansieht. „Christina, dein Sohn hat Owen heute beim Spiel angegriffen." Ich lache laut los und gehe näher zu Owen. „Das ist das, was du erzählst? Du bist so erbärmlich." knurre ich ihn an. Ich gehe hoch in mein Zimmer, niemand hält mich auf.

Ich knalle meine Tür provokant zu, schmeiße meine Sporttasche inklusive Handy aufs Bett und fasse mir durch die Haare. Ich habe so eine Wut in mir. Ich gehe zu meinem Schreibtisch und schmeiße alles, was da drauf ist, runter. Ich stoße meine Lampe um, nehme die Bilderrahmen und fange an sie umher zu schmeißen, bis auf den einen. Ich sinke auf dem Boden und starre auf das Bild von Jayden, Avery und mir. Sie sind meine zweite Familie. Ich liebe sie. Avy leider mehr, als ich sollte. Ich streiche sanft über das Bild. Warum muss ich so fühlen? Warum können wir uns nicht wieder hassen…

Es klopft leise an meiner Tür. Ich sehe auf, sie öffnet sich leicht. „Schatz?" Ich verdrehe meine Augen. „Du bist nicht zum Abendbrot gekommen… Ich wollte dir was bringen." Sie setzt sich zu mir auf den Boden und stellt den Teller vor mich. Sie sieht das Bild, was ich in der Hand halte. „Du weißt, dass du mit mir reden kannst, Schatz…" Sie streichelt meinen Arm.

„Du warst in der letzten Zeit so glücklich… Ist es wegen einem Mädchen?" Ich hasse es, wenn sie recht hat. Ich lass mir nichts anmerken. „Rhys, antworte mir bitte…" Ich unterbreche sie. „Warum, du glaubst mir doch sowieso nicht. Ich bin halt nicht so ein Engel wie Owen!" fauche ich sie an. „Du hast Fehler gemacht, aber sollen diese Fehler jetzt dein ganzes Leben bestimmen?" Ich denke zurück an die Zeit, wo ich mich fast jeden Tag geprügelt habe. So will ich nicht mehr sein. „Du hattest keine Wahl. Hättest du dich nicht gewehrt… Dann würden wir hier vielleicht nicht sitzen." Ich sehe sie an. „Ich will nicht zu diesem Monster gemacht werden. Ich will nicht, dass sie mich so sieht." Ich merke, wie ich zittere. Sie nimmt mich in den Arm. „Du bist kein Monster." flüstert sie mir zu…

„Ich will nicht mehr mitmachen, das war der letzte Kampf." Ich werde festgehalten. „Es ist Schluss, wenn ich es sage." Er schlägt mir ins Gesicht, ich schmecke direkt Blut. „Ist es ein Mädchen? Vielleicht sollte sie uns mal kennenlernen. Wir

teilen uns doch alles." Er lacht schäbig. Ich hole
ebenfalls aus und schlage ihm mitten ins
Gesicht…

Das letzte, was ich von diesem Tag weiß, ist, das plötzlich Blaulicht kam. Ein Krankenwagen hat mich mitgenommen. Ich war im Krankenhaus, sie wollten mich einbuchten wegen schwerer Körperverletzung. Meine Mutter hat ihre Kontakte spielen lassen, sie hat mir den Arsch gerettet. Ich habe seit dem den anderen nie wieder gesehen.

An dem Tag habe ich mir geschworen, nicht mehr zurückzuschlagen… Oder den ersten Schlag zu machen.

„Mag sie dich?" Ich sehe sie an. „Ich bin mir nicht sicher…" sage ich leise. „Hör auf dein Herz." Sie zeigt auf meine Brust. „Wenn sie dich zum lächeln bringt, was machst du dann mit ihr ?" fragt sie mich lachend. „Sie hat einen Freund, wir sind nur Freunde." Das Wort versetzt mir einen Stich. Ich weiß, es wird nie mehr sein, aber mein Herz wünscht sich so viel mehr.

„Versprich mir, dass du und Owen euch aus dem Weg geht, okay?" Ich sehe sie wieder genervt an. „Shawn Rhys Weaver, verspich es mir. Keine Prügeleien mehr."

„Versprochen." murmel ich.

Kapitel 24

Avery

Ich habe das komplette Wochenende in meinem Zimmer verbracht. Ich habe gelernt und über mein Leben nachgedacht. Es sind Ferien. Thanksgiving steht vor der Tür und ich verkrieche mich in meinem Bett. „Avery! Kommst du bitte runter!" höre ich es von unten brüllen. Ich verdrehe meine Augen, ziehe mir mein Kissen über den Kopf. „Avery!" Es hämmert an meiner Tür, sie öffnet sich. „Hey Ave, steh auf. Sonst wird Mum sauer, Dad ist da." sagt Jayden flüchtig beim vorbei gehen. Mein Vater ist da? Wow, Monate nach meinem Unfall interessiert es ihn, wie es mir geht?

Ich gehe langsam die Treppen runter. Ich laufe extra langsam. Ich weiß nicht, ob es die Angst vor dem Wiedersehen ist oder die Wut auf ihn. Ich atme nochmal tief ein, bevor ich in die Küche eintrete. „Avery, Kleines, lass dich ansehen." Mein Vater umarmt mich. Ich bin etwas überfordert. Ich sehe ihn emotionslos an und erinnere mich an den Abend, wo er abgehauen ist. Uns sitzen gelassen hat für eine, die gerade mal 5 Jahre älter ist als ich. „Avy, dein Dad frühstückt heute mit uns." sagt meine Mutter lächelnd. Ich bin verwirrt, warum ist sie so glücklich?

Am Tisch bekomme ich kaum etwas runter. Ich denke die ganze Zeit an den Tag seines Verschwindens.

Ich schleiche mich ins Haus, schließe meine Balkontür hinter mir. Ich höre lautes Gepolter unten aus der Küche. Ich öffne meine Tür einen Spalt, um besser hören zu können. „Du gehst jetzt, Mason? Du verlässt uns für diese Frau?!" schreit meine Mutter. Sie weint. Mein Vater sagt erst gar nichts, aber dann schreit er zurück: „Ich bin schon seit Jahren unglücklich mit dir! Du trinkst zu viel und bist nicht mehr attraktiv für mich." Ich muss mir meine Tränen zurückhalten. „Mason, denk an die Kinder. Denk an Avy, sie braucht dich…" Sie sagt das viel ruhiger. „Du meinst die Kinder, die ich nie wollte, die du mir untergeschoben hast?!" brüllt er sie an. Ich will wieder rückwärts in mein Zimmer, will schreien, so laut, dass er aufhört. Ich will ihm sagen, dass ich ihn hasse, aber ich kann nicht. Er ist mein Dad.

Ich gehe langsam rückwärts. Ich bekomme kaum Luft. Jemand nimmt mich von hinten und zieht mich in mein Zimmer. „Es ist alles gut, Avy. Ich bin da. Er ist nur sauer, er meint es nicht so." Wie gerne würde ich Jaydens Worten glauben schenken, leider hat sich das eben viel zu ernst angehört.

„Wir gehen nachher was Essen, kommst du mit, Avery?" fragt mich meine Mum. Ich war total in Gedanken, aber ein Essen mit den Beiden? Nein danke. „Ich habe schon was vor. Ich gehe mit Chey ins Kino und schlafe bei ihr." lüge ich sie an. Mir ist leider nichts besseres eingefallen. Sie sieht enttäuscht aus, aber kann sie mir verübeln, dass ich meinen Vater lieber aus dem Weg gehen möchte? „Ich bin fertig, kann ich hoch gehen?" Jayden sieht mich flehend an. Er weiß genau, wie mich das alles verletzt, seine Worte und seine Taten. Ich bekomme keine Antwort, also schiebe ich meinen Stuhl ruckartig zurück und gehe hoch in mein Zimmer. Wieder schmeiße ich mich auf mein Bett. Das ist der einzige Ort, der mich weder verwirrt noch verletzt. Ich ziehe mir die Decke über den Kopf und schließe meine Augen.

Es klopft an der Tür.

„Avery?" flüstert jemand.

Ich hebe meinen Kopf und drehe mich um, es ist meine Mum. Moment wie spät ist es? Ich schaue auf meinen Wecker. Verdammt schon 18:00 Uhr. Ich bin wohl eingeschlafen. „Wir gehen los, Jayden kommt mit uns mit. Ich würde nachher gerne mit dir reden, wenn das okay ist." Ich stehe auf und gehe zu meinem Schrank." „Können wir das wann anders machen? Ich bin heute nicht in der Stimmung."

„Habe ich gemerkt, Schatz." Sie lehnt sich an meinen Schreibtisch und sieht mir dabei zu, wie ich sinnlos Sachen zusammen lege. „Er ist dein Vater und wird es auch immer bleiben. Du kannst ihn nicht ewig so abweisen." Ich lache kurz auf. Mein Körper fängt leicht an zu zittern. „Oh doch, das kann ich, weil ich selbst entscheide, wann ich ihn wieder in meinem Leben haben möchte." fauche ich zurück.

Sie geht zurück zum Türrahmen. „Er liebt dich, Avery..." sagt sie etwas leiser. Liebe fühlt sich anders an. Ich habe das Gefühl, er fühlt sich dazu verpflichtet mit mir Zeit zu verbringen. Das ist für mich keine Liebe. „Ich möchte jetzt alleine sein, Mum." Sie nickt traurig und geht wortlos aus dem Zimmer. Ich bin wieder alleine. Allein mit mir und meinen Problemen. Ich kämpfe allein gegen das Monster, was eigentlich nur ein Teil von mir ist.

Das Haus ist still, niemand ist mehr da. Ich sehe ein letztes Mal in den Spiegel. Meine Augenringe sind gut abgedeckt. Man sieht mir gar nicht an, dass ich kaputt bin. Ich setzte ein Lächeln auf, die Haustür fällt hinter mir ins Schloss und ich gehe los in die Nacht.

Ich muss meinen Kopf frei bekommen. Da ist doch eine Party mit Alkohol der perfekte Ort, nicht wahr?

Ich komme an der Eishalle vorbei. Das Licht brennt drinnen. Ich schaue über den Parkplatz, ein Auto steht da. Moment, ist das nicht Rhy`s Auto? Ich gehe etwas näher ran, um mir sicher zu sein. Die schwarzen Ledersitze, diese Sonnenbrille auf dem Armaturenbrett, das ist Rhy`s Wagen.

Ich schaue auf mein Handy, kurz vor 20 Uhr. Heute war kein Training und die Halle hat schon geschlossen. Was zur Hölle macht er da drin ?

Ich gehe zur Tür, sie lässt sich öffnen. Ich sehe mich nochmal ganz hektisch um und schlüpfe leise durch die Tür. Es ist alles duster. Ich sehe kaum meine Hand vor den Augen. Das macht mir etwas Angst. Die Dunkelheit erinnert mich immer an meinen Unfall, wie ich mich gefühlt habe… Ich atme nochmal tief ein und laufe mit meinem kleinen Handylicht durch den dunklen Flur. Es riecht nach Eis, etwas Chemie und Schweiß, so, wie man sich eine Eishalle vorstellt.

Die Eishalle direkt ist hell erleuchtet. Im ersten Moment tut das Licht in den Augen weh, aber wenige Sekunden später haben sich meine Augen daran gewöhnt. Ich sehe mich um, müsste das Licht nicht ausgeschaltet sein?

Ich laufe weiter hinein zu den Zuschauertribünen. Alles ist leer, so wie damals, wo wir hier waren… Ich sehe jemanden auf dem Eis, Weaver 99. Er stürmt über das Eis, überschreitet eine Linie nach der anderen. Er spielt den Puck vor sich her und trifft das Tor. Er wirkt wütend. „Verdammtt!" höre ich ihn fluchen. Er dreht eine Runde und schießt, erneut macht er ein Tor. Er ist unheimlich gut. Plötzlich geht das große Licht aus. Ich erschrecke mich, zucke zusammen und ducke mich. Ich sehe mich um. Es ist immer noch ausreichend hell, um etwas zu sehen. Der Mond strahlt durch die Glaskuppel. Es hat etwas Magisches an sich. Das Eis erstrahlt leicht bläulich im Mondschein. Es glitzert wie die Sterne am Himmel und er ist mittendrin. Ich gehe runter auf die Reservebank und setze mich leise hin. Wann er wohl merkt, dass ich hier bin?

Es stehen Schlittschuhe an der Seite. Ich ziehe sie an. Es ist wahrscheinlich total dumm, was ich hier mache, aber ich muss anfangen zu leben. Bekämpfe die Regeln in deinem Kopf, Avery…

Ich setze eine Kufe auf das Eis. Es ist still, er sieht mich an. „Ave, was machst du denn hier?" Ich konzentriere mich darauf, dass meine Füße gerade bleiben. „Ich leiste dir Gesellschaft." sage ich ganz euphorisch. „Und dazu wollte ich schon immer mal Eishockey spielen. Zeigst du es mir?" Ich nehme einen Schläger von der Reservebank in die Hand. Er sieht mich ganz perplex an. „Du meinst das ernst, oder?" Ich lache los. „Ja, natürlich meine ich das ernst!" Ich will ihn kurz anstoßen, aber er ist zu flink. „Also, so kannst du schon mal nicht spielen…" Er geht auf die Reservebank und zieht sich seine Kufenschoner an. Ich schaue ihn fragend an. „Zuerst, das sind Eiskunstlaufschuhe, zweitens, du brauchst Protektoren. Bist du sicher, dass du das machen willst?" Ich hasse es, wenn mich alle so behandeln, als wäre ich die kleine, zerbrechliche Avery. „Hör auf zu fragen und hol mir alles, was ich brauche. Seit wann bist du denn so vorsichtig, Rhys?" Er sieht mich an. Seine Pupillen sind groß, seine Haare sind etwas nass. Sie kleben leicht an seiner Stirn. Wir sehen uns für einige Sekunden einfach nur an. Er unterbricht die Stille. „Ich besorge dir alles, renn nicht weg."

Einige Minuten später kommt er wieder mit einem Berg an Ausrüstung. Er hilft mir die richtigen Stellen für die Protektoren zu finden. Wer hätte gedacht, dass die so viele tragen? Da fällt mir wieder ein, wie stark sie sich teilweise anrempeln. Da braucht man auf jeden Fall jeden Schutz, den man kriegen kann. Er setzt mir den Helm auf den Kopf und richtet ihn. Er hebt mein Kinn leicht mit seinen Fingern. Ich höre ein kurzes klacken. „So fertig, Bellissima. Kann es losgehen?" Ich sehe an mir runter. Ich kann gerade so meine Füße erkennen. Er fährt wieder auf`s Eis. Ich setze meine Kufen ebenso auf`s Eis und gleite langsam, aber gleichmäßig, zu ihm rüber. Langsam machen sich doch Zweifel in mir breit. Ob das eine so gute Idee war?

Kapitel 25

Avery

Er erklärt mir das komplette Spiel. Ich verstehe zwar nur die Hälfte, aber ich will ihn nicht unterbrechen. Er ist total in seinem Element und sieht in diesem Moment total glücklich aus. Auch er hat sein Monster gegen das er kämpfen muss. Das ist das Problem an Leuten wie uns. Wir sind gebrochen, versuchen jedoch alles zu akzeptieren und versuchen damit umzugehen.

„Schön die Füße gerade halten, Nummer 9." Ich verdrehe meine Augen. Es ist anstrengender, als es bei den Jungs immer aussieht. „Ich habe einen Vornamen, Weaver." Er kommt näher und bremst abrupt vor mir. „Hier auf dem Eis bist du die Nummer 9, Carter." Er baut sich vor mir auf und lächelt ganz frech. „Zwei Strafrunden für dich." Ich sehe ihn sprachlos an. „Was?"

„Du hast mich schon verstanden." Es freut ihn total mir was vorzuschreiben.

„Kannst du vergessen!"

„Fünf Runden." Er zwinkert mir zu. „Fahr los, bevor es zehn werden." Ich verkneife mir mein

Lachen. Er schaut auf sein Handy, da komme ich auf eine doofe Idee. Nach den ersten zwei Runden, habe ich keine Lust mehr. Ich nehme so viel Schwung mit, wie ich kann. „Hey Weaver!" sage ich lauter als erwartet. Er schaut zu mir. Ich fahre voll in ihn rein und wir fallen beide zu Boden. Er sorgt dafür, dass ich nicht so doll aufkomme.

„Da will wohl jemand auf die Strafbank wegen unsportlichen Verhaltens." sagt er etwas tiefer. Ich liege halb auf ihm. „Du bist nur erstaunt, dass ich dich zu Fall gebracht habe mit meinem Bodycheck." Ich bin stolz auf mich. Ich meine, er ist gefühlt 2 Köpfe größer als ich. Er schüttelt lachend seinen Kopf. „Eigentlich sollte der Angreifer nicht auf dem Boden liegen. Das artet gerne in weiterer Prügeleien aus." Er nimmt mich, als wäre es kein Gewicht. Dabei wiege ich mit den Protektoren bestimmt 20 Kilo mehr. Er drückt mich auf das Eis und kommt über mich. Unsere Helme stoßen aneinander. Wie nah würden wir uns kommen, wenn wir diese Teile nicht tragen würden? „Setzt du mich jetzt auf die Strafbank, Captain?" Er mustert mich von oben bis unten und leckt sich über die Lippen. „Bei dir mache ich heute eine Ausnahme." Er steht auf und reicht mir die Hand. Ich greife sie und lasse mich von ihm hochziehen.

„Können wir mal einen Bully machen?" Er starrt mich an. „Sei aber nicht traurig, wenn du verlierst, Ciccina:" Er spielt den Puck zur Mitte und bringt ihn dort zum Stillstand. Ich habe bestimmt eine Millionen Mal bei dem Anstoß zugeschaut. So schwer kann es doch nicht sein, oder doch? Er winkt mich zu sich ran. Ich stelle mich ihm direkt gegenüber. „Du weißt, wie das funktioniert? Den Puck für sich gewinnen, mit allen Mitteln." Er betont letzteres so eindringlich. Dabei erinnere ich mich an das letzte Spiel. Rhys ist gut. Es gibt kaum einen Bully, den er nicht gewinnt. „Lass uns spielen, Weaver." Er zählt runter und sieht mir dabei die ganze Zeit in die Augen. Soll das Ablenkung sein? Seine Taktik? Ich presche voll auf ihn zu und schlage den Puck auf meine Spielseite. „So willst du also spielen?" fragt er lachend. „Wie du willst, Prinzessin. Ab jetzt wird keine Rücksicht mehr genommen." Er stürmt los zum Puck und spielt ihn geschickt an mir vorbei. Ich kann gar nicht so schnell schauen, da trifft er in mein Tor. „Das war Glück. Ich bin noch gar nicht richtig warm." Das ist gelogen. Mein Bruder spielt zwar seitdem er ganz klein ist, aber ich habe immer nur zugeguckt. „Das ist eine Übungssache. Sei froh, dass ich dich nicht an die Banden rempel. Das ist eher der unangenehmere Teil des Spiels." Er legt seine Hand an meinen Helm und drückt ihn leicht weg. „Dazu hast du keine Körperspannung." sagt er lachend und schubst mich leicht an.

Wir machen eine Pause, dabei schaut er auf meine Sachen. „Gehst du noch wohin?" Er zeigt auf meine hohen Schuhe. „Ich muss meinen Kopf frei bekommen. Vielleicht gehe ich noch zu Asher." Er sieht hoch zur Glaskuppel. Die Sterne sind gut sichtbar und erhellen weiterhin die Halle. „Da wollte ich auch noch hin. Mein Kopf ist mindestens genauso voll wie deiner." Wir schweigen uns an, sitzen einfach nur nebeneinander. Eigentlich fühle ich mich alleine. Allein, mit meinen Problemen und Ängsten... Aber mit ihm fühle ich mich weniger alleine.

„Willst du darüber reden?" fragt er ohne mich anzusehen. „Nein." sage ich kurz angebunden. „Willst du darüber reden?" Er steht auf und geht wieder auf's Eis. „Nein." sagt er genauso knapp wie ich. „Drehst du noch eine Runde mit mir?" Er lächelt mich an. Wie kann ich da nein sagen? Er reicht mir seine Hand und fährt rückwärts vor mir her. Er sieht mich an. Wie schafft er es nur nicht hinzufallen? „Wo ist denn eigentlich Jayden? Ist er auch auf der Party?" fragt mich Rhys neugierig. „Er ist mit meinen Eltern essen gegangen. Ich hatte keine Lust auf das glückliche Familien getue." Er bremst abrupt. Ich fahre voll in ihn rein. Unsere Helme knallen wieder aneinander. „Dein Dad ist wieder da?" Ich nicke. „Er saß plötzlich am Frühstückstisch, als wäre nie etwas gewesen." Ich schaue auf den Boden, weil ich nicht will, dass er sieht, wie nah ich den

Tränen bin. Mein Vater ist mein wunder Punkt. Er ist der Mann, der mir mein Herz gebrochen. Nein… Er hat es mir herausgerissen. Er legt seine Arme um mich, ich lass es einfach geschehen. Es fühlt sich so gut an. Ich wünschte, er würde mich nie wieder loslassen. Ich rutsche leicht weg und ziehe uns beide fast zu Boden. Er hält mich gerade so an der Hüfte fest.

„Egal, wie tief du fallen solltest Avy… Vielleicht kann ich dich nicht ganz hochziehen, aber ich werde alles tun, um dich nicht fallen zu lassen."

Ich sehe wieder in seine dunklen Iriden. Ich habe das Gefühl, wir kommen uns immer näher. Unsere Körper ziehen sich an und ich kann einfach nichts dagegen tun.

Rhys

Ich stehe unter der heißen Dusche. Ich spüre die Tropfen, wie sie meinen Körper hinunterlaufen. Warum war sie hier? Wir sollten uns nicht so nah sein. Mein Gewissen plagt mich. Ich weiß nicht, wie ich ihr noch in die Augen sehen kann.

Ihre Augen…

Ich schließe meine Augen und lehne mich an die kalte Fliesenwand. Das Wasser läuft weiter. „Fuck." Ich schlage leicht gegen die Fliesenwand. Ich habe noch nie so für eine Person empfunden, wie für Avy. Ich habe immer nur kurzzeitige Beziehungen gehabt, weil die Mädels mich gelangweilt haben und schlichtweg einfach nur nervig waren. Bei ihr ist es anders! Ich habe bei ihr das Gefühl, dass ich es wert bin gesehen zu werden, dass man mich liebt. Sie muss doch auch etwas fühlen. Sonst wäre sie nicht hier, oder?

Ich würde lügen, wenn ich sagen würde, dass es mich nicht verletzt hat, als ich gemerkt habe, dass sie sich nicht an alles erinnert. Würde sie sich an alles erinnern, dann würde sie nicht hier sein. Sie wird ihre Gründe haben, dass sie es mir nicht gesagt hat. Ich werde ihr alles sagen, wenn der richtige Zeitpunkt gekommen ist. Wenn sie sich nicht vorher erinnert.

Avery

Er kommt aus der Umkleide heraus. Er sieht sehr nachdenklich aus. Was geht nur in seinem Kopf vor sich?

„Bist du bereit? Ich dachte, keine Party läuft ohne dich." sage ich lachend und stoße ihm leicht in die Seite. „Soll ich dich nicht lieber nach Hause bringen? Nicht, dass dir das zuviel wird." Mein Lächeln ist weg. Warum glauben alle, dass mir das Leben zu viel ist?

Wir steigen ins Auto. Er schnallt sich an, währenddessen starre auf das Armaturenbrett. Wenn ich die Augen schließe, sehe ich wieder den Unfall vor mir. Ich versuche ruhig zu atmen. Ich will mir nichts anmerken lassen.

„Rhys, ich will so nicht sein." Er sieht zu mir rüber. Ich sehe die Sorge in seinem Blick. „Wie bist du denn, Avy? Du bist perfekt, so wie du bist."

Ich schaue weg. Mein Herz klopft stärker. Ich versuche es zu unterdrücken. „So kaputt und zerbrechlich. Das bin nicht ich…" flüstere ich.

„Avery, jeder hat seine Monster, gegen die er kämpft. Doch die Umstände machen uns zu den Menschen, die wir sind. Wir müssen einfach lernen mit ihnen zu leben." Er legt seine Hand auf meine. Warum macht er das? Ich will so viel mehr. Ich will mehr von seinen Berührungen.

„Ich habe das Gefühl, keiner versteht mich, nicht mal meine Mum. Sie behandelt mich wie ein Problem, aber ich bin mehr als das. Ich bin mehr als die Person, die einen Unfall hatte,… oder?"

Rhys

"Du bist kein Problem. Hör auf, sowas zu glauben. Du hattest keine Wahl, der Unfall war…" beabsichtigt… Und die Person müsste im Knast verrotten. „Ein doofer Zufall." Sie lächelt. „Es ist schon lustig." fängt sie an.

„Wir haben uns mal gehasst, haben uns echt böse Sachen an den Kopf geworfen. Und jetzt bist du die Person, die sich meine Probleme anhört." Sie sieht mich direkt an. Ich habe das Gefühl, sie schaut mir in die Seele. Mein Herz schlägt schneller, bilde ich mir das ein oder kommen wir uns immer näher? Stopp nein, das darf nicht passieren. Das würde alles nur noch viel komplizierter machen. Nach langem schweigen schlage ich vor das wir zum Auto gehen. Ich öffne ihr die Tür und schaue sie an, dann unterbreche ich den intensiven Blickkontakt und starte den Motor. Wir sollten los, sonst ist die Party vorbei, Sunny." Sie lacht wieder.

" Okey Sunnyboy, auf geht's."

Kapitel 26

Avery

Dieses Mal sind viel mehr Leute auf der Party. Wir drängen uns durch die Massen. „Cola oder was härteres?" fragt mich Rhys. „Cola mit etwas Hartem?" Er nickt und bewegt sich rhythmisch durch die Menschenmenge. Ich schaue mich um. Einige Leute grüßen mich, wir führen Smalltalk. Die meisten sagen mir, dass es ihnen leid tut, was passiert ist. Sie reißen jedes Mal die Wunden wieder auf. Das Einzige, was sie sehen, ist der Unfall. Nicht mich.

„Ich habe dir sogar einen Strohhalm organisiert." Er reicht mir ein Glas. Ich trinke einen Schluck und merke direkt, wie der Alkohol mir im Rachen brennt.

„Du wolltest was Starkes, Prinzessin. Verzieh nicht dein Gesicht". Er kneift mir leicht in die Wange. „Das nennst du stark?" frage ich ihn lachend. Er bemerkt meinen Blick auf seinem Drink. „Ist nur Cola. Ich bring dich später noch Heim. Amüsiere dich. Du wolltest hier her." Er lehnt sich an die Wand und beobachtet mich.

„Wo ist denn der Partylöwe, den ich kenne?" Er lacht nicht. „Einer muss einen klaren Kopf behalten." Heute, wo ich Spaß haben will, ist er die Spaßbremse?

Ich tanze mit Leuten aus meinen Kursen. Ich fühle mich gerade nicht wie der Freak, der einen Autounfall hatte. Sondern wie eine junge Erwachsene, die feiert und einfach lebt. Das fühlt sich unfassbar gut an.

Ich suche den Weg in die Küche. Rhys habe ich währenddessen aus den Augen verloren. Mein Puls wird schneller, alles um mich herum wird lauter. Beruhig dich, Avery. Es ist alles gut... Ich wiederhole diese Worte immer wieder in meinem Kopf. Plötzlich rempelt mich jemand an und mein Glas fällt runter. Es zerspringt in 100 einzelne Teile. Ich erschrecke, als ich sehe, wer mich angerempelt hat. „Avery, kannst du nicht aufpassen?!" zischt mich Lauri an. Ich stehe nur da und sehe sie an. „Wie konnten wir von besten Freunden zu Feinden werden?" frage ich mit zitternder Stimme. Sie sieht mich fassungslos an. „Ist die Frage ernst gemeint? Du warst nie eine Freundin! Du hast mich immer nur benutzt, um nicht allein zu sein."

 „Ich habe dich geliebt wie eine Schwester, Lauri... Wie kannst du sowas denken?"

„Ach komm Avery, du hast mit Nate geschlafen! Du hast es gemacht, obwohl du wusstest, dass ich ihn geliebt habe!"

Moment, was? An den Kuss erinnere ich mich, zu meinem Leidwesen etwas zu deutlich. Der Kuss war echt schlecht, aber Sex? Das hätte ich niemals gemacht. „Lauri, ich habe nie mit ihm…" Sie schubst mich weg. „Verschwinde, Avery."

„Lauri, glaubst du, wir können uns jemals aussprechen? Ich vermisse dich und unsere gemeinsame Zeit."

Schweigend tötet sie mich mit ihren Blicken. Sie ist scheinbar genauso sprachlos wie ich. Ich gehe aus der Küche, da höre ich es hinter mir kichern. „Ach Avery, dein Freund ist echt gut im Bett…" Lauri und ihre Freundinnen brechen in Gelächter aus. Ich sehe sie geschockt an. Sagt sie das nur, um mich zu verletzten? Oder ist da etwas Wahres dran? Ich höre alles um mich herum plötzlich wieder ganz verwaschen. Ich bekomme Flashbacks von einer anderen Party. Diese Erinnerungen sind undeutlich, sodass ich sie nicht wirklich deuten kann.

Ich werde hektisch und versuche mich rauszukämpfen. Panik macht sich in mir breit. Ich spüre meinen Herzschlag bis in meinen Kopf. Das grelle Licht blendet mich. Ich muss raus hier!

Ich versuche mich alleine durchzukämpfen, bis mich jemand am Arm festhält. „Hey Ave, ist alles okay?" fragt Rhys besorgt. Er schaut meinen Körper runter, so, als würde er nach Verletzungen ausschau halten. „Ich will weg von hier…" flüstere ich. Er kommt näher an mich ran. Sofort nickt er und nimmt meine Hand. Er führt mich durch die Menge, raus an die frische Luft.

Kurz vor der Haustür werden wir von einem Eishockeyspieler aus Owen`s Mannschaft aufgehalten. Ich spüre so eine Rivalität in der Luft. Nur weil sie gegeneinander spielen müssen sie sich doch nicht hassen, oder?

„Weaver, teilt ihr beide euch jetzt das Mädchen?" Die anderen Spieler von den Kardinals lachen amüsiert.

Ich merke, wie Rhys sich anspannt. Was fällt dem Kerl ein? Ich stehe direkt hier und kann alles hören. „Tatsächlich gibt es auch noch so etwas wie Freundschaft, Connor."

Das Wort Freundschaft im Bezug auf uns, versetzt mir einen stechenden Schmerz, warum nur? Wir sind doch nur Freunde…

Der eine Kerl will mich anfassen. Ich ziehe meine Hand weg. In dem Moment, wo Rhys das sieht, geht er auf den Kerl los. Er packt ihn am Kragen und knallt ihn gegen die Wand. „Fass sie noch einmal an und ich schneide dir beide Hände ab!"

Ich versuche ihn zurückzuhalten, natürlich ohne Erfolg... Der Typ lacht amüsiert. „Du bist wirklich süß, Shawni. Wer hätte gedacht, dass du dir mal den Arsch für ein Mädchen aufreißt..." Er wird unterbrochen. Ich sehe blaues Licht draußen. Plötzlich geht eine Polizeisirene los. Panik bricht aus. alle rennen durcheinander. Wo muss ich hin? Meine Mum bringt mich um, wenn sie mich von der Polizei abholen muss.

Rhys greift meine Hand und rennt los. Er zieht mich hinter sich her. Mein Körper ist wie gelähmt. Ich versuche, so schnell ich kann, ihm hinterher zu rennen.

„Steig ein, Avery!"

Ich versuche einen kühlen Kopf zu bewahren und setze mich in sein Auto. Die Sirene wird lauter. Alles um mich herum wird lauter, ich halte meine Ohren zu. „Ave, ist wirklich alles okay?" Ich höre ihn nur ganz verwaschen. „Ich will nicht ins Gefängnis..." winsel ich leise. Ich habe das Gefühl benommen zu sein. Alles zieht an mir vorbei. „Mit mir zusammen wirst du nicht erwischt." Das ist das Letzte, was ich von Rhys höre, bevor alles dunkel wird.

„Hey Nate, bleib stehen!" Ich laufe ihm hinterher. Er lacht und schickt seine Freunde weg. „Hey Avery, Lust auf eine zweite Runde?" Er streicht mir über den Arm, doch ich ziehe ihn weg.

"Nimm die Finger weg! Warum erzählst du überall, dass wir Sex hatten?!"

Er kommt etwas näher zu mir. Ich bekomme etwas Angst, lasse mir jedoch nichts anmerken. „Weil ich es kann. Was willst du dagegen machen? Dir Schlampe glaubt doch jetzt eh keiner mehr." Ich schubse ihn von mir weg. „Du Arschloch! Wegen dir redet Lauri nicht mehr mit mir!"

„Das klingt sehr stark nach einem persönlichen Problem von dir, Little Ave. „Ich hasse es, wenn man mich so nennt. Er wirft mir einen provokanten Luftkuss zu und geht weg. „Mach`s gut, Avery." Es kocht in mir. Am liebsten würde ich ihm das Gesicht zerkratzen.

Ich sehe Lauri an mir vorbei huschen. „Lauren, warte bitte!" Sie ignoriert mein Rufen. War es das? Die jahrelange Freundschaft kaputt wegen einem Typen? Ich dachte, wir sind mehr als das.

Ich halte sie am Arm fest. Sie bleibt stehen und sieht mich mit roten Augen an.

„Fass mich nicht an!" Ihre Worte klingen so hasserfüllt, ein kalter Schauer läuft mir über den Rücken.

„Glaubst du ihm wirklich mehr als mir? Setz die verdammte rosa Brille ab!"

„Ja, vielleicht hätte ich es schon eher tun sollen. Dann hätte ich schon viel früher erkannt, was für ein Mensch du bist!"

Was meint sie damit? Sie schubst mich weg und geht zügig weiter. Ich bleibe stehen. Leute starren mich an, doch wird es immer leerer um mich herum. Auch tief in mir drin wird es leer. Das Atmen fällt mir schwer. Warum glaubt sie mir nicht?

„Was hat dir den Tag versaut, Schwesterherz?" Ich sehe Jayden genervt an. Wut, Trauer und Hass hat sich in mir angestaut. Ich weiß gar nicht mehr, wohin damit. Deswegen schweige ich lieber. „Ich will nicht darüber reden…"

Bekommt er denn nichts mit ?

Jeder weiß es, jeder kennt die Gerüchte von Nate und mir. Ich schaue zu Rhys. Seinem Grinsen nach zu urteilen, weiß er ganz genau, was los ist. Ein paar Tische weiter sehe ich Owen und Chey sitzen. Das macht mich etwas eifersüchtig. Ich bin schließlich jetzt mit ihm, mehr oder weniger, zusammen. Ich konnte es nicht einmal Lauri erzählen… Rhys findet es überhaupt nicht gut. Er glaubt, Owen ist ein schlechter Einfluss. Dabei ist er doch der Inbegriff von schlechtem Einfluss.

Rhys nimmt einen großen Schluck von seinem Milchshake. Er setzt zum Sprechen an. Ich bin *gewappnet, er wird einen Konter zurückbekommen.*

"Ich bin gleich wieder da. Bitte bringt euch nicht um!" Jayden steht auf und stellt sich erneut an die Schlange, um sich etwas zu essen zu holen.

Plötzlich lehnt sich Rhys näher zu mir. „Also Avery, was machst du wegen den Gerüchten? Willst du es Jayden sagen? Du weißt, dass er den Kerl umbringt." Ich werde rot. Natürlich wusste er es. „Ich mache nichts… Mir glaubt doch eh keiner." Er sieht mich an. Seine Pupillen weiten sich. „Also lässt du die Geschichte einfach so stehen?"

Ich bin mir unsicher, was kann ich schon tun? „Irgendwann vergessen es die Leute." Ich sehe, wie er an mir vorbeischaut. Sein Blick wird ernst. „Ich bin gleich wieder da." Rhys steht auf und geht aus der Cafeteria raus. Ich sehe ihm nach, entdecke jedoch nichts. Jetzt sitze ich ganz allein an dem Tisch. Boden tu dich auf und verschluck mich!

Ich laufe gerade zu meinem Auto, da sehe ich, dass Nate an meinem Auto wartet. Je näher ich komme, desto mehr Angst bekomme ich. Sein Gesicht ist grün und blau geschlagen, Blut ist sogar noch auf seinem weißen T-Shirt. „Verdammt, was ist denn mit dir passiert?" frage ich besorgt, obwohl es mir egal sein könnte, aber so bin ich nicht. „Ich wollte mich bei dir

entschuldigen. Ich sage den Leuten die
Wahrheit. Sorry." Er geht schnell von mir weg,
sieht mich nicht mal an. Ich bin verwirrt. Was war
denn das? Wer hat ihm das angetan? Nach
kurzem Überlegen kommt mir nur eine Person in
den Sinn: Rhys.

Avery

Ich schreie auf, mir wird heiß. Mein Herz springt
mir fast aus meiner Brust. Ich höre Stimmen in
meinem Kopf, ist das meine Stimme? Werde ich
verrückt? „Avery!" Ich merke, wie jemand mich
sanft rüttelt. „Ave, bitte beruhige dich!"

„Ich will es nicht wissen!" schreie ich. Jemand
nimmt mich fest in den Arm und presst mich an
seinen Körper. „Atme mit mir, Avery." Er macht
die Atmung vor und ich versuche sie
nachzumachen. Es dauert eine Weile, bis ich
wieder richtig Luft bekomme. „Ich muss
aussteigen..." sage ich leise und mit rauer
Stimme. Ich reiße die Autotür auf. Die kalte
Abendluft berührt mein Gesicht. Ich nehme einen
tiefen Zug. „Fuck!" brülle ich in die Nacht. Rhys
steht an seiner Autotür. Er sieht unbeholfen aus.
„Ich bin kaputt, ein verdammtes Problem, Rhys!"
Er schüttelt den Kopf, will auf mich zu kommen.
„Nein, bitte… Ich brauche…"

Dich. Ich laufe los, ohne ein Ziel. Ich muss weg
von ihm, von seiner Anziehungskraft, von uns.
„Avy!! Warte!"

Ich weiß nicht genau, wohin ich laufe, aber ich muss weg. Weg von ihm. Ich will so nicht fühlen. Warum fühle ich mich in seiner Gegenwart so gut?! Warum können wir uns nicht wieder hassen? Warum ist das alles so kompliziert?

Ich laufe durch die Nacht. Die Sterne sind immer noch sehr gut zu sehen. Ich schaue hoch. Sie sind immer noch so schön, wie vorhin in der Eishalle mit… Ich unterbreche meinen Gedanken. Verdammt, nein, gehe aus meinem Kopf! Ich muss dich doch hassen!

Er ist laufend in meinem Kopf. Warum fühlt es sich nur so falsch an, den besten Freund meines Bruders zu mögen? Der auch noch gleichzeitig auch der Stiefbruder meines Freundes ist! Ich fange an zu lachen, kann es nicht wirklich kontrollieren. Ich glaube, ich verliere meinen Verstand. Mein Leben fühlt sich an wie eine schlechte RomCom.

Kapitel 27

Avery

Ich stehe vor meiner Haustür. Alle sind wieder zuhause, innerlich habe ich mir gewünscht, sie wäre noch unterwegs. Ich schließe leise die Tür auf und quetsche mich durch. Leise ziehe ich meine Schuhe aus und stelle sie an die Seite. Ich will gerade auf mein Zimmer gehen, da geht das Licht an.

„Hey Mum, ich wollte doch nach Hause kommen." Ich vermeide Blickkontakt. Alles an mir ist gerade eine Lüge. Ich trage ein viel zu hübsches Kleid. Sie weiß, dass ich lüge. Verdammt!

„Wo warst du?!" faucht sie mich an. „Also bei Cheyenne warst du schon mal nicht." Ich atme schwer aus. Ich will mich jetzt nicht streiten. Sie verschränkt ihre Arme vor mir und kraust ihre Nase „Hast du Alkohol getrunken?!"

Ich verdrehe meine Augen. „Ich bin jetzt nicht in Stimmung mit dir zu streiten!" zische ich zurück.

„Was ist nur los mit dir? Seit wann lügst du so?!" Ich will weg von ihr. Wir sollten uns nicht streiten, nicht heute.

"Ich bin keine 16 mehr, behandle mich nicht wie ein Kind. Ich bin erwachsen!" Sie lacht spöttisch.

„Wenn du erwachsen bist, warum benimmst du dich dann wie ein trotziges Kind, Avery?"

„Was ist dein Problem, Mum? Dass du nicht weißt, wo ich war? Hör auf mich ständig kontrollieren zu wollen!" Sie sieht mich geschockt an.

„Du hattest zwar einen Autounfall, aber das ist keine Entschuldigung für dein Verhalten!"

Diese Worte versetzen mir einen Stich mitten ins Herz. Alles zieht sich zusammen. Ich sehe sie entgeistert an. Glaubt sie wirklich, dass ich meinen Unfall als Entschuldigung für alles sehe? Denkt sie, ich wollte diesen Unfall? In mir brodelt es.

„Avery, bleib stehen und rede mit mir!" Ich drehe mich weg von ihr.

„Ich will jetzt nicht mit dir reden. Ich will mit meinem Unfall rein gar nichts entschuldigen. Ich habe nicht drum gebeten, fast zu sterben."

„Was ist denn los mit dir, Avery?" Sie tut jetzt wieder so, als wäre ich das Problem, als hätte ich diese Diskussion hier angefangen.

Ich höre Schritte auf der Treppe. Mein Bruder kommt runter. Warum muss er hier sein und unseren Streit mitbekommen?

„Was ist denn hier los?" Jayden sieht total verschlafen aus. Er reibt sich die Augen. „Halte dich da bitte raus, Jay. Das ist eine Sache zwischen Avery und mir." faucht Mum ihn an.

„Stimmt, wir sind ja keine Familie mehr. Wir lösen keine Probleme mehr zusammen, jeder kämpft für sich!" Ich will weggehen, will aus dieser Situation flüchten. Doch wohin? Ich kann nirgends hin. Ich gehe zum Küchentresen und werfe ausversehen einen Teller auf den Boden. Er zerspringt in tausend Einzelteile. So wie ich. Ich weiß nicht mehr, wer ich bin.

„Was ist aus meinem Mädchen geworden…" sagt sie traurig und leise. „Aus meinem kleinen…" Ich unterbreche sie, in dem ich noch etwas zu Boden werfe. Aus der lauten Diskussion wurde plötzlich Stille. Es fühlt sich so an, als wäre irgendetwas in meinem Kopf durchgebrannt. Ich werde bereuen, was ich jetzt sage.

„Dieses Mädchen ist bei einem Autounfall gestorben, Mum!" schreie ich sie an. Ich sehe, wie ihr Tränen in die Augen schießen. „Es gibt nur noch mich! Entweder du akzeptierst es oder…"

Ich bin total wütend, versuche mich zusammenzureißen nichts Falsches zu sagen. „Es gibt nur noch mich…" Sie kommt auf mich zu, will mich in den Arm nehmen. Ich weiche von ihr zurück. Mir kommen ebenfalls Tränen. Sie laufen über meine Wangen, wie so oft seitdem ich aus diesem Koma erwacht bin. „Avy, Schatz, das war nicht so gemeint, wie du es aufgenommen hast. Ich wollte…"

„Du wolltest mir nur sagen, dass der Unfall mich verändert hat. Zur Kenntnis genommen. Das Gespräch ist hiermit beendet." Ich stürme nach oben in mein Zimmer. Ich knalle die Tür mit Schwung zu.

Ich lehne mich an die Tür. Ein lauter Schrei entweicht meiner Lunge. Ich schmeiße meinen Stuhl um und schiebe alles von meinem Schreibtisch herunter. Es fällt alles zu Boden, genauso wie ich. Ich breche zusammen, sitze nun vor meinem Bett und weine. Ihre Worte wiederholen sich immer wieder. Habe ich mich wirklich so verändert? …

„Avery, du gehst heute nicht auf diese Party!"

Ich verdrehe die Augen. „Ich bin erwachsen. Du kannst mir nichts mehr vorschreiben!" fauche ich sie an. „Was ist nur los mit dir, Avery?" Ich rieche Alkohol. Hat sie etwa wieder getrunken?

„Was ist mit dir los?! Du bist wieder betrunken. Ich dachte, du bist trocken."

„Anders kann ich dein Drama nicht ertragen, Avery!!"

Ich sehe sie an. Sie sagt nichts weiter. Es fühlt sich so an, als hätte sie mir mein Herz aus der Brust gerissen. wäre es ihr egal, wie ich mich damit fühle. Ich gehe zur Tür und öffne sie.

„Wenn du jetzt durch diese Tür gehst, brauchst du nicht wiederkommen…" Sie meint das nicht so. Der Alkohol spricht aus ihr.

„Okay, Mum." Ich gehe hinaus und ziehe die Tür hinter mir zu, ohne ein weiteres Wort zu ihr zu sagen. Ich setze mich ins Auto und umfasse mein Lenkrad. Meine Knöchel treten weiß hervor. Ich muss meinen Kopf frei bekommen. Ich wische ein letztes Mal meine Tränen weg und fahre los.

Avery

Dieses Kleid, was ich an diesem Abend getragen habe… Es war der Tag von meinem Unfall. Ich habe mich an diesem Tag mit ihr gestritten… Wir haben uns viel gestritten und ich bin der Grund gewesen, immer wieder.

Ich sehe ein Bild auf dem Boden liegen. Es ist von Jayden und mir. Ich nehme es in die Hand und starre es an. Wir sind uns so ähnlich und doch so verschieden.

Es klopft an meiner Tür. „Nein." zische ich. Sie geht trotzdem langsam auf. „Hey Ave. Mum ist fertig." Ich werfe ihm einen bösen Blick zu. „Ich bin auch neben der Spur, aber das scheint ja wieder niemanden zu interessieren." Er kommt zu mir und setzt sich direkt neben mich. „Du weißt, dass du mit mir reden kannst. Irgendwas stimmt mit dir nicht." Ich schaue auf den Boden. Die Tränen kommen einfach und laufen.

„Ich erinnere mich immer wieder an Sachen, an die ich mich nicht erinnern möchte." Es wäre besser, wenn ich alles verdrängen könnte. Den Unfall, Rhys… Ich kann Jayden nicht sagen, dass Rhys und ich uns so nahe stehen. Er würde es nicht verstehen. „Es ist, als würde ich gewisse Sachen erneut erleben. Immer und immer wieder." Ich beginne zu zittern. Er nimmt mich in den Arm und küsst meinen Kopf. Ich fühle mich so schuldig, dass ich ihn wegen Rhys angelogen habe. Warum müssen sie auch beste Freunde sein? Wie kann Rhys mit seinem wechselhaften Charakter überhaupt Freunde haben? Beim kurzen Nachdenken fällt mir auf, dass Rhys, seitdem ich ihn besser kenne, gar nicht so übel ist.

„Habe ich mich wirklich so verändert, wie sie sagt?" frage ich Jayden direkt. „Du bist mehr in dich gekehrt, hast mehr Geheimnisse als vorher... Aber sonst bist du noch dieselbe, kleine Avy, die ich liebe." Er drückt mich etwas doller. „Mum kriegt sich schon wieder ein."

Ich drücke mich wieder ein Stück von ihm weg. „Ich habe gehört, Rhys war auch auf der Party." Ich antworte ihm nicht. „Man hat euch beide wohl zusammen gesehen, stimmt das?" fragt er mich. Bei der Erwähnung seines Namens, setzt mein Herz kurz aus.

„Ja, wir haben uns zufällig gesehen und kurz hallo gesagt. Mehr nicht. Er war nicht so gut drauf." Er nickt verständnisvoll. „Jayden, ich würde gerne alleine sein." Er nickt erneut und steht auf. Kurz vor der Tür bleibt er stehen. „Ich vermisse die Zeiten, wo wir uns alles gesagt haben, du keine Geheimnisse vor mir hattest." Mit diesen Worten lässt er mich allein zurück.

Ich starre an die Wand, fühle nichts, rein gar nichts. Ich bekomme kein Auge zu. Die ganzen Gedanken und Erinnerungen fliegen wie verrückt durch meinen Kopf. In 4 Stunden muss ich wieder aufstehen, zur Uni gehen und funktionieren. Jeder hat seine Monster. Der Unfall ist meines.

Ich habe überall Blut an mir, mir tut aber nichts weh. Wo bin ich und warum hilft mir keiner? Ich rieche verbranntes Gummi und etwas Benzin. Bald ist es vorbei. Mir wird kalt, sehr kalt.

Überall ist Blut, mein Blut. Wo kommt das her? Ich sehe mich panisch um. Ich stehe auf dem Kopf. Ich kann mich kaum bewegen, versuche mich abzuschnallen. Daraufhin knalle ich auf den Boden. Ich muss husten, dabei sehe ich noch mehr Blut in meiner Hand. Ich versuche meine Tür zu öffnen, ohne Erfolg. „Hilfe…!" schreie ich. Ich schreie so laut ich kann, aber es kommt niemand. War es das? Werde ich sterben? Ich suche mein Handy und wähle eine Nummer. „Hallo? Avery?" Ich verliere langsam das Bewusstsein.

Ich schreie auf. Mein Herz tut weh vom starken Pochen. Hektisch sehe ich mich um und realisiere, dass ich allein bin. Niemand ist da, er ist nicht da. Warum denke ich an ihn? Ich kuschle mich wieder in meine Decke ein und probiere wieder in den Schlaf zu finden.

Kapitel 28

Rhys

Sie ist einfach vor mir weggerannt. Habe ich etwas falsch gemacht? Ich schaue auf mein Handy und gehe auf ihren Kontakt. Ihr Profilbild ist noch dasselbe, wie vor ihrem Unfall. Ihr blondes Haar weht im Wind und sie trägt die viel zu große Sonnenbrille, wegen der ich sie die ganze Zeit aufgezogen habe. Und ihr Lächeln, ihr gottverdammtes Lächeln. Ich darf keine Gefühle für sie haben. Jayden ist mein bester Freund. Dazu ist sie mit dem Schleimbeutel zusammen. Wann hat es angefangen so kompliziert zu werden?

Ich starre in den Spiegel und lausche dem Regen. Das Klopfen gegen die Scheiben hat etwas Beruhigendes. Ich fahre mir durch die Haare und nehme mir ein T-Shirt aus dem Schrank. Es schmiegt sich an meinen Körper. Man kann meine Tattoos durchschimmern sehen. Ich ziehe mir meine Lederjacke an und gehe die Treppen runter.

Dann schnappe ich mir meine Autoschlüssel, um Jayden und Avery abzuholen, damit wir gemeinsam zur Schule fahren können. Ich bin Owen erfolgreich aus dem Weg gegangen. Meine Mum sollte stolz auf mich sein, dass ich ihn noch nicht erdrosselt habe. Wenn ich nur daran denke, dass er Ave berührt... Ich würde ihm seine Hände abtrennen und unter sein Kopfkissen legen.

Ich bin auf dem Weg zu Jayden, wenige Minuten später stehe ich vor dem Haus der Carters. Ich sehe Jayden aus dem Haus kommen. Hinter ihm trottet Avy, sie sieht nicht so gut aus. Müde, erschöpft... Als hätte sie nicht geschlafen. Hatte sie wieder diese Albträume? Trotz der Erschöpfung ist ihr Gesicht pure Perfektion. Ihre Augenringe lassen ihre Augen noch etwas größer wirken. „Morgen, Alter!" Jayden schlägt mit mir ein und Avy steigt ein, ohne ein Wort zu sagen. Ich sehe nach hinten. Sie weicht meinem Blick direkt aus.

Ich schaue zu Jay. Er schüttelt seinen Kopf und lehnt sich zu mir. Er flüstert: „Wir hatten gestern Streit mit Mum". Was meint er damit? Worüber haben sie sich gestritten? Ich würde sie gerne fragen, aber sie kämpft lieber mit sich selbst, als andere nach Hilfe zu fragen.

Es wäre untertrieben, wenn ich sage, dass sie heute still ist. Sie hat bis jetzt noch kein einziges Wort geredet.

Hat sie sich an ihren Unfall erinnert? Weiß sie, was davor passiert ist?

Wenn ich könnte, würde ich jeden Kampf für sie austragen. Sie hat es nicht verdient, ich habe sie nicht verdient.

Owen schwirrt schon den ganzen Tag um sie herum. Am liebsten würde ich ihn aus dem Land jagen, aber dazu habe ich nicht das Recht. Er ist ihr Freund, wenn sie ihn nicht um sich haben will, muss sie es sagen. Er hat auch Angst. Genauso wie ich. Avery könnte sein ganzes Leben zerstören, wenn sie wollte und sich erinnern würde.

„Hey Jay, wo ist Avy? Isst sie heute nichts?" Er stellt sein Tablet auf den Tisch und sieht sich um. „Sie war doch direkt hinter uns. Wo ist sie hin?" Er ist drauf und dran sie zu suchen. Ich würde mich sofort anschließen, aber sie macht heute den Eindruck, dass sie alleine sein will. „Jayden, sie ist groß genug. Sie kommt klar." Er nickt besorgt, setzt sich mir gegenüber und isst. Er bleibt sehr unruhig und sieht sich immer wieder um. Glaub mir Jayden, ich würde auch am liebsten losstürmen. Als ich Owen mit Chey zusammen sehe, wird mir noch unwohler. Wo ist sie bloß?

Avery

Keiner weiß, dass ich gestern zusammengebrochen bin und mich in den Schlaf geweint habe. Alle Gefühle, die sich in mir gestaut haben, sind auf mich eingestürzt. Ich bin nicht richtig wach, ich funktioniere nur. Meine Augen brennen. Ich halte es nicht aus! Die ganzen Menschen um mich herum machen mich nervös. Daher gehe ich heute nicht in die Cafeteria, sondern direkt auf die Toilette.

Ich sperre die Tür hinter mir ab. Ich sinke zu Boden und atme seit 4 Stunden das erste Mal richtig kräftig aus. Ich will weg von hier. Ich wünschte, ich könnte in mein Auto steigen und einfach losfahren. Nur leider habe ich kein Auto mehr. Mein Kopf ist voll mit Gedanken von gestern. Was meine Mutter gesagt hat, hat mich zutiefst verletzt. Ich fühle mich missverstanden. Als würde sie mich nicht verstehen wollen. Ich werde ihr erstmals aus dem Weg gehen. Ich glaube, dass ist besser für alle Beteiligten.

Es war unfair von mir, Rhys dort einfach stehen zu lassen. Ob er mir böse ist? Nein Avery, denk nicht an ihn. Du hast genug mit dir selbst zu tun! Ich sollte den Kontakt zu Rhys minimieren. Wir sollten nur den nötigsten Kontakt haben, nicht mehr. Das verwirrt mich, denn meine Gefühle spielen total verrückt, seit dem er in meinem

Leben ist. Seit dem wir uns nicht mehr hassen…
Ich weiß nicht einmal, wann sich das geändert
hat. Verdammt! Ich bekomme starke
Kopfschmerzen, ich sehe plötzlich alles
verschwommen.

Owen und ich liegen gemeinsam in seinem Bett
und küssen uns. Ich knöpfe sein Hemd auf. Er
hilft mir, es sich auszuziehen. Er knöpft ebenfalls
meine Bluse auf, berührt meine Brüste. Es fühlt
sich so unfassbar gut an. „Du bist so heiß..."
haucht er mir in mein Ohr. Ich bekomme eine
Gänsehaut. Ich will ihn, hier und jetzt, glaube ich
zumindest. Ich küsse ihn. Er will mir meine Bluse
ausziehen. Schließlich sitze ich in meinem Bh auf
seinem Schoß. Mit seinen Fingern fährt er über
meine Kurven. Owen macht mich verrückt. Wir
küssen uns wild und hemmungslos. „Zieh ihn
aus, Ava..." Es braucht eine Sekunde, bis ich
realisiere, was er gerade gesagt hat. Hat er mich
gerade Ava genannt? Mein Herz setzt kurz aus.
Er sieht mich in so einem intimen Moment und
demütigt mich so… Ich schubse ihn von mir weg.
„Was hast du gerade gesagt?!" frage ich
schockiert. Er verdreht die Augen und setzt sich
gerade auf und streckt sich. „Avy, Ave, Ava, ist
doch alles das gleiche. Warum spielst du dich
gleich so auf?" Es versetzt mir einen Stich ins
Herz. Ich habe das Gefühl, er schlägt mir mit
seinen Worten mitten ins Gesicht. Übertreibe
ich? Habe ich es mir eingebildet?

„Sag mir nicht, dass wir jetzt aufhören, nur, weil ich dich Ava genannt habe?" Er sagt das in so einem barschen Ton, sodass ich zusammen zucke. Ich gebe mir Mühe, nicht zu weinen, aber mir läuft trotzdem eine Träne die Wange hinunter.

Er hat mich wirklich Ava genannt. Ich habe es mir nicht eingebildet. Er fängt an zu lachen. „Das ist lächerlich, Avery. Sorry, aber das wird mir zu blöd." Ich halte ihn am Arm fest. „Wer ist Ava?" frage ich mit zitternder Stimme. Er schlägt meine Hand weg. Dabei falle ich nach hinten auf den Boden. Er stürmt aus seinem Zimmer. „Owen, wo gehst du hin? Ich kann nicht nach Hause! Meine Eltern sind nicht da und mein Schlüssel liegt..." Er stürmt die Treppen runter. Ich laufe ihm nach, doch ich höre die Haustür zu fallen. Ich reiße sie wieder auf und sehe, wie er in sein Auto steigt. „Du Arschloch! Fick dich doch!" Morgen ist Cheys Geburtstag. Eigentlich wollten wir dort zusammen hingehen. Mir laufen Tränen über`s Gesicht. Er lässt mich hier einfach alleine zurück. Ich gehe wieder ins Haus und knalle die Tür hinter mir zu.

Ich gehe nach hinten in den Garten und starre das Poolwasser an. Ich brauche dringend eine Abkühlung. Ich ziehe meine Latschen aus und springe kopfüber ins Wasser. Ich tauche wieder auf. Nun fühle ich mich etwas besser. Ich fahre mir durch meine Haare. Womit habe ich das verdient? Ob er zurückkommt? Vielleicht sollte ich mich entschuldigen. „Na Ciccina, schwimm nicht zu weit raus." Ich schrecke zusammen. Hat er unseren Streit mitbekommen?

„Seit wann bist du da?" Er steht auf und starrt auf mich hinunter. „Lange genug, um zu wissen, dass du einen beschissenen Abend hattest." Wow, muss er mir das jetzt auch noch unter die Nase reiben? „So beschissen war er gar nicht." lüge ich. Seinem Lächeln nach zu urteilen, glaubt er mir kein Wort.

„Du glaubst also, es ist normal, wenn dein Freund dich mit einem falschen Namen anspricht? Glaubst du das wirklich, Ava?" Seinem Grinsen nach zu urteilen findet er es lustig.

Er hat recht. Warum gebe ich mir das eigentlich? Ich sollte es beenden. Scheiß auf das Praktikum, ich werde auch ohne ihn etwas finden. Er hängt seine Beine ins Wasser. Wir halten die ganze Zeit Blickkontakt. Wir sollten nicht alleine sein. Ich sehe an mir runter. Mein blauer Bh schimmert unter meiner weißen Bluse vor. Mir ist es etwas unangenehm, aber ich lasse es mir nicht anmerken. „Wie geht es weiter, Avery?" Ich weiß es ehrlich gesagt nicht. Ich schwimme an den Rand und setze mich mit circa einem Meter Abstand neben ihn auf dem Beckenrand.

„Ich weiß es nicht, Rhys. Es ist… kompliziert." Er sieht zu mir rüber. Seine grau-grünen Augen mustern mich von oben bis unten. Warum gefällt mir sein Blick? Ich vermisse seine Berührungen. Wir sind uns aus dem Weg gegangen, weil wir es nicht noch komplizierter machen wollten. Aber alleine dieser Blick von ihm hat mir einen Rückschlag verpasst. Ich würde ihn sofort küssen, wenn ich es könnte, wenn mein Gewissen es aushalten würde.

Er steigt in den Pool und taucht unter. Ich beobachte ihn genau. Er taucht wieder auf, seine Tattoos kann ich durch das Mondlicht erkennen. Er wischt sich einmal durch sein Gesicht. „Ist der Schmetterling neu?" frage ich neugierig. Er sieht zu mir und realisiert, was ich gefragt habe.

„Ja, so genau kennst du also meinen Körper." Er kommt näher zu mir, berührt meine Beine. Ich fahre sanft mit meinen Fingern über den Schmetterling an seinem Arm. Er fühlt sich so weich an, mein Herz wird augenblicklich schneller bei seinen Berührungen. „Er sieht wirklich schön aus. Ich will auch so einen." Er lächelt.

„Warum lachst du?"

„Ich kann mir dich nicht mit Tattoos vorstellen."

Ich spritze ihm Wasser ins Gesicht, er spritzt Wasser zurück. „Lege dich nicht mit mir an, Avery. Du wirst verlieren!"

Ich habe doch schon längst verloren, Rhys. Ich habe mich an dich verloren. Er greift meine beiden Hände und zieht mich ins Wasser zurück. Ich schreie kurz auf. Er drückt mich kurz unter Wasser, wenige Augenblicke später tauche ich wieder auf. „Du spinnst doch." sage ich lachend und versuche ihn unter Wasser zu drücken, ohne Erfolg. „Was habe ich gesagt, Avy? Du verlierst." Wir sind wenige Zentimeter voneinander entfernt. Ich möchte wissen, wie er sich anfühlt und wie er schmeckt. Unsere Körper berühren sich. Es fühlt sich elektrisierend an. Strom fließt unter meiner Haut. Ich will ihn, jetzt.

Er drückt mich leicht an den Beckenrand, legt seine Stirn an meine. Unsere Nasen berühren sich. Bitte… Bitte mach den ersten Schritt. Zeig mir, dass du es auch willst, das du mich willst.

Er sieht mir direkt in die Augen. „Avy…" flüstert er meinen Namen.

„Das ist falsch. Wir sollten uns nicht so nah sein." Spürt er das nicht? Spürt er nicht die Anziehungskraft zwischen uns?

„Dein Bruder ist mein bester Freund und dazu ist dein Freund mein Stiefbruder… Das ist zum

Scheitern verurteilt, Ave…" Ich schließe meine Augen. „Ich weiß, Rhys…"

Ich wische mir meine Tränen weg. Rhys und ich haben uns fast geküsst. Er hat mich abgewiesen, mehr oder weniger. Mein Herz schmerzt. Aber es sollte nicht wehtun, weil wir ja nichts miteinander hatten, oder?

Kapitel 29

Avery

Nach meinem kleinen Zusammenbruch auf der Mädchentoilette gehe ich ganz normal weiter zu meiner Lesung. Ich merke, wie ich mich immer mehr von Owen distanziere. Diese ganzen Erinnerungen mit ihm, bringen mich zum nachdenken.

Ich habe mit Jayden kein Wort geredet, so ist es leichter. Leichter, als wenn ich ihn immer wieder in die Augen sehen muss und ihn belüge, mich belüge.

Ich laufe über den Parkplatz der Uni, halte Ausschau nach Rhy`s Auto. Die Jungs haben noch ein Spiel. Da ich mit ihnen gemeinsam nach Hause fahre, muss ich es mir anschauen.

Ich sehe, wie Jayden zwei Leute auseinander drückt. Was ist da bloß los? Ich gehe schneller und sehe, dass es Owen und Rhys sind.

Rhys

„Du legst es wirklich drauf an Rhys, oder?" Kommt Owen auf mich zugestürmt und schubst mich. Ich schaue ihn genervt an. „Was hat dem Kronprinzen diesmal nicht gepasst?" Ein paar seiner Eishockeykollegen im Hintergrund lachen darüber. Ihm ist das sichtlich unangenehm. „Du warst mit Avery zusammen auf der Party! Was ist denn nicht daran zu verstehen, dass du dich von ihr fernhalten sollst?!" Er schubst mich erneut. Ich bewahre die Ruhe. „Hast du schonmal dran gedacht, dass sie lieber mit mir Zeit verbringt als mit dir?" Ich sehe, wie sein Kopf rot anläuft. Es passt ihm gar nicht, dass diese Möglichkeit bestehen könnte. „Dann wäre sie mit dir zusammen, glaubst du nicht auch? Ach, stimmt ja, du bist der beste Freund von ihrem Bruder… Wie fände er denn die Informationen, dass du auf seine Schwester stehst? Oder du den Unfall verursacht hast?" Ich packe ihn am Kragen und drücke ihn gegen eine Betonwand. „Ich habe diesen scheiß Unfall nicht verursacht, sondern..." Ich sehe, wie Jayden angelaufen kommt und versucht, uns auseinander zu bringen. In dem Moment merke ich kleine Hände an meinem Arm, die mich zurückziehen. „Rhys, bitte lass ihn in Ruhe, hört auf zu streiten." Sofort entspannt sich alles in meinem Körper. Ich lasse ihn los und sehe sie schuldig an. Owen schubst mich wieder weg. „Pass auf, Avy. Der hat wieder seine Aggressionsprobleme." Ich will ihm weh tun, irgendein Körperteil ausreißen. Er dreht sich um und geht weg. Sie steht wie angewurzelt da und sieht mich an. Bitte Kleines, sehe mich nicht so an. Ich konnte ihr nichts erklären. Die Situation spannt sich immer mehr an. Ihre Erinnerungen kommen zurück. Ich muss ihr die Wahrheit sagen, bevor es zu spät ist.

Ich schmeiße meine Sporttasche gegen meinen Spind. Einige meiner Mannschaftskollegen zucken zusammen. „Hey Bro, was geht denn bei dir und Owen ab? Ihr geratet immer häufiger aneinander." Ich ignoriere seine Frage und ziehe mir meine Ausrüstung an. „Alter, rede mit mir! Warum benehmen du und Avy sich so merkwürdig?" Ich sehe ihn an, sehe wieder ihre Augen... „Jayden, Owen ist ein Penner. Er provoziert mich mit seiner bloßen Anwesenheit. Keine Ahnung, warum Avery so ist. Sie ist nicht mein Problem." Ich wünschte, sie wäre mein Problem. „Tut mir leid, Rhys. Ich bin selbst etwas durcheinander. Meine Eltern wollen wieder..." Wir hören ein durchdringendes Pfeifen. „Hey Männer, unterbindet den Kaffeeklatsch und ab aufs Eis!" Jayden setzt sich den Helm auf und geht in Richtung Eis. Was wollte er mir sagen? „Hey Jay!" Er guckt zu mir.

„Wenn du quatschen willst, weißt du, ich bin da." Er nickt. „Ich muss es Avy noch sagen." Was muss er ihr sagen? Ich habe mich schon lange nicht mehr so auf ein Eishockeytraining gefreut.

Auf dem Eis lasse ich meine Wut raus. Ich schlage den Puck härter, als ich müsste. Aber es hilft mir den Schläger nicht für Owen zu benutzen. „Weaver, ich hoffe, sie sind beim nächsten Spiel auch so motiviert! „Der Coach hat echt immer einen Spruch parat.

Das Training verging heute besonders schnell, auf dem Weg in die Umkleide reden die Jungs von einer Party. Jayden wirkt beschäftigt, aber er lässt es sich nicht anmerken.

„Nachher ist bei Connor eine Party, sehe ich dich da?" Fragt Jayden. Ich muss meinen Kopf frei bekommen. Ich muss sie aus meinem Kopf bekommen. Ich setzte ein Grinsen auf. „Keine Party ohne mich, Jayden."

Avery

„Danke, dass du uns Heim gebracht hast." sagt Jayden und steigt mit mir gemeinsam aus. „Wir sehen uns später." sagt Rhys zu ihm. Er sieht mich nicht an. Vielleicht ist es besser so. „Avy, wir müssen reden. Es geht um Mum und…" Bevor er ausreden konnte, öffnet unser Vater die Tür. Ich sehe ihn verwundert an, dann sehe ich Jayden fragend an. Er sieht auf den Boden. „Was machst du denn hier?" zische ich.

„Hat deine Mum dir nichts gesagt?" Ich ziehe mir die Schuhe aus. Meine Mum steht im Türrahmen. „Was gesagt?" Mein Puls schießt in die Höhe. Was kann jetzt noch kommen?

„Dein Dad und ich…" Nein, sie sagt nicht das, was ich denke. „Wir wollen es nochmal miteinander probieren." Sie lächelt über beide Ohren. Ich kann mich nicht bewegen.

„Ist das dein Ernst?" Ihr Lächeln verschwindet. „Avy, freu dich doch für die Beiden…" Ich schlage Jayden`s Hand weg. „Du wusstest davon?"

Ich fange an laut zu lachen. „Hast du vergessen, was er dir alles angetan hat? Wer sagt, dass er es nicht wieder tun wird?!" Sie sieht meinen Vater an, als würde sie ihn immer noch lieben.

„Avery, ich habe deine Mutter immer geliebt…" Ich unterbreche ihn direkt. „Nein, das hast du nicht. Du liebst nur dich." Ich sehe meine Mutter wieder eindringlich an. „Er wird dir wieder das Herz brechen! Das ist Bullshit."

„Wie redest du eigentlich mit deiner Mutter?!" meckert mein Vater. Wieder kann ich mir ein Lachen nicht verkneifen. „Du hast kein Recht dich einzumischen."

„Du bist meine Tochter!"

„Deine Tochter ist bei einem Autounfall ums Leben gekommen und es hat dich nicht interessiert. Warum jetzt? Ich bin nicht mehr deine Tochter."

Ich sehe nichts in seinen Augen, keinen Schmerz oder ähnliches. Er weiß, dass es nie wieder so wird, wie es mal war. Unsere Beziehung ist kaputt genauso wie das Vertrauen. Er ist schuld daran. Er ist abgehauen, hat sich nicht für mich und Jayden interessiert und mir somit ebenfalls das Herz gebrochen.

Ich stürme wieder hoch in mein Zimmer und sperre die Tür hinter mir zu. Ich muss weg von hier. Deswegen schaue ich auf Social Media, wo heute was abgeht. Schnell werde ich fündig. Ich mache mir nicht einmal die Mühe mich umzuziehen. Ich schnappe mir meine Sneaker, schlüpfe hinein und öffne meine Balkontür. „Es tut mir leid, Mum…" flüstere ich, als ich meinen Balkon hinunter klettere. Ich öffne die Garage und nehme mir Jayden`s Autoschlüssel.

Ich setze mich ins Auto und stecke den Schlüssel in die Zündung. Komm schon Avery, drehe den verdammten Schlüssel. Ich fange an zu zittern. Ich will mich nicht daran erinnern, versuche es zu verdrängen, doch es ist aussichtslos. Ich werfe den Kopf nach hinten an die Kopfstütze. Ich bin so ein Feigling! Es ist doch nichts dabei, es ist nur Auto fahren!

Ich höre Geschirr klirren. Meine Eltern streiten sich, heftig. Mein Dad hat eine Neue seit sechs Monaten. Meine Mum hat es herausgefunden. Sie liebt ihn noch immer, doch er hat schon längst mit ihr abgeschlossen. „Ich gehe jetzt! Du wirst mich nicht aufhalten."

„Nein, du kannst mich nicht mit den Kindern allein lassen!"

Mir laufen Tränen über die Wangen. Das schlimmste Gefühl ist es, wenn du siehst, wie deiner Mama das Herz bricht.

Ich höre, wie die Tür ins Schloss fällt. Meine Mutter weint, nein… Sie schreit! Ich schleiche die Treppen runter. Jayden ist bei Rhys. Er hat Glück.
„Mum?" frage ich zurückhaltend. Ich sehe, wie sie die ganze Rotweinflasche ansetzt.

„Was machst du da? Du warst doch trocken!"

„Ist doch jetzt egal, er ist weg, ich habe es für ihn getan."

„Dann tu es jetzt für mich!" Sie schubst mich weg. „Gehe auf dein Zimmer! Ich kann dich nicht ansehen! Du erinnerst mich an ihn!" Sie wirkt total verzweifelt und verletzt, aber das gibt ihr nicht das Recht mich so zu behandeln.

Ich bin nicht wie mein Vater!

Ich steige wieder aus dem Auto. Ich werde zur Party laufen. Irgendwann werde ich fahren, aber nicht heute.

Auf der Party angekommen ist das Erste, was ich mache, mir den Alkohol zu schnappen, Jayden wird hier auch irgendwo sein, aber mir ist es egal. Alles ist mir egal.

Ich werde von einem Typen angetanzt. Der Alkohol in meinem Blut sorgt dafür, dass es mir gefällt. Er lächelt mich an und kommt mir immer näher. Aber es fühlt sich nicht so an wie Rhys seine Nähe oder seine Blicke.

Ich habe schon den fünften Drink und hole mir jetzt den sechsten. Auf dem Weg zur Küche, sehe ich Rhys. Mein Körper krampft sich zusammen, er küsst ein Mädchen was ich nicht kenn. Warum verletzt mich das so? Wir sind nicht zusammen, er kann machen, was er will.

„Entschuldigung." Ich will mich an den beiden vorbeizwängen. Sie riechen wie zwei Schnapsleichen. Seit wann gibt sich Rhys so die Kante? Ich tue so, als wäre es mir egal, als wäre ER mir egal. Ich habe wahrscheinlich genauso viel intus wie er.

„Eifersüchtig, Ciccina?" Meine Nackenhaare stellen sich auf. Redet er mit mir? „Wie kommst du da rauf, Weaver? Es ist mir egal, was du machst." Er lacht. „Wenn es dir egal ist, warum stehst du dann immer noch hier?"

Das Mädchen sieht zwischen uns hin und her. „Rhys, ich will hier zwischen nichts stehen." Sie bekommt keine Reaktion von ihm. "Sorry, klärt eure Angelegenheiten ohne mich." Sie lässt ihn einfach stehen. Es scheint ihn nicht sonderlich zu interessieren.

Es befriedigt mich, dass sie gegangen ist. Gleichzeitig macht es mir auch Angst. Er sieht mich an. Ich schlucke schwer.

„Was machst du hier, Avery?" Er sagt das in einem abwertenden Ton, als wenn ich hier nichts zu suchen hätte.

„Mich amüsieren, du ja scheinbar auch." Ich sehe mich um und winke einen Kerl zu mir ran. Rhy`s Pupillen werden zu engen Schlitzen. Er packt den Kerl am Kragen. „Fass sie an und ich hacke dir deine Finger ab und packe sie deinen Eltern unter`s Bett." Der Typ dreht so schnell um, wie er gekommen ist.

„Ist das dein Ernst? Du darfst jemanden küssen und ich nicht?!" keife ich ihn an. Ich setze meinen Drink wieder an, er nimmt ihn mir weg. „Hey, was soll das?"

„Du hast genug, Avery."

„Ich entscheide selbst, wann ich genug habe!" Ich sehe ihn an. Unsere Augen können sich nicht voneinander lösen. „Verdammt Avery, hör auf mich so anzusehen!"

„Wie sehe ich dich denn an?" Ich weiß genau, wie ich ihn anschaue, voller Lust und Verlangen.

„So, als würde ich dir etwas bedeuten. Als würdest du… Verdammt Avery, Freunde sehen sich nicht so an!"

Ich zucke zusammen, er kommt wieder näher an mich ran. Unsere Lippen sind wenige Millimeter voneinander entfernt. Wir sind kurz davor uns zu küssen, doch es ist so verdammt falsch. „Wir sollten uns voneinander fernhalten." haucht er mir gegen die Lippen. „Das sollten wir wohl." Wir sehen uns an, ich sehe in seinen Augen das pure Verlangen. Ich schubse ihn weg. „Wir sollten uns wieder hassen, Rhys…"

Er sieht plötzlich wütend aus. „Scheiße Avery, du sendest mir diese Signale! Was willst du von mir? Ich hasse es dich zu…" Wir werden unterbrochen.

„Was geht denn bei euch ab?" Jayden geht zwischen uns. „Avery, du solltest nicht hier sein."

„Bist du jetzt mein Vater? Du kannst mich mal, Jayden." Ich sehe Rhys an. „Ihr könnt mich beide Mal." Ich stürme an den beiden vorbei.

Kann ein Abend noch beschissener werden? Familiendrama, einen Korb bekommen von dem Typen, den ich eigentlich hassen soll, aber irgendwie auch nicht mehr… Super, besser kann es nicht laufen.

„Hey Natalie, hast du Owen gesehen?" Sie verneint. Wir haben uns gestern gestritten. Er ist

239

einfach verschwunden. Ich hätte gerne mit ihm geredet, will das Problem aus der Welt schaffen. „Hey Rhys, weißt du, wo Owen ist?" Er guckt mich an, etwas erschrocken mich hier zu sehen. „Keine Ahnung, wo er ist." Seit dem wir Abends im Pool waren, ist es etwas angespannt zwischen uns. Wir ignorieren es einfach, das können wir am besten. „Viel Glück bei der Suche."

Ich nicke ihm zu. Vielleicht war es wirklich nur ein Versehen und ich habe überreagiert. Ich meine… Ava und Ave, die Namen sind sich ja doch ziemlich ähnlich, oder?

Der Tag meines Unfalls wird immer klarer. Ich bekomme immer mehr Angst vor dem, was mich erwartet. Ob ich mich wirklich daran erinnern sollte?

Kapitel 30

Avery

Seitdem meine Eltern mir gesagt haben, dass sie es noch einmal probieren wollen, habe ich nicht mehr mit ihnen geredet. Ich habe sie gemieden. Ich hoffe, meine Mutter kommt wieder zur Vernunft.

Ich gehe unter die Dusche. Das heiße Wasser läuft über meinen Körper. Ich schließe meine Augen und sehe wieder nur ihn. Ich sehne mich nach seinen Berührungen. Wir haben uns seit der Party weder gesehen noch sonst irgendetwas. Vielleicht ist es besser so. Ich muss aufhören darüber nachzudenken.

In wenigen Tagen ist Thanksgiving, da werde ich ihn wieder sehen. Ich merke jetzt schon, wie mein Herz klopft und sich überschlägt. Ich versuche alles mit ihm zu verdrängen, er soll aufhören in meinem Kopf umher zu spuken. Egal, woran ich denke, in irgendeiner Ecke steht er und mischt sich in die Erinnerung.

Ich schrecke zusammen, als meine Shampooflasche hinunterfällt. Ich war total in meinen Gedanken vertieft.

Ich wickle ein Handtuch um mich herum und gehe schnell wieder in mein Zimmer. Ich schaue in den Spiegel. Meine Augenringe sind etwas besser geworden und ich sehe etwas ausgeschlafener aus. Ich suche mir etwas Gemütliches zum Anziehen raus. Nachdem ich es angezogen habe, kuschle ich mich wieder in mein Bett. Das ist das Einzige, was ich zurzeit kann, schlafen. Wenn ich schlafe, kann ich nicht nachdenken. Dann halten die Stimmen in meinem Kopf endlich mal ihren Mund. Die einzigen Probleme sind meine immer wiederkehrenden Albträume, aber sie sind auszuhalten. Ich muss sie aushalten.

Es klopft leise. Ich sage nichts. „Avery, können wir reden?" fragt meine Mum leise. Ich sehe nicht in ihre Richtung. „Bitte Avy. Ich will nicht, dass es zwischen uns so ist." Sie kommt in mein Zimmer und setzt sich neben mich auf das Bett. „Es tut ihm wirklich leid, Avery. Er liebt dich und das tust du auch, das weiß ich."

Ich ziehe mir meine Decke etwas weiter über den Kopf, in der Hoffnung, sie geht von alleine wieder weg. Aber sie ist immer noch hier.

„Nein, ich hasse ihn." Ich weiß, das hört sich jetzt wirklich hart an, aber es gibt immer wieder

Momente, da meine ich diese drei Worte ernst, todernst. „Es wird nie wieder so eine Vater-Tochter-Beziehung geben." Sie holt tief Luft. „Avery, ihr solltet miteinander reden. Und…"

„Nein, ich will nicht mit ihm reden. Ich will jetzt wieder alleine sein. Geh bitte."

„Schatz, du bist jetzt seit fast einer Woche alleine in deinem Zimmer. Ich mache mir Sorgen."

„Ich bin nicht mehr dein kleines Mädchen, schon vergessen?" Sie sieht traurig aus. Es hat sie verletzt. In ihrem Blick sehe ich, dass es ihr leid tut, was sie zu mir gesagt hat. Ich hasse sie nicht dafür, aber ich ich brauche Zeit diese ganzen Dinge zu verarbeiten… Meinen Unfall zu verarbeiten. Ich fühle mich manchmal so, als wäre es gestern erst passiert. Die Wunden sind frisch, mein Kopf ist teilweise immer noch ein schwarzes Loch, aber einige Erinnerungen haben wieder zu mir zurückgefunden.

Sie streichelt mir über den Arm „Wir lieben dich, Avy. Wenn du reden möchtest oder Hilfe brauchst, egal bei oder über was…" Sie schweigt kurz.

"Ich… Wir sind immer für dich da." Sie geht langsam wieder aus dem Zimmer. Kurz bleibt sie noch im Türrahmen stehen, schließt aber wenige Augenblicke danach die Tür hinter sich.

Ich starre hoch an die Decke. So viele chaotische Gedanken sind in meinem Kopf. Ich versuche alles zu ordnen. Der Unfall ist jetzt fast ein halbes Jahr her. Ich lag zwei Monate davon im Koma, die restlichen Monate habe ich mit meinen Dämonen und Erinnerungen gekämpft. Ich bin froh, dass viele Erinnerungen wieder da sind, aber ich weiß nicht, ob ich bereit bin, für das, was folgt.

Ich hänge in der Luft, stehe zwischen den Fronten. Ich habe eine Mauer aus Lügen um mich herum erschaffen. Jede Sekunde könnte sie zusammenbrechen und jede Beziehung, die mir etwas bedeutet, oder meinem alten Ich etwas bedeutet hat, einfach zerstören. Ich will niemanden mehr anlügen, besonders nicht Jayden oder Rhys... Aber auch Owen will ich nicht anlügen. Ich sollte ihm sagen, dass ich mir mit meinen Gefühlen im unklaren bin und eine Pause brauche, um mich selbst zu finden. Aus Filmen weiß ich jedoch, dass Beziehungspausen meistens endgültig sind, was für mich kein Problem wäre. Ich habe sowieso nur Energie für mich selbst und nicht einmal das reicht aus.

Ich sollte dieses Gespräch mit Owen in Angriff nehmen. Wie gehe ich es am besten an?

Rhys

Ich habe die letzten zwei Wochen sehr schlecht geschlafen. Ich habe viel Alkohol getrunken, was ich eigentlich nicht mehr wollte. Was macht sie nur mit mir? Seit einer Woche habe ich sie nicht gesehen, geschweige sie gehört.

Das mit ihr in meinem Leben geht nicht, aber ohne sie geht es genauso wenig. Wenn ich sie auf Distanz halte, merke ich, dass es irgendwie nicht klappt. Morgen ist Thanksgiving. Ich werde sie wiedersehen.

Ich werde sie wieder hassen müssen. Meine Gefühle für sie ganz weit nach hinten sperren. Denn sie sollten nicht sein. Ich sollte keine Gefühle für die Schwester von meinem besten Freund haben. Wir sollten uns nicht so ansehen, sie sollte mir nicht solche Signale schicken. Vielleicht ist sie immer noch verwirrt und weiß nicht, was sie will. Ich habe keine Kraft, um Spielchen mit ihr zu spielen. Ich werde alles tun, um sie zu beschützen… Und wenn es heißt, dass ich ein Arschloch sein muss, um sie zu beschützen…Vor mir zu beschützen! Dann muss ich dieses Risiko eingehen, dass sie mich hasst. Dabei hätte ich auch einen Grund, sie zu hassen. Sie belügt mich die ganze Zeit. Nein… Nicht nur mich, sondern auch alle drumherum. Little Avy, wann wird die Bombe platzen? Wann sagst du uns die Wahrheit? Wann erfahren wir dein kleines Geheimnis? Es ist unheimlich schwierig, sauer auf sie zu sein. Jedoch kann es nicht ewig so weitergehen. Früher oder später werden wir es erfahren, ob sie es will oder nicht.

Ich wache früh auf. Es ist nicht einmal 06:00 Uhr. Ich stöhne genervt auf. Ich habe das Gefühl, dass ich nicht geschlafen habe. Ich schließe wieder meine Augen.

Nach einigen Minuten beschließe ich aufzustehen und mir etwas Sportliches anzuziehen. Es ist noch keiner wach. Ich ziehe mir meine Turnschuhe an und laufe los, ohne ein Ziel. Ich jogge in Richtung Meer. Das ist der beste Ort, um den Kopf frei zu bekommen.

Am Meer angekommen, habe ich direkt Sand im Schuh. Nach kurzem Fluchen ziehe ich die Schuhe aus. Ich fühle den weichen und warmen Sand zwischen meinen Zehen. Ich beobachte den Sonnenaufgang.

Ich höre nur das Rauschen vom Meer. Ab und an kommt eine Möwe vorbei, sonst ist alles still. Meine inneren Stimmen schreien laut. Sie wollen so viel sagen, aber manchmal sollte man einfach schweigen, damit man nicht alles schlimmer macht als es ohnehin schon ist.

Ich bin auf dem Heimweg. In der Einfahrt steht Jayden mit seinem Auto. Ich schaue auf die Uhr. Es ist kurz vor zehn. Was zur Hölle macht er schon hier? Ist sie auch hier? Mein Herz schlägt wieder höher bei dem Gedanken an sie

Kapitel 31

Rhys

Ich schließe die Tür auf. Es riecht nach Kuchen, weswegen ich in Richtung Küche laufe. Der Geruch ist köstlich. Ich sehe, wie sie die Zutaten in eine Schüssel kippt. Sie sieht fertig aus, müde, angeschlagen... Aber selbst dann sieht sie einfach perfekt aus.

Ihr Blick trifft meinen, ihre Pupillen werden riesig. Am liebsten würde ich einen neckischen Kommentar darüber ablassen, aber ich klemme ihn mir. Schließlich distanzieren wir uns gerade wieder voneinander. Sie schaut sofort wieder weg. „Hallo Rhys." sagt sie leise. Sie hört sich kühl an. Es verletzt mich, aber es ist besser so für uns. Hass mich wieder, Prinzessin! Ich bleibe in der Küche stehen und beobachte jede Bewegung von ihr genau.

„Was soll das denn eigentlich werden? Willst du uns vergiften?" frage ich sie provokant. Ein kleines Lächeln zeichnet sich auf ihren Lippen ab.

„Ich will backen. Nach was sieht das denn sonst für dich aus?"

Sie stellt sich einige Sachen ordentlich in eine Reihenfolge. Ich muss schmunzeln. Da ist sie wieder, die Avery mit den vielen Plänen und Regeln im Kopf.

„Was ist so witzig, Weaver??" zischt sie mich an.

„Ich habe dich noch nie backen gesehen."

„Wann denn auch?" Sie hat recht. Es gab nie einen Anlass dazu, dass sie für mich gebacken hat. Ich hätte es wahrscheinlich eh nicht gegessen, aus Angst, dass sie mich vergiftet.

„Rhys, kannst du mir eigentlich sagen, wann wir wieder Frieden geschlossen haben? Ich kann mich nicht daran erinnern. Warum redest du mit mir?"

Spielt sie auf unseren Streit an? Was will sie hören?

Ich gehe näher zu ihr und lehne mich wenige Zentimeter neben ihr an den Tresen. Ihr süßes Parfüm steigt mir in die Nase.

„Die Antwort ist leicht, Avery Carter. Wir haben nie die Waffen abgelegt. Wir haben keinen Frieden geschlossen".

Der Krieg beginnt hier und jetzt. Mein Blick wandert über die Backutensilien. Mir kommt ein böser Gedanke. Das könnte spaßig werden. Ich greife mir ein Ei und begutachte es. In dem Moment, wo sie auf das Rezept schaut, drücke ich es auf ihrem Kopf platt. Sie schreit kurz auf. Das Ei läuft ihr ins Gesicht. Ich muss mich zusammenreißen, nicht laut loszulachen.

„Du..." knurrt sie mich an, doch statt weiter zu reden, nimmt sie eine Hand voll Mehl und schmeißt es mir ins Gesicht. Ich muss etwas husten. Ich höre sie kichern.

„Na warte." Ich nehme auch eine große Hand Mehl und puste es ihr ins Gesicht.

„Du bist fällig Weaver!!" Sie knallt mir ebenfalls ein Ei auf den Kopf. Ich atme scharf ein. Sie baut einen größeren Abstand zu mir auf, während ich versuche, sie zu schnappen.

„Du bist zu langsam Ave! Du kannst gegen mich nicht gewinnen." Sie muss lachen.

„Das ist ja auch ein unfairer Kampf." Sie rutscht weg, fängt sich aber und stützt sich am Tresen ab.

„Soll ich mich deinem Tempo anpassen, Avery?"

Wir kommen uns immer näher, schauen uns tief in die Augen. Verdammt, warum sieht sie mich so an? Als wäre ich es wert, von ihr gemocht zu werden. Fuck, diese Schmetterlinge in meinem Bauch rasten raus. Wir beide stehen uns komplett eingesaut gegenüber. Überall ist Mehl und Ei. Aber selbst damit sieht sie unfassbar gut aus.

Sie lächelt mich an. Wie kann etwas so perfektes, so unglaublich falsch sein? Es war der größte und gleichzeitig schönste Fehler meines Lebens: Avery nicht mehr zu hassen.

„Hey Leute, was geht denn hier ab?!" Ich schaue erschrocken zur Tür. Jayden steht dort. Er sieht uns beide misstrauisch an. Was er wohl denkt? Wir sind beide vollgesaut mit Backzutaten.

„Ich backe einen Kuchen für nachher."

„Ihr wisst schon, dass man die Zutaten in die Schüssel gibt und nicht auf den Kopf des Anderen?"

Avery und ich sehen uns kurz an.

„Er hat mich provoziert, dann ist es etwas eskaliert." lügt sie ihn an. Obwohl… wirklich gelogen ist es nicht wirklich. Ich habe nicht geplant mit Ei in meinem Haar aus der Küche zu kommen.

Avery

„Ich gehe mich mal frisch machen. Wir sehen uns." sagt Rhys kalt. Ich schaue ihm nach, versuche aber meinen sehnsüchtigen Blick vor Jayden zu verbergen.

„Werdet ihr beide euch jemals vertragen?" Ich sehe zu Jayden. Wieder muss ich lügen, um nicht alles noch komplizierter zu machen.

„Nein, ich hasse ihn noch immer. Leider ist er dein bester Freund und ich muss ihn immer wieder sehen. Das macht das ganze schwerer."

Diese Lüge über meine Lippen kommen zu lassen, bricht mir mein Herz. Ich bin mir unsicher, ob ich ihn jemals gehasst habe. Aber es gibt eine Sache, die konnten Rhys und ich schon immer sehr gut: So tun, als wenn nichts passiert ist.

Ich gehe hoch in Owen`s Zimmer, fest entschlossen, mit ihm über meine Gefühle zu reden. „Hey Baby." Er küsst mich leidenschaftlich, bevor es zu intensiv wird unterbreche ich den Kuss und drücke ihn von mir weg. „Owen… " Er sieht mich besorgt an, oder was auch immer sein Blick bedeuten mag.

„Egal, was du besprechen willst, Babe. Wir sollten das auf nach Thanksgiving   verschieben." Ich sollte eigentlich sagen: Nein, es ist wichtig, wir müssen jetzt reden! Doch statt meinen Mut zusammenzunehmen und ihn das zu sagen, ziehe ich wieder den Kürzeren.

„In Ordnung, ich liebe dich." Diese Worte fühlen sich so falsch an. Fast noch schlimmer als die Lügen, die ich allen anderen auftische.

Owen trägt ein dunkelblaues Hemd mit einer Krawatte. Ich habe mich ihm angepasst und ebenfalls ein dunkelblaues Kleid angezogen. In wenigen Minuten sollten meine Eltern dazu stoßen. Ich habe Angst vor diesem Abend. Gerade will ich aus dem Bad gehen, da rempelt mich Rhys an. „Hey, kannst du nicht aufpassen?" frage ich ihn etwas gereizt. Er sieht mich an, doch dieses Mal sehe ich nichts in seinem Blick, keine Emotionen oder sonst irgendetwas.

„Ist alles okay bei dir?" Er ignoriert mich. „Rhys?"

„Alles bestens, Avery. Ich versuche es dir leichter zu machen." Er knallt mir die Tür vor der Nase zu. Was meint er damit? Es mir leichter machen… Diese Worte wiederholen sich immer wieder in meinem Kopf. Plötzlich macht es Klick.

„Nein, ich hasse ihn noch immer. Leider ist er dein bester Freund und ich muss ihn immer wieder sehen. Das macht das ganze schwerer."

Fuck, hat er das vorhin mitgehört? Diese verdammten Lügen reiten mich immer mehr in Schwierigkeiten. „Rhys bitte, mach die Tür auf. Ich kann dir das erklären…" schreie ich schon fast.

Er macht schließlich die Tür auf und sieht auf mich herab. „Für jemanden, der behauptet, mich zu hassen, schreist du meinen Namen sehr oft. Du gehst mir tierisch auf den Zünder."

„Wie bitte?!" Ist das sein Ernst?

„Ja, du nervst mich. Es nervt mich, wie du deinen Milchshake trinkst. Ich muss immer Angst haben, dass er in meinem Gesicht landet. Es nervt mich, dass wir nie miteinander reden, über uns reden."

Er ist kurz still, sieht mich aber dann direkt an. „Und es nervt mich, dass wir nicht darüber reden, dass wir uns mehr mögen, als wir zugeben!"

„Rhys… Ich…"

„Hey, seid ihr soweit?" unterbricht mich Jayden.

„Ja. Wir sehen uns unten. Wir haben uns nichts mehr zu sagen." Leider haben wir uns noch viel zu viel zu sagen, Rhys. Jayden nimmt mich mit ins Gästezimmer. Dort wird er sich umziehen. Der Dresscode heute ist blau. Ich habe ein dunkelblaues Kleid angezogen. Es sitzt an der Taille etwas enger, fällt aber weiter unten in Falten. Ich habe mich direkt verliebt, als ich es im Laden gesehen habe.

„Ave, hilfst du mir bei der Krawatte?"

„Da will wohl heute jemand besonders gut aussehen:" Er lächelt. „Willst du damit sagen, dass ich sonst nicht gut aussehe?"

„Ich enthalte mich. Ich bin deine Schwester. Ich sollte dich nicht heiß finden, das wäre eklig."

„Da hast du Recht." Er streicht sein Hemd glatt und fährt sich erneut durch die Haare. Ich habe mich bereits herausgeputzt. Ich muss nur noch meine Schuhe anziehen, dann bin ich fertig.

„Habt ihr euch vorhin wieder gestritten?" Ohne, dass er einen Namen nennt, weiß ich ganz genau, von wem er redet. „Nein, alles gut." lüge ich mal wieder. Sein Blick brennt sich in meine Seele. „Avery, du kannst mir nichts vormachen."

"Es ist kompliziert, Jayden." Das ist es wirklich. Ich weiß nicht, was Rhys und ich sind.

„Seit wann ist es zwischen euch beiden kompliziert? Wenn man sich nicht leiden kann, ist es doch am einfachsten."

Wenn es nur so leicht wäre, ihn zu hassen. „Wir sollten…"

Ich werde von meiner Mutter und Mrs Weaver unterbrochen. „Na ihr beiden? Seid ihr fertig?" fragt uns meine Mum. Sie sieht so glücklich aus. Ich versuche, zurück zu lächeln. Ich werde den ganzen Abend lächeln müssen und so tun, als wären wir eine glückliche Familie… Als wäre ich glücklich. Dabei bin ich ein Wrack. Ich komme nicht mal mit meinen eigenen Gefühlen klar. Wie soll ich andere davon überzeugen, wie ich fühle? Owen umarmt mich von hinten und gibt mir einen Kuss auf die Wange. „Du siehst wunderschön aus." haucht er mir ins Ohr. Ich probiere mich auf ihn zu konzentrieren. Er ist die beste Ablenkung, die ich habe.

Jeder nimmt seinen Platz am Essenstisch ein. Wir machen das schon seit mehreren Jahren. Wir wechseln uns immer ab. Letztes Jahr haben wir bei uns gefeiert und dieses Jahr bei den Weavers. Heute ist es anders, unangenehmer und angespannt. Rhys sitzt mir gegenüber. Er würdigt mir keinen einzigen Blick. Vielleicht habe ich es auch nicht verdient. Hoffentlich geht der Abend schnell vorüber.

Nachdem unsere Mütter aufgetischt haben, setzen sie sich ebenfalls. „Ich bin so dankbar, dass wir heute alle hier zusammengefunden haben." sagt Mrs.Weaver. Ich lächle. Rhys und mein Blick treffen sich, einige Augenblicke hält er an, bis er ihn wieder unterbricht. Owen legt seine Hand auf meine und küsst mich erneut auf die Wange. „Ich freue mich auf später, du und ich alleine." flüstert er mir zu. Mir wird heiß. Ich glaube, meine Wangen werden rot.

„Rhys, Schatz, kannst du nicht mal dein Handy weglegen?" Er verdreht genervt seine Augen, aber packt sein Handy zurück in seine Hosentasche.

Owen`s Vater mischt sich ein. „Shawn-Rhys, wofür bist du den dankbar?" Er überlegt kurz.

„Ich bin dankbar für meine Mutter und für das Essen auf dem Tisch. Ich bin dankbar für meinen besten Freund und dafür, dass unser Eishockeyteam abräumt." Kurze Stille. Es hätte glaube ich keiner damit gerechnet, dass er wirklich etwas sagt.

„Ich wäre auch noch dankbar dafür, wenn die Leute um mich herum weniger lügen würden. Was sagst du dazu, Avery?"

Mir ist es sehr unangenehm. Alle sehen mich an, mein Herz rast ich fühle mich wie bei einem Polizeiverhör ertappt. „Ich weiß nicht, was du meinst." Versuche ich meine Scham zu leugnen. Warum macht er das?

„Bist du dir da ganz sicher?" Ich ziehe scharf die Luft ein. Am liebsten würde ich ihn… „Heute ist Thanksgiving. Hört auf. Wir sollten dankbar dafür sein, dass wir hier alle zusammen sein können." bringt mein Vater sich ein.

„Dabei sind Sie doch der größte Lügner hier am Tisch. Sie haben ja schließlich ihre Frau betrogen, dann müssen sie ja gut lügen können." Es ist totenstill. Mein Vater sieht nicht wütend aus. Warum sollte er auch wütend sein? Es ist schließlich die Wahrheit. „Rhys…" sage ich etwas leiser und sehe ihn eindringlich an. Er erwidert meinen Blick. Es schmerzt in meinem Herzen.

„Avery, kann auch sehr gut lügen. Das hast du bestimmt von deinem Daddy, oder?"

„Was soll das, Rhys?!"

Mr. Weaver haut auf den Tisch. Die Gläser wackeln. Ich zucke zusammen. „Was ist denn in euch gefahren?!"

„Ich meine ja nur, dass sie uns alle anlügt. Willst du uns nicht allen mal die Wahrheit sagen?"

Ich spüre, wie mein Blut kocht. Warum provoziert er mich so? Meine Mum blickt zu mir. Ich spüre auch Jayden`s Blick auf mir. Die Beiden kennen mein kleines Geheimnis, aber woher weiß Rhys es? Weiß er es überhaupt oder blufft er nur?

„Fick dich Rhys, du verdammtes Arschloch!" keife ich ihn an. Ich merke meine Wut in meinen Gesten.

„Bin ich das? Bin ich wirklich so ein Arschloch, Avery? Ich dachte, du…"

Der Vater von Owen haut erneut auf den Tisch. Ich zucke erneut zusammen.

„Shawn-Rhys Weaver, es reicht! Verlasse sofort den Tisch!"

„Mit Vergnügen, aber dann sollten auch alle Lügner den Tisch verlassen." Er fixiert mich giftig. „Wir sehen uns in der Hölle, Avery!" So habe ich mir das Thanksgiving nicht vorgestellt. Ich springe auf und nehme die Verfolgung auf.

„Avery, bleib sitzen!" faucht meine Mutter mich an. „Nein Mum, ich spiele nicht die glückliche Tochter. Ich bin nämlich nicht glücklich!"

Mir ist der Appetit vergangen. Ich laufe Rhys hinterher. Er schlägt mir fast die Tür vor der Nase zu. Der kann was erleben.

Kapitel 32

Avery

„**R**hys." Er läuft einfach weiter. „Rhys, bleib stehen!"

„Rhys verdammt!" Er bleibt plötzlich stehen und ich renne in ihn rein. Ich schubse ihn von mir weg. Er steht direkt vor mir und blickt auf mich herab. Warum habe ich das Bedürfnis, ihn zu küssen? Ich sollte ihn für seine Aktion gerade eigentlich hassen, aber ich kann ihn einfach nicht hassen.

„Was sollte die Scheiße, Rhys? Warum hast du mich vor allen bloßgestellt!?" Er wendet seinen Blick ab. Warum sieht er mich nicht einmal an? „Schau mich an, Weaver!" Seine grün-grauen Iriden fixieren mich wütend. Ich habe etwas Angst.

„Warum hast du mich angelogen?" brüllt er mich an.

„Ich, ich…" Ich stottere. Was könnte das auch entschuldigen? Er hat meine Lügen gehört, die ich Jayden auftische gehört. Er denkt, ich hasse

259

ihn, aber das tue ich nicht. Wie soll ich es ihm sagen? Er glaubt mir doch eh kein Wort.

„Spar es dir, Avery. Es ist besser, wenn wir uns beide einfach wieder hassen." Ich halte ihn am Arm fest. Er zieht seinen Arm wieder weg. Diese Berührung fühlt sich so an, als hätte ich mich verbrannt. „Nein Rhys, ich kann es nicht!"

„Was kannst du nicht, Avery?! Was willst du von mir?!" Ich will nicht mehr lügen. Ich will endlich die Wahrheit sagen! Sagen, was ich fühle. „Ich kann dich nicht hassen… Nicht mehr…" Mein Herz setzt kurz aus. Habe ich das wirklich gesagt?

Er fängt an zu lachen. Was ist so lustig? „Du weißt doch selber nicht, was du willst, Avery! Du hast einen Teil von deinem Gedächtnis verloren. Du gaukelst jedem vor, dass es nicht so ist. Aber ich habe dich durchschaut." Wir stehen uns direkt gegenüber.

„DU bist eine schlechte Lügnerin, Ave. Ich habe dich von Anfang an durchschaut."

Mir wird gerade bewusst, dass wir wieder am Anfang stehen. Es hat sich nichts geändert. Er hat sich nicht geändert. Ich merke, wie mir das Blut aus dem Gesicht weicht. Ich werde blass. Er wusste es die ganze Zeit und hat trotzdem mitgespielt. Er hat mit mir gespielt.

„Weißt du was Shawn-Rhys Weaver? Du bist noch immer das gleiche Arschloch von damals!"

Ich schubse ihn erneut weg von mir und will wieder rein gehen, doch dieses Mal hält er mich an der Schulter fest. Er drückt die Tür zu, sodass ich nicht vor diesem Streit davonlaufen kann. Nicht so, wie bei meiner Mum.

„Nicht wirklich. Eine Sache hat sich geändert, Avery." sagt er mit ruhiger Stimme. Ich will ihn anschreien, will ihm sagen, wie sehr ich ihn hasse. Aber ich kann es nicht. Ich hasse ihn einfach nicht mehr.

„Was hat sich geändert, Rhys?" Ich merke gar nicht, wie ich mit meinem Rücken an der Tür lehne.

Seine Hände ballen sich zu Fäusten und er schlägt gegen die Tür, direkt neben mein Gesicht.

„Du bist mir nicht mehr scheiß egal, Avery!! Fuck, ich hasse dich nicht mehr!"

Sein Gesicht verzieht sich weiter. Ich habe noch nie gesehen, dass er solche Emotionen zeigt. Ich habe immer geglaubt, er hat keine Gefühle, weil er nie etwas Festes hatte. Es war für ihn immer nur Spaß, ein Mittel zum Zweck.

„Weißt du was, Ave? Scheiß drauf! Scheiß auf dich! Hasse mich doch! Es ist besser für dich."

„Du entscheidest nicht, was besser für mich ist!"

Wir schweigen, was meint er damit? Mein Herz schlägt langsam. Ich habe das Gefühl, gleich zusammen zu brechen. „Ich hasse dich n..."

Bevor einer von uns etwas sagen kann, werden wir voneinander getrennt. Owen und sein Dad ziehen Rhys von mir weg. Er reißt sich schnell wieder los.

„Fasst mich nicht an!" Er schubst die beiden von sich weg und stürmt davon. So habe ich mir diesen Tag nicht vorgestellt. Ich habe alles kaputt gemacht. Er lässt mich und mein Herz in 100 einzelne Teile zurück, aber ich habe gesehen, wie er mich angeschaut hat: Voller Hoffnung. Ich wünsche mir, sie hätten uns noch einen Moment gegeben, alleine.

„Alles okay, Avy? Hat er dir wehgetan?" fragt Jayden besorgt. Er sucht meinen Körper nach Verletzungen ab. Es macht mich wütend, ich reiße mich los „Nein, Rhys würde mir nie wehtun! Das weißt du! Warum fragst du das?" Ich bin schockiert. Dabei merke ich gar nicht, wie laut ich gerade bin.

„Was ist denn in ihn gefahren? Warum habt ihr euch so gestritten? Avery, rede mit mir!" Er packt mich wieder an meinem Arm. „Und sag mir jetzt nicht, dass da nichts ist. Ich spüre das, da was ist!" Ich habe große Angst das Owen irgendwas davon mitbekommt, aber ich glaube er beschäftigt sich nur mit sich selbst.

„Es ist kompliziert, Jayden! Ich bin kein kleines Mädchen mehr! Ich habe ein eigenes Leben."

„Und mein bester Freund ist ein Teil davon? Es gibt 1000 Typen und du bandelst mit meinem besten Freund?" Ein Stich von meinem Bruder. Mir kommt die Galle hoch. „Nein verdammt, Rhys und ich haben probiert uns anzufreunden."

Und dann haben wir uns etwas besser angefreundet als es geplant war. Ist es Freundschaft gewesen? Egal was es war, jetzt ist es nichts mehr wert. Er hasst mich. „Aber wie du gesehen hast, passen wir einfach nicht zusammen." Er sieht mich misstrauisch an. Ich versuche, meine Tränen zurückzuhalten. Ich kann kaum atmen. „Ich will nach Hause." sage ich leise. Ob er es gehört hat? Ich habe wieder den Drang wegzulaufen, ganz weit weg. Ich will mich nicht mehr streiten, ich bin es leid.

„Wann haben wir angefangen, uns so voneinander zu entfernen?"

„Was meinst du, Jay?" Meine Lippe zittert. Er baut einen größeren Abstand zwischen uns auf. „Ich habe nicht mehr das Gefühl, dass wir Geschwister sind. Wir werden immer mehr zu Fremden. Mum hat recht, du hast dich verändert."

Ich weiche von ihm zurück. „Wir wollen doch einfach nur unsere Avy zurück." Ich bin immer noch die Gleiche. Ich habe mich nicht verändert, das rede ich mir zu mindestens ein. „Ich bin doch immer noch ich, Jay. Ich bin Avery. Oder das, was von mir noch übrig ist."

Plötzlich schießen mir Tränen in die Augen. Ich kann es nicht mehr kontrollieren. Mir haben heute zwei Menschen das Herz gebrochen. Die Person, die ich glaube zu lieben und mein Bruder, der einzige Mann, von dem ich gedacht habe, dass er mir niemals das Herz brechen wird.

„Der Unfall hat mich verändert. Er ist ein Teil von mir, das bin ich." Er sagt nichts mehr. Ich warte auch nicht mehr auf eine weitere Antwort. Ich gehe einfach weg. Weg von ihm, weg von allen. „Avery, warte!"

„Nein Jayden, ich bin es leid zu warten! Ich will alleine sein. Ich brauche etwas Zeit für mich." Ich schaue flüchtig rüber zu Owen. Warum kann ich ihn nicht einfach lieben? Es wäre so viel einfacher ihn zu lieben als seinen Stiefbruder.

Kapitel 33

Avery

Ich sperre meine Zimmertür zu. Alleine in diesem Haus fühle ich mich viel wohler. Ich schreie laut auf. „Verdammte Scheiße!" Ich schmeiße meine Handtasche gegen meinen Schrank. Jeder hasst mich, sogar mein Bruder. Was stimmt nicht mit mir?

Ich setze mich an meinen Schminktisch und schaue in den Spiegel. Mein Makeup sitzt perfekt, auch mit den Tränen, die mein Gesicht zieren. Es gibt nur ein Problem: Ich erkenne mich selbst nicht mehr! Das bin nicht ich in diesem Spiegel! Ich fasse den kalten Spiegel an, meine Hand zittert. Ich balle meine Hand zur Faust und schlage in meinen Spiegel. Er zerspringt in mehrere Teile. Mein Spiegelbild ist nun verzerrt und kaputt. Genauso, wie ich mich fühle. Ich schaue auf meine zitternde Hand. Etwas Blut ist zu sehen, der leichte Duft von Metall steigt mir in die Nase. Ich wickel ein altes Shirt um die Wunde.

Ich stürme nach unten in die Küche. Ich reiße den Kühlschrank auf und suche etwas, was mich vergessen lässt, was mich meinen Körper und meine Gedanken betäubt.

Ich sehe den Lieblingswhiskey von meinem Vater dort drinstehen, warum auch immer meine Mutter ihn gekauft hat, er wird mir jetzt helfen, die Scheiße zu vergessen.

Ich schraube den Deckel auf. Ein penetranter Duft steigt mir in die Nase. Ich muss würgen. Wie kann mein Vater das immer pur trinken? Hör auf nachzudenken, Avery. Es soll nicht schmecken, sondern wirken. Ich greife mir ein Glas und gehe wieder hoch in mein Zimmer. Ich sperre die Tür zu.

Ich fülle diese Plörre in das Glas und starre es einige Sekunden an. „Scheiß drauf!" Ich setze die Flasche an meinen Mund und nehme einen großen Schluck. Ein wenig läuft daneben, aber es ist mir egal. Ich will einfach nur, dass es aufhört. Ich will rein gar nichts mehr fühlen.

Nach dem Absetzten der Flasche muss ich husten und würgen. Ich taumel etwas dabei. Ich habe noch nie etwas so Hochprozentiges so schnell getrunken. Mir wird schlecht. Trotzdem setzte ich die Flasche wieder an und nehme den nächsten großen Schluck.

Ich falle in mein Bett. Ich will das nicht mehr spüren, will dieses Gefühle nicht haben, diese Hilfslosigkeit…

Ich bin geladen. Es war nicht gerade die beste Idee, sich mit seiner Mutter zu streiten und dann auf eine Studentenparty zu gehen. Ich bin absolut nicht in der Stimmung. Eigentlich wollte ich mich mit Chey vorher treffen, aber sie ist nicht auffindbar, genauso wie Owen. Ich bin mit Auto hier, was eigentlich heißt, dass ich nichts trinken darf, aber von einem Becher werde ich schon nicht betrunken sein. Ich fülle mir etwas in meinen Becher und halte Ausschau nach Owen. Ich muss den Streit von gestern aus der Welt schaffen. Oder vielleicht ist es auch besser, ihn aus meiner Welt zu schaffen.

„Avery?" Ich drehe mich um und sehe Rhys auf mich zukommen. Mein Herz fängt an zu rasen. Er wirkt aufgeregt. „Hast du Owen gefunden?" Ich schüttel leicht betrübt meinen Kopf.

Gut, ich muss dir was sagen, Ave. Es ist wichtig! Es geht um Chey und…" Bevor er ausreden konnte, packt mich jemand von hinten an meiner Taille und küsst mich auf den Mund. „Hey Baby, da bist du ja. Ich habe dich vermisst. Bist du mir noch böse wegen gestern?" Ja! Ich bin eigentlich noch stinksauer, aber ich habe einfach keine Kraft, um mich zu streiten, und jede Ablenkung von Rhys ist mir recht. Meine Gefühle für ihn sollten nur in meinem Kopf bleiben. Ich schaue kurz zu Rhys. Er sieht wütend aus, warum nur?

„Hey Owen. Schatz, können wir miteinander reden? Alleine?" Er setzt ein Grinsen auf, ergreift meine Hand und geht mit mir die Treppen nach oben. Ich schaue über meine Schulter, in der Hoffnung, Rhy`s Gesicht noch zu sehen. Aber er ist bereits in der Masse untergetaucht.

Wir sperren uns oben in eines der Gästezimmer ein. Jetzt kann ich mit ihm reden, ihm sagen, was ich fühle. „Owen, ich muss mit dir reden. Es geht um uns…" sage ich etwas leiser als gewollt, aber ich habe große Angst vor diesem Gespräch. Ich weiß, wie er sein kann. „Ich liebe es, wenn es um uns geht, Avy." Er kommt mir sehr nahe. Ich bekomme Herzrasen. Es ist aber anders. Anders, als bei Rhys. Ich habe Angst, fast schon Panik vor seiner Reaktion. „Es hat mich verletzt, dass du mich mit einem anderen Namen angesprochen hast, Babe ." Er fährt meine Kurven entlang und zieht mich näher zu sich ran. „Nein Baby, sei bitte nicht mehr sauer. Ich liebe dich. Du musst dich nur mal wieder richtig entspannen." Er küsst meinen Hals und beißt etwas grober hinein. Ich nehme wieder einen starken Alkoholduft wahr. Ich will ihn von mir wegdrücken, will raus hier, sofort! „Owen, ich will mit dir reden!" Er lässt mich kaum ausreden, da presst er seine Lippen, die nach teurem Whiskey schmecken, auf meine. Er küsst mich hart und brutal. Er packt mich am Hals und drückt leicht zu. Ich bekomme kaum Luft. Wie komme ich aus dieser Situation raus?

Mir laufen Tränen über die Wangen. Ich will mich nicht erinnern, will es einfach nicht wissen. Ich nehme den nächsten großen Schluck. Langsam spüre ich ein wohliges Gefühl im Magen. Alles beruhigt sich ein wenig, nur mein Kopf nicht.. Meine Monster kämpfen gegen meinen Willen. Sie wollen, dass ich mich erinnere! Ich bekomme starke Kopfschmerzen. Viele Emotionen brechen auf mich herein. Ich spüre die Angst aus der Erinnerung. Als würde ich diese Szene erneut erleben, diese Nacht erneut erleben.

„Owen." keuche ich. „Bitte, hör auf." Er löst sich von meinem Mund. „Ich will, dass du dich entspannst, Avy. Sei nicht so angespannt." Er versucht mir meine Sachen auszuziehen. Ich hingegen versuche ihn wegzudrücken. „Owen, ich will das nicht." Er hört nicht auf. Was kann ich tun??

„Owen… Rhys…" Ruckartig weicht er von mir zurück. „Hast du gerade den Namen von meinem Bastard an Bruder gesagt?!" faucht er mich an. „Owen, ich glaube, das mit uns beiden funktioniert nicht. Wir sollten…" Ich kann den Satz nicht beenden, da drängt er mich auf`s Bett und packt wieder meinen Hals.

„Wenn ich dich nicht haben kann, dann wird dich keiner haben! Hast du das verstanden, Avy? Meine süße, kleine Avery."

Er drängt meine Beine auseinander. Mir rinnen Tränen über meine Wangen. Passiert das gerade wirklich? Versucht mich mein Freund gerade zu vergewaltigen? Ich komme gar nicht mehr hinterher. Mein Kopf realisiert es nicht. Was passiert hier gerade? Ich versuche ihn zu schlagen, aber er hält meine Handgelenke fest. Es tut weh! Ich habe das Gefühl, er bricht sie mir gleich. Ich merke, dass er meine Beine nicht mehr richtig fixiert. Das ist meine Chance! Ich hole aus und trete ihn in seine empfindlichste Stelle. Er schreit vor Schmerzen und krümmt sich neben mir. Mein Kopf denkt so langsam… Ich rolle mich aus dem Bett, knalle auf den Boden mit meinem Kopf und renne auf allen Vieren aus diesem Zimmer raus. „Du kleine Hure!" höre ich ihn brüllen. Ich renne die Treppen runter. Einige Leute sehen mich verwundert an, aber sie kennen mich nicht. Warum sollten sie mich also auch fragen, was los ist? Sie wissen nicht, was ich gerade erlebt habe! Ich schmecke Blut in meinem Mund. Ich muss mir wohl auf die Lippe gebissen haben, als ich aus dem Bett gerollt bin. Erst jetzt merke ich, dass ich ohne Schuhe laufe. Ich muss nochmal hoch und meine Schuhe holen. ich werde es beenden, hier und jetzt.

Ich gehe langsam die Treppen wieder hoch. Mein Herz springt mir fast aus der Brust. Mir wird übel, richtig übel. Vielleicht ist er ja auch schon längst gegangen und der Raum ist leer. Bitte, lass mich dort alleine sein! Ich klopfe an der Tür. Ich höre nichts, was natürlich auch daran liegen kann, dass die Musik, der Bass, in meinen Ohren klingelt. Ich öffne die Tür und falle fast wieder nach hinten raus. Das, was ich sehe... Ich wünschte, ich hätte es nicht gesehen.

Mir wird ganz schlecht. Ich renne zur Toilette und übergebe mich. Alles, was in mir ist, kommt raus. Ich würge, spucke, aber es ist einfach nicht genug. Ich ekel mich vor dem Erbrochenen, vor mir, vor dem, was Owen mir angetan hat. Er hat mich gebrochen. Was hat er aus mir gemacht? Ich habe diese Erinnerung, dieses Erlebnis die ganze Zeit mit mir rumgetragen. Ich wünsche mir, ich hätte mich nie daran erinnert. Zum Würgen kommt noch ein starkes Schluchzen dazu. Eigentlich geht es einem nach dem Übergeben besser. Ich habe jedoch das Gefühl, dass es mir noch viel schlechter geht. Habe das Gefühl, innerlich zu sterben. Keiner sieht es oder versteht es. Alle schauen mir zu, wie ich langsam, aber sicher, in meinen eigenen Erinnerungen ertrinke.

Kapitel 34

Rhys

Heute war ich der Partycrasher. Wie konnte das so eskalieren? Was ist nur in mich gefahren? Ihre Worte haben mich verletzt, aber warum?! Ich laufe im Garten auf und ab. Ich muss dringend runterkommen. Wie kann sie sagen, dass sie mich hasst, aber mich im nächsten Augenblick so anschauen? Ich fahre mir durch die Haare und lass meine Arme direkt oben. Ich atme ganz tief ein und stoße die ganze Luft wieder aus. Wie geht es ihr? Wird sie jemals wieder mit mir reden? Fuck, wie sage ich, dass es mir leid tut, ohne mit ihr zu reden?

Im Augenwinkel sehe ich jemanden auf mich zukommen. „Was willst du?" frage ich zynisch. Ich drehe mich in die Richtung und sehe Jayden auf mich zugelaufen kommen. Er sieht wütend aus. Er schubst mich weg, ich verliere fast das Gleichgewicht.

„Was ist dein Problem, Jay?"

„Du bist mein Problem, Weaver!" Er nennt mich nur so, wenn ich richtig in der Scheiße stecke.

Ich will ihn nicht verletzen, aber in meinem jetzigen Zustand kann ich nichts versprechen.

„Geht es um Avery?" Er packt mich am Kragen. „Nimm ihren Namen nicht in den Mund! Du wirst dich von meiner Schwester fernhalten!"

„Sie ist alt genug, um selbst zu entscheiden, mit wem sie den Kontakt pflegt." Das besänftigt ihn nicht, aber irgendjemand muss das ja mal sagen. Er schubst mich erneut weg von sich. „Läuft da was zwischen euch? Habt ihr…"

„Es läuft nichts zwischen uns und da lief auch nie was, Jay. Sie ist deine Schwester. Was denkst du von mir? Glaubst du wirklich, ich ficke sie?!" Ich hasse es, dass er sowas denkt, aber er hat jeden Grund dazu.

„Was ist das dann zwischen euch?!" Ich will ihn nicht noch wütender machen, aber mir fehlen einfach die Worte.

„Es ist kompliziert, Jayden." Nachdem mir diese Worte über die Lippen kommen, landet seine Faust direkt in mein Gesicht. Ich schmecke sofort Blut. Der Schlag hat gesessen. „Fick dich, Rhys! Meine Schwester ist tabu für dich!" Ich halte mich zurück. Er ist mein bester Freund. Ich könnte ihn niemals weh tun, genauso wenig wie ihr.

„Wo ist sie überhaupt?" frage ich ganz beiläufig, während ich mir an die Lippe fasse und Blut an meinen Fingern habe.

„Geht dich einen Scheiß an." Ich fange an zu lachen. Er sieht mich nur verwirrt an. „Du weißt es selbst nicht. Du bist genauso ein schlechter Lügner wie sie." Er will wieder auf mich los gehen, da kommt Averys Mutter dazwischen. „Jungs, meint ihr nicht, wir hatten genug Probleme für heute?" Ihre Augen sind rot, sie hat vermutlich geweint. Jayden geht wütend weg. Sein Dad kommt dazu. „Er wird sich schon wieder beruhigen…" Wie er so tut, als würden Jay und Avy ihm irgendetwas bedeuten, lächerlich. Wenn ich könnte, würde ich ihm das Gesicht bearbeiten... Jetzt ist es zu spät, Vater des Jahres zu spielen. Ich darf nicht drüber nachdenken, sonst passiert hier gleich wirklich ein Unglück.

Ich gehe wieder ins Haus, ohne mich zu verabschieden. Es wird gleich eskalieren, ich rieche es förmlich. Ich sehe, wie John vor mir mit verschränkten Armen steht. Hinter ihm steht das Mustersöhnchen. Wenn er nur wüsste, was sein Sohn schon alles für scheiße gebaut hat. Ich meine, ich bin auch kein Unschuldsengel, aber das was er gemacht hat, übertrifft einiges von mir maßlos.

Ich lehne mich lässig an den Türrahmen und fixiere John ganz selbstbewusst. „Bist du stolz auf dich, Rhysand? Dass du deiner Mum das Essen ruiniert hast?" Ich muss etwas schmunzeln. Rhysand war der Name meines

Vaters. Meine Mum wollte nur die Kurzform für mich. Es ist reine Provokation, dass er mich jetzt so nennt. Das macht die Situation natürlich nicht besser, aber ich hasse es, wenn er für meine Mutter redet. „Ich glaube, meine Mutter kann ganz gut für sich alleine sprechen, Daddy." Ich sehe in seinen Augen, wie sein Blut kocht. Natürlich ist es auch provokant von mir, aber ich habe eh nichts mehr zu verlieren.

„Ohne dich wäre der Abend bestimmt schön geworden. Dann wissen wir ja jetzt, wen wir nächstes Mal besser ausladen sollten." spuckt Owen aus dem Hintergrund.

„Wer hat dich denn gefragt?!" fauche ich zurück. „Jungs, könnt ihr bitte aufhören zu streiten." Ich bin es wirklich leid! Rhys Schatz, was war denn heute los mit dir?"

Ich fixiere sie und ihre besorgten Augen. Ich will sie in den Arm nehmen, will mich für mein Verhalten von heute entschuldigen. Mir sind einfach ein paar Sicherungen durchgebrannt. „Mum, es…" Ich werde von der Schmierfrisur unterbrochen.

„Habt ihr gesehen, wie er Avy angegangen ist? Ich meine, er hätte ihr fast wehgetan. Er gehört wieder in Therapie." Nun kocht mein Blut. Ich will ihn irgendwas brechen, egal was. Ich will, dass er leidet! Wie kann er es wagen, zu behaupten, ich würde Avery etwas antun?? Ich könnte ihr niemals… Ich will wieder auf ihn losgehen, da hält mich John zurück. „Junge, beruhig dich!" Owen grinst ganz breit. Am liebsten würde ich ihm das Grinsen aus dem Gesicht prügeln.

„Sowas lasse ich mir von niemanden sagen, der seine Freundin fast vergewaltigt hat! Ich würde Avy nie ein Haar krümmen im Gegensatz zu dir." Plötzlich wird es ganz ruhig. John lässt mich los und dreht sich zu seinem Sohn um.

„Das hast du deinem Daddy wohl nicht gesagt. Tja John, du hast wohl doch nicht so einen Mustersohn. Er ist mindestens genauso verkorkst, wie ich."

Nach dieser Bombe, die ich gezündet habe, verlasse ich den Raum. Zügig gehe ich nach oben und packe meine Sportsachen ein. Ich muss ein paar Pucks schießen, bevor Owens Kopf zum Puck wird.

Natürlich hat er alles abgestritten, Er hat gesagt, es war einvernehmlich. Scheinbar weiß er nicht, was es bedeutet, wenn eine Frau nein sagt. Meine Mum kommt in mein Zimmer gestürmt. Sie steht wie angewurzelt da „Ist es wahr?" wispert sie. Mum wünscht sich, dass ich lüge. Ihr Blick ist flehend. Ich schaue jedoch zu Boden. Sie hält sich die Hand vor den Mund, ihr laufen Tränen über die Wangen. Schließlich setzt sie sich auf mein Bett. „Du wusstest es die ganze Zeit?" Ich nicke schuldig.

„Er hat es mir am Unfalltag unter die Nase gerieben. Sie stand an dem Tag total neben sich. Ich bin mir nicht sicher, ob Avery es weiß." Sie schaut mich verwirrt an. Ich atme schwer aus. „Sie erinnert sich nicht. Nicht an den Unfall… Wer weiß, was ihr sonst noch fehlt."

Sie steht, ohne etwas zu sagen, auf und umarmt mich. Ich bin im ersten Augenblick überfordert, aber nehme sie dann ebenfalls in den Arm. „Es tut mir leid, Schatz. Ich weiß, wie gerne du sie hast." Es hat mich im ersten Moment total verletzt, als ich gemerkt habe, dass sie sich nicht an den Tag erinnert, nicht an uns erinnert. Ich dachte, wir sind mehr als nur ein paar läppische Erinnerungen.

„Nein Mum, du weißt gar nichts."

Sie schaut mich wieder an, setzt diesen durchdringenden Mutterblick auf. „Rhys, so wie du sie ansiehst, so sieht man niemanden an, den man hasst."

Ich schlucke schwer. Es fühlt sich so an, als hätte ich einen großen Kloß im Hals. Ich muss meinen Kopf frei bekommen. Ich greife meine Sporttasche. „Kommst du heute wieder?" fragt meine Mutter besorgt. Sie macht sich immer zu viele Sorgen, aber was soll sie tun? Sie ist halt eine Mum. Das gehört zu ihrer Natur. „Es wird spät werden." Mit diesen Worten verlasse ich mein Zimmer und lasse alle zurück.

Kapitel 35

Rhys

Ich fahre auf's Eis und laufe mich frei. Die kalte Luft tut in meiner Nase weh, aber das ist genau das, was ich jetzt brauche: Schmerz. Das Gefühl, das ich lebe.

Ich hole aus und treffe den Puck perfekt. Er landet im Tor, aber es befriedigt mich einfach nicht. Ich schlage erneut, wieder und wieder. Ich erinnere mich an die Nacht des Unfalls. Es reicht, wenn ich es tue. Avery sollte sich nicht an den schlimmsten Moment ihres Lebens, an den schlimmsten Tag ihres Lebens erinnern. Ich erinnere mich daran, wie sie aus dem Haus gestürmt ist und in ihr Auto gestiegen ist. Ihre Reifen drehten durch und dann war sie weg. Beinahe für immer. Hätte ich es verhindern können?

Sie geht nicht an ihr verdammtes Telefon. Ich rufe bestimmt schon das einhundertste Mal an. „Verdammt Avery, es tut mir leid! Bitte, lass es mich erklären… Fuck." Wird sie ihre Mailbox jemals abhören? Ich trete gegen einen Gartenstuhl. Andere Gäste schauen mich schräg an. Ich wähle erneut ihre Nummer, meine Hand zittert etwas.

„Geht Miss Perfekt nicht ans Telefon?"

Ich drehe mich um und sehe Owen dort stehen. Er hält ein Bier in der Hand. Wie gerne würde ich es ihm in sein Gesicht kippen.

„Ich habe die kleine Hure fast gevögelt." Er lacht dreckig. „Wenn sie noch willig gewesen wäre, hätte es mehr Spaß gemacht." Ich rieche seine Alkoholfahne bis hier her. Jetzt erst realisiere ich, was er gerade gesagt hat.

Es ergibt alles einen Sinn. Avery ihr Verhalten... Sie war total verstört. „Wenn das die Wahrheit ist und ich erfahre, dass du ihr ein Haar gekrümmt hast..." keife ich ihn an. Mein Herz rast, es springt mir fast aus der Brust. Hat er wirklich mit ihr geschlafen? Warum hat sie dann... „Du darfst gerne meine Reste haben, Rhys." Ich sehe, wie er das Bier runterschluckt. Bitte erstick daran. „Verpiss dich, Owen." Ich schaue auf mein Handy. Ich habe immer noch keine Nachricht von ihr. Ich mache mir Sorgen. Was ist, wenn etwas passiert ist?

„Hat sie dir dein Herz gebrochen? Warum sollte sie auch mit so einer Baustelle wie dir was anfangen?"

Ich balle meine Hände zu Fäusten. Ich versuche ruhig zu atmen, aber es fällt mir immer schwerer.

„Ach Brüderchen, du musst einfach akzeptieren, dass ich besser bin als du. Sie hat mich dir immer vorgezogen. Und es war mir jedes Mal ein Vergnügen, zu sehen, wie dein Herz bricht."

„Denkst du wirklich, sie hat dich mir vorgezogen? Wie oft hat sie Chey als Ausrede genommen, obwohl du sie gerade in deinem Bett liegen hattest? Sie war immer bei mir." Ich sehe Wut in seinem Blick aufflammen. Er schleudert seinen Bierbecher weg und stellt sich breit vor mich.

„Willst du mir etwa gerade sagen, dass ihr zwei was hattet?" knurrt er mich an Damit hat er wohl nicht gerechnet, so wie ihn das gerade aus der Fassung bringt. „Ein Gentleman schweigt und genießt…" Jetzt lache ich ihn dreckig an. Er geht auf mich los, doch heute werde ich wohl zurückschlagen müssen.

Ich schlage erneut hart auf den Puck. Er fliegt quer über das Spielfeld und prallt an der Bande ab. Ich schnappe ihn mir wieder und fliege über das Eis. Wir haben demnächst ein wichtiges Spiel, da müssen wir fit sein. So ein paar extra Trainingsrunden können nicht schaden. Ich hatte zu viel Ablenkung zurzeit. Ich versuche, meinen Kopf frei zu bekommen, aber es klappt einfach nichts. Es ist zu viel passiert, als dass man es einfach alles vergessen kann. Wie kann man diesen Anruf vergessen?

Owen und ich sind kaum auseinander zu kriegen. Die eine Faust jagt die andere. Es sind einige Leute um uns herum, die probieren, uns auseinander zu bringen. Bisher ohne Erfolg. „Wo ist Avery?! Ich will dieser Schlampe in die Augen sehen, wenn ich sie abschieße!"

Meine Faust trifft ihn direkt an seinem Auge. Er weicht etwas zurück von mir: „Sie ist schon lange gefahren! Du hast sie fast vergewaltigt verdammt! Was denkst du, wie sie sich fühlt?!"

„Es ist mir scheiß egal, wie sie sich fühlt. Ihr guter Ruf wird Geschichte sein nach diesem Abend." Ich sehe Chey im Hintergrund. „Owen, sie antwortet mir nicht…" „Komm Cheyenne, wir finden sie schon!"

Er spuckt etwas Blut vor meine Füße. Es hätte mehr sein müssen, seine Eingeweide hätten außerhalb seines Körpers sein sollen. „Was glotzt ihr alle so?" frage ich die Gaffer um mich herum zynisch. Nach und nach lösen sich die Gruppen wieder auf. Ich versuche immer noch verzweifelt Avery zu erreichen.

Sie ist vor über einer Stunde gegangen, geflüchtet, was auch immer. Ich will jeden Tropfen Alkohol, der auf dieser Party rumgeht, in mich hinein schütten, bis ich absolut nichts mehr spüre. Etwas hält mich auf. Nämlich der Gedanke, dass sie mich braucht. Sie weiß, dass ich immer nur einen Anruf von ihr entfernt bin.

Ich bremse abrupt und hole mein Handy aus der Tasche. Ich scrolle durch meine Anrufsliste bis zu diesen Tag, der 21.07 um 22:43. Sie hat mich nach einhundert vergeblichen Versuchen zurückgerufen. Mir wird schlecht, wenn ich an dieses kurze Gespräch denke. Was wäre gewesen, wenn sie mich nicht angerufen hätte? Wir werden es wohl nie erfahren.

Meine Hand zittert. Ich habe versucht, alles zu verdrängen, was an diesem Tag passiert ist, aber diese Monster holen mich immer wieder ein.

Mein Handy vibriert. Ich sehe ihren Namen. Was sage ich ihr? Was wird sie mir sagen? Ich nehme den Anruf an.

„Avery? Wo bist du?" frage ich aufgeregter, als ich eigentlich klingen wollte. „Ave, wir vergessen das alles heute, okay? Lass uns bitte darüber reden."

Es ist still am anderen Ende der Leitung. Ich höre ein leises Schluchzen. „Rhys…"

„Avery, ist alles okay?" Es ist wieder Totenstille.

„Rhys, ich will nicht sterben… Rhys, ich…" flüstert sie in ihr Telefon. Ich kann sie kaum verstehen. Darauf folgt ein dumpfer Ton, als wäre das Handy runtergefallen. Jegliche Geräusche verstummen. Sie sagt nichts mehr. „Ave? Avery?!"

Panik macht sich in mir breit. Ich merke, wie mein Blutdruck in die Höhe schießt. Ich spüre gerade nichts, ich renne einfach nur los.

Ich umfasse meinen Schläger fester und schlage mit aller Kraft gegen das Tor. Mein Schläger zerbricht in zwei Teile. Ich schmeiße diese beiden Teile auf's Eis. Hätten wir uns an dem Abend nicht gestritten und… „Fuck." brülle ich. Ich hätte kein Teil ihres Lebens werden sollen. Ich bin so am Arsch.

Avery

Ich bekomme meine Augen kaum auf. Sie sind geschwollen von der letzten Nacht, von meinen Erinnerungen, von meinem Trauma. Ich habe seit gestern mit niemandem mehr geredet. Ich muss viele Sachen für mich ordnen.

Zum einen der Fakt, dass ich mich die ganze Zeit von Owen habe belügen und betrügen lassen. Ich meine, warum war ich so doof ihm abzukaufen, dass er sich versprochen hat, als er Ava zu mir gesagt hat?

Zum zweiten das Rhys und ich uns näher gekommen sind, als es eigentlich geplant war. Ich mochte ihn nie! Er ist ein Arschloch gewesen, nein… Er ist es immer noch!

Meine Gedanken verstummen. Kurz denke ich nach. Ich bin genauso eine Lügnerin, wie er. Er wusste nie, dass ich mich mit Rhys treffe und er nur Mittel zum Zweck gewesen ist. Ich habe ihn ebenfalls belogen und betrogen. Somit bin ich kein Stück besser als er. Die Erinnerungen von gestern kommen mir immer wieder hoch, wenn ich meine Augen schließe. Sie sind grausam. Diese Nacht war die schlimmste in meinem gesamten Leben und ich bin froh, dass ich mich nicht an den Unfall erinnere. Ich will, dass es so bleibt. Ich versuche alle anbahnenden Erinnerungen zu unterdrücken, sie einfach runterzuschlucken. Genauso, wie den Schmerz, der mir zugefügt wurde. Ich merke selbst, dass nicht der Unfall selbst mich verändert hat. Nein, meine Erinnerungen haben mich verändert. Ich spiele jedem etwas vor. Ich tue bei jedem so, als wäre ich Avery fucking Carter, das Mädchen vor dem Unfall. Das hübsche Mädchen, dessen Leben so perfekt schien. Spoiler, es war nie perfekt. Ich habe gemerkt, dass ich die meiste Zeit vor dem Unfall, unglücklich mit Owen war .Ich konnte bei ihm nie ich selbst sein. Ich habe ihm immer etwas vorgespielt, genau wie heute. Er kennt mich überhaupt nicht, das habe ich jetzt realisiert. Und mir ist es jetzt auch total egal, was für einen guten Ruf die Kanzlei von seinem Dad hat oder was er mir für Pluspunkte in der Gesellschaft bringt. Dieser Kerl hat mich missbraucht und ich werde mich von ihm trennen. Ich atme nochmal tief ein, schließe meine Augen, in der Hoffnung, ein Funke in mir sagt etwas Gegenteiliges. Er hat nie die richtige

Avery kennengelernt, er hat nie mich kennengelernt.

Es gibt nur eine Person, die ich nie angelogen habe. Bei der ich immer Avery war, bei der jedes meiner Lächeln echt war. Ich öffne schlagartig meine Augen und starre in meinen kaputten Spiegel. Mir wird wieder einmal bewusst, wie kaputt ich eigentlich wirklich bin.

Kapitel 36

Avery

Nach dem Desaster an Thanksgiving hat sich nicht viel getan. Jayden und ich sind uns weiterhin aus dem Weg gegangen. Er und Rhys reden auch kein Wort miteinander, was eigentlich traurig ist, weil mein Bruder glaube ich keine anderen richtigen Freunde hat.

Heute ist das vorletzte Spiel der Sasion. Egal, wie es ausgeht, sie sind so oder so eine Runde weiter. Ich habe ewig überlegt, ob ich Jayden heute begleite. Wir müssen reden und uns wieder vertragen. Es ist das schlimmste Gefühl, sich mit seinem Bruder zu streiten und sich nicht wieder zu vertragen.

Ich klopfe sanft an Jayden`s Tür. Ich öffne sie einen Spalt. „Kann ich reinkommen, Jay?"

„Ja, komm rein." Sein Ton ist kühl. Man merkt, dass es angespannt ist. „Können wir reden?" frage ich mit leicht zitternder Stimme. Er sieht mich an. Jayden ist mein männliches Spiegelbild. Früher fand ich das immer gruselig. „Ich muss in 20 Minuten los zum Spiel."

„20 Minuten reichen mir." Ich atme tief ein. „Ich will mich nicht mit dir streiten, Jayden. Ich liebe dich und das weißt du." Er atmet schwer aus und lässt sich aufs Bett fallen. Jay klopft auf die Stelle neben sich. Ich husche rüber und setze mich direkt neben ihn hin.

„Es tut mir leid." sagen wir beide fast gleichzeitig. Wir müssen kurz lachen. Ich lehne mich etwas näher zu ihm und er nimmt mich in seine Arme. „Ich wollte nach dem Essen eigentlich direkt zu dir kommen und mit dir reden. Aber ich hatte Angst, dass es noch weiter zwischen uns eskaliert. Rhys und ich haben uns auch noch gestritten." Sagt Jayden total niedergeschlagen. Worüber haben die beiden wohl gestritten? „Habt ihr es klären können?" frage ich zurückhaltend. Wir haben uns ja schließlich auch mehr oder weniger wegen ihm gestritten. „Nein, ich habe seit Thanksgiving nicht mehr mit ihm geredet." Wir schweigen einen Moment wieder. „Avy, ich weiß, du bist erwachsen. Du hast dein eigenes Leben. Aber ich muss es einfach wissen." Seine Stimme ist von Schmerz gezeichnet. Ich weiß genau, was er meint. Ohne, dass er es direkt ansprechen muss.

„Jayden, ich…"

„Bitte Avery! Sag mir, was das zwischen euch ist. Liebst du ihn?" Mein Herz setzt kurz aus. Ich höre alles verwaschen, mir wird schlecht ich zögere mit meiner Antwort und seufze.

„Ich weiß es nicht, Jayden. Ich habe viele Erinnerungen mit ihm. Wir sind uns zum Teil sehr nahe gekommen, aber wir..." Ich schlucke den großen Kloß in meinem Hals runter. „Ich weiß nicht, was ich für ihn fühle, Jay..." Er sieht nicht zufrieden mit der Antwort aus, jedoch sagt er nichts weiter dazu. „Ich will nur, dass du glücklich bist Ave. Im Moment siehst du aber alles andere als glücklich aus." Ich bin müde von meiner Vergangenheit, von meinen wiedererlangten Erinnerungen... Mir wird immer noch übel bei dem Gedanken, dass Owen mich fast...

„Ich versuche, alles für mich zu ordnen, mich selbst, Owen..."

„Und Rhys." ergänzt mein Bruder für mich. „Ich bin nicht blöd, Ave. Ich sehe, wie ihr beide euch anseht. Ich hasse ihn dafür, dass er dich so ansieht. Allerdings ist er mein bester Freund." Wir schweigen wieder. Er wirkt nicht zufrieden mit meiner Antwort, lässt es jedoch gut sein.

Er schaut auf die Uhr. Jay springt vom Bett auf und nimmt seine Sporttasche. Dann sieht er wieder zu mir. „Kommst du oder bleibst du hier?" fragt er. Mir wird wieder etwas mulmig bei dem Gedanken, ins Auto zu steigen. Ich verdränge jedoch dieses Gefühl einfach genauso, wie die

Erinnerungen von dem Unfall. Nur leider wird es von Tag zu Tag schwerer.

Rhys

Ich bin bereits in der Umkleidekabine und ziehe mich um. Die letzten Nächte habe ich kaum geschlafen, habe jeden Abend extra Runden gedreht. Jedes Mal, wenn ich die Augen schließe, sehe ich sie vor mir. Ich beiße fest meine Zähne zusammen. Die nächsten Mitspieler kommen schließlich durch die Tür, Jayden ist dabei. Seit Thanksgiving habe ich nicht mehr mit ihm geredet. Er ist, glaube ich, immer noch total angepisst. Sollte ich ihn einfach ansprechen? „Hey Jay, alles klar bei dir?" Er ignoriert meine Frage und zieht sich weiter um. „Ey Mann, können wir nicht…" Er unterbricht mich und drückt mich gegen den Spind. „Rhys, es wird noch etwas dauern, bis ich damit klar komme, dass du bei meiner Schwester auf andere Gedanken kommst." faucht er mich an. Ich drücke ihn mit Schwung weg. „Von was redest du denn?"

„Von dem, was zwischen euch beiden ist." Ich habe keinen blassen Schimmer, wovon er redet. Avery und ich… Wir hatten unsere Momente. Aber es läuft nichts zwischen uns, leider. Ich habe auch nicht mehr mit ihr geredet seit diesem scheiß Abend. Ich gehe langsam Richtung Eis. Sie steht da, warum ist sie hier? Ich versuche sie nicht anzusehen, doch fällt es mir unglaublich schwer. Sie sieht fertig aus. Ob sie auch nicht schlafen konnte? Ihr müder Blick trifft meinen. Avery schaut schnell wieder weg. Sie ist durchschaubar, genauso wie Jayden . „Hey, Avy." Sie tut so, als hätte sie mich nicht gehört. „Avery, das ist lächerlich. Ich weiß, dass du mich hörst. Du hattest zwar einen Unfall, aber du hast keinen Hörschaden erlitten."

„Und woher willst du das wissen? Achso, stimmt ja, du bist Mister Allwissend." Der Sarkasmus in ihrer Aussage erschlägt mich fast. Wir sind wieder am Anfang. Wird jetzt wieder jedes Treffen so ablaufen? Werden wir uns wieder gemeine Schlagabtausche liefern ohne Gefühle? Sie kann das zwischen uns nicht leugnen. Avery ist die größte Versuchung, die ich je hatte. Ich kann mich nicht weiter von ihr fernhalten, nicht mehr. Wir müssen das, was zwischen uns ist, klären, bevor ich durchdrehe. „Avery, wir müssen darüber…" Jayden kommt dazwischen und sieht mich warnend an. „Lass es gut sein, Shawn-Rhys." Wut flammt in mir auf. Im Normalfall wäre ich schon längst aus der Haut gefahren, aber es ist Jayden. Ich will ihm nicht wehtun. Sie sieht mich mit einem durchdringenden Blick an. „Wir sehen uns, Avy." sage ich etwas leiser und gehe an ihr vorbei. Vielleicht bilde ich mir das nur ein, aber ich könnte schwören, dass ich ihren Blick auf mir spüre.

Wir laufen uns ein. Unsere Gegner sind stark, aber wir haben schon einmal gegen sie gewonnen. Und heute akzeptiere ich nur einen Sieg! Wenn ich in meinem Liebesleben schon laufend verliere… Ich höre die schrille Pfeife von unserem Coach. Wir fahren alle zu ihm. Er erklärt uns die Taktik und wünscht uns viel Spaß. Den werde ich haben. Ich lasse meinen Blick über die Zuschauertribüne schweifen, bis ich ihren Blick wieder auffange. Es ist wie ein Energieschub, doch nach jedem Hoch kommt ein Tief. Jedes Mal, wenn ich sie ansehe, wird mir wieder klar, dass wir zwei nie eine Chance haben werden.

„Ey Rhys, hör auf meine Schwester anzugaffen und konzentriere dich auf das Spiel, verdammt!" keift mich Jayden an. Er hat Recht. Das Spiel hat jetzt höchste Priorität! Hörst du mir zu?" Er schaut mir direkt ins Gesicht. Ich nicke. Jay hält mir seine Hand hin, welche ich greife. „Du bist mein bester Freund. Alter, musste es ausgerechnet meine Schwester sein?" Er boxt mir spielerisch in den Bauch. „Arschloch." keuche ich. „Idiot." antwortet er belustigt.

„Wenn du meine Schwester flachlegst, bringe ich dich um." Ich würde sie nicht nur flachlegen.

Jayden macht den Bully und gewinnt den Puck für uns. Wir sind sehr gut dabei. Ich probiere, mich frei zu fahren. Wie wild versuche ich die Aufmerksamkeit auf mich zu ziehen, damit die anderen freie Bahn haben. Jemand erwischt mich jedoch und rammt mich gegen die Bande, ich gehe zu Boden. Ich liege auf dem Eis. Mein Schädel brummt. Ich bekomme Flashbacks von damals, von dem Unfalltag. Ich wische mir das Blut von der Nase und starre es an.

Ich bin kein Monster, ich bin kein Monster… Diese Worte wiederhole ich in meinem Kopf immer wieder. Ihr Anruf ist mir noch frisch im Gedächtnis. Ich sehe meine Hände an. Sie sind blutverschmiert, aber es ist nicht mein Blut.

„Rhys, alles klar bei dir?" Jayden zieht mich hoch und sucht mich nach Verletzungen ab. Seine Stimme ist schwammig, aber sie klart auf. „Es ist alles gut, lass uns spielen." antworte ich entschlossen. Ich verzichte auf den Blick zu Avy, es ist besser so.

Ich visiere den Typen an, der mich böse gerammt hat. Ich revanchiere mich bei ihm und er knallt ebenfalls sehr heftig gegen die Bande. In der Zwischenzeit schießt Jayden unser erstes Tor. Die Menge jubelt, wir sind in Führung.

Wie zu erwarten haben wir das Spiel gewonnen, das waren die Besten 60 Minuten seit langem. Ich habe das Arschloch, was mich gerammt hat, gezeigt, wie man richtig Eishockey spielt. Es war das vorletzte Spiel der Sasion. Heute ist die große Sasionschlussfeier und gleichzeitig Owen`s Geburtstag. Ich habe schon überlegt, was ich ihm schenke. Pferdeäpfel waren sehr weit oben auf der Liste, gefolgt von einer Tracht Prügel.

Ich ziehe meine Protektoren aus. Alle sind in Feierlaune, ich nicht. Ich fühle mich leer, verletzt und ich bin wütend. Wenn sich so Liebe anfühlt, dann will ich das nicht. Hass ist da, um einiges leichter zu managen. Ich bin mir nicht einmal sicher, ob es Liebe ist. Das Einzige, was ich weiß, ist, dass es kein Hass mehr ist. Und Freunde sehen sich nicht so an, wie wir uns anschauen.

„Weaver, wir sehen dich doch nachher auf der Party, oder?" Ich zögere, das merken die anderen natürlich sofort. Jayden sieht mich mit hochgezogenen Augenbrauen an. Ich ziehe mir meinen Pullover über und sehe ihn fragend an. „Was ist aus: Keine Party ohne Weaver, geworden? Dein Lieblingsbruder hat Geburtstag. Willst du ihm kein Küsschen geben?"

Ich boxe ihn freundschaftlich in die Seite. Mein Lachen kann ich mir nicht mehr verkneifen, aber heute habe ich irgendwie ein ungutes Gefühl. „Ich habe keinen Bruder. Das Einzige, was er von mir bekommt. ist ein Schlag in sein Gesicht. Ich überlege, ob ich komme."

„Ohne dich ist es aber keine richtige Party. Komm schon, besaufen auf Schmierfrisurs Nacken."

Ich hasse es, wenn man mich zu etwas überreden will. Ich rolle mit den Augen. „Na schön, bis später du Nervensäge. Du bist ja schlimmer als deine Schwester." Ich stocke kurz , weil ich nicht weiß, ob das jetzt zu viel für Jayden war, aber er lacht drüber. Jayden ist einfach gestrickt. Er ist ein gutherziger Schwachkopf, der einem so gut wie alles verzeihen würde. Die Mädchen nutzen es aus. Ich als sein Freund bin so ehrlich und sag ihm das, bis auf den Fakt, dass ich mit seiner Schwester mehr abhänge, als er weiß. Ich bin wohl doch kein so guter Freund.

Kapitel 37

Avery

Vor der Umkleidekabine auf seinen Bruder zu warten, ist eines der Dinge, die ich nicht so gerne an einem Samstag Nachmittag mache. Ich lehne ungeduldig an der Wand gegenüber der Tür. Ich klopfe schon nervös mit den Fingern auf meinem Arm. „Jayden, bist du langsam mal fertig? Oder machst du dir da drin eine Dauerwelle?" zische ich durch die Tür. Einige seiner Mitspieler kommen bereits raus. Ich kenne viele von damals. Jayden spielt ja schon, solange ich denken kann.

Endlich kommt er raus. „Da bist du ja! Wir müssen uns noch für die Party fertig machen." Also ich muss mich mental darauf vorbereiten, dass ich mit Owen rede und mich von ihm trenne. Ich habe etwas Angst, aber ich kann so nicht weitermachen. Ich habe so viele Lügen erzählt, dass ich selbst nicht mehr weiß, was davon die Wahrheit ist und was nicht. Jayden wuschelt mir durch die Haare. „Du weißt, ich kann nicht mit Druck umgehen, Aves." trällert er provokant. Mein Blick fällt auf die Person, die hinter ihm rauskommt, Rhys. Wir starren uns einige Sekunden in die Augen. Was habe ich nur vor meinem Unfall in diesen Augen gesehen? Ich muss es unbedingt herausfinden! Heute werde ich den ersten Schritt in die richtige Richtung machen, die erste Lüge aufdecken und mit Owen Klartext reden.

„Avery." Seine Stimme ist so tief. Sie durchdringt meine Haut. Ich bekomme eine wohlige Gänsehaut. „Rhys." Wir sagen nichts weiter. Können wir nicht einfach ewig so stehen bleiben und uns ansehen? Einen Moment ohne Streit, Probleme oder meine Vergangenheit, die mir im Nacken sitzt und mir laufend in die Hacken tritt?

„Wir sehen uns nachher, Alter. Lass mich nicht hängen!" sagt Jayden, schlägt mit Rhys ein und verabschiedet sich.

Ich starre das Auto an. Komm schon Avery, es ist nur ein Auto. Irgendwann musst du deine Angst überwinden. „Jay, darf ich fahren?" Er sieht mich erst total überrascht an, wirft mir dann aber den Schlüssel zu. Ich halte ihn in meiner leicht zitternden Hand. Ich setze mich auf den Fahrersitz und stecke den Schlüssel in die Zündung. Er steigt dazu. „Du schaffst das Ave. Ich glaube an dich."

Ich muss lächeln. Daraufhin drehe ich den Schlüssel und starte den Motor. Mein Herz fängt an zu rasen, mein Mund ist trocken. Ich trete die

Kupplung durch, meine Hand bewegt sich zum Schaltknüppel. Ich schließe meine Augen und atme tief durch. Mein Versuch, mich zu beruhigen, scheitert allerdings. Ich bekomme schon wieder Erinnerungsfetzen von diesem Abend in meinem Auto. Ich umfasse das Lenkrad noch fester, aber die Erinnerungen werden von Mal zu Mal intensiver. Ich habe das Gefühl, diesen grauenvollen Tag wieder und wieder zu erleben. Das macht mir eine heiden Angst.

Ich spüre eine Hand auf meiner. „Avy, es ist okay. Wir bekommen das schon hin." Er macht die Zündung wieder aus und nimmt den Schlüssel. „Ich fahre." sagt Jay mit sanfter Stimme und steigt aus. Ich steige ebenfalls aus und atme nochmal tief durch.

Ich setze mich auf den Beifahrersitz. Ich bin so sauer auf mich selbst. Warum bekomme ich es nicht hin? Ich würde lügen, wenn ich sagen würde, dass ich mir nicht gewünscht habe, dass es die Hand von wem anders wäre… Seine Hand.

Zuhause angekommen gehe ich in mein Zimmer, um mich fertig zu machen. Ich nehme mir meine Kosmetiktasche und setze mich an meinen Schminktisch. Ich trage mir die Wimperntusche auf. Meine Augen wirken direkt größer. Ich kann durch meinen Spiegel nichts mehr richtig erkennen, seitdem ich ihn zerschlagen habe. Ich benutze einen kleinen Taschenspiegel, der tut es auch. Ich krame in meinem Schrank und ziehe ein schlichtes schwarzes Kleid an, dass passt zu meiner Stimmung.

„Hey Ave, wir fahren in einer halben Stunde los. Wir pennen im Gästezimmer, ich habe alles geklärt. Du kannst auch bei Owen schlafen." Er zwinkert mir zu und ich zwinge mich zu lächeln. Ich werde nicht bei Owen schlafen, weil er mich fast vergewaltigt hat. Das würde ich Jayden am liebsten sagen, aber ich kann nicht. Ich kann es ihm einfach nicht sagen. Meine stillen Hilferufe, die ganze Zeit lang: Ich wollte aus dieser toxischen Beziehung ausbrechen, aber die alte Avery war zu schwach. Sie war zu schwach für das einzustehen, was das Beste für sie ist. Zum Glück ist diese Avery fort. Jetzt bin nur noch ich da. „Ist alles okay, Avery?" Besorgnis ist in seinem Blick. Ich lächel ihn an und sage: „Alles super, Jay. Ich freue mich auf heute." Sein Blick ändert sich nicht. Er glaubt mir nicht. Ich würde mir selbst auch nicht glauben.

„Jayden?" Er fixiert mich. „Ja, Avery?" Ich atme tief ein. „Wo warst du an dem Abend? Am Abend des Unfalls?" Ich sehe ihn leicht zusammenzucken, sehe den Schmerz in seinen Augen. „Ich... Ich war betrunken und habe erst irgendwann am nächsten Tag erfahren, was passiert ist."

„Das hast du mir nie erzählt." flüstere ich fast. Mein Herz setzt aus.

„Weil ich mich geschämt habe. Ich habe mich dafür geschämt, dass ich dich nicht beschützen konnte. Ich kann es mir nicht verzeihen, dich fast verloren zu haben. Ich meine, wer bin ich ohne dich?"

Er kniet sich neben mich und nimmt meine Hände in seine. „Avy, es tut mir leid, dass ich nicht für dich da war an diesem Abend. Ich hätte dich Heim fahren sollen. Ich hätte nichts trinken dürfen."

„Nein Jay, es war nicht deine Schuld." Ich nehme ihn in den Arm. „Erinnerst du dich wieder an den Abend?" Ich schüttel meinen Kopf. „Ich habe nur kleine Erinnerungsfetzen, die ich nicht zusammenfügen kann." Jayden weiß auch nichts über diesen Abend. Er war viel zu betrunken, um etwas von Owen und mir mitzubekommen. „Ich weiß auch nicht, ob ich mich überhaupt erinnern möchte. Vielleicht sollte ich es als einen Neuanfang sehen." Er nickt verständnisvoll, streichelt meinen Arm. „Du wirst schon wissen, was das Beste für dich ist, Avy. Egal, was es ist, ich werde dich bedingungslos unterstützen." Ich grabe meinen Kopf in seine Brust. „Danke Jay." flüstere ich ihm zu. Er drückt mich noch etwas fester. Nach wenigen Sekunden drücke ich ihn leicht von mir weg.

„Zieh dich um, Jay. Du gehst doch bestimmt nicht in Jogginghose, oder?" Er lächelt. „Abfahrt in 10 Minuten. Ach und Ave? Wir sollten dir einen neuen Spiegel holen."

Mein Blick fällt zu meinem kaputten Spiegel. Ich kann mich darin nicht mehr richtig erkennen. Jay steht auf und spurtet aus meinem Zimmer. Ich muss schmunzeln. Seit Jahren wollte ich einen neuen Spiegel. Ich hätte ihn schon viel früher kaputt machen sollen. Sanft fahre ich über die Risse im Spiegel. Er ist einzigartig, genau wie ich. Ich betrachte mich noch einmal darin. Nach diesem Abend werde ich wieder jemand anderes sein. Man wächst an seinen Erfahrungen und das heute wird eine wichtige Erfahrung sein. Ich sehe das Bild auf meinem Regal stehen von Jayden, Rhys und mir an. Habe ich es Rhys gesagt? Weiß Rhys, was Owen mir angetan hat? Ich bekomme ein unwohles Gefühl im Magen. Ich bin mir sicher, dass er mehr weiß, als er mir bisher gegenüber zugegeben hat. Mir kommen wieder die Erinnerungen hoch, wie Owen auf mir liegt und versucht, mich auszuziehen. Ich versuche, es zu verdrängen. Obwohl ich mehrfach überlegt habe, wie ich es Owen sage, habe ich ein extrem schlechtes Bauchgefühl. Anfangs dachte ich, dass ich mir das einbilde. Er wird mich hassen, doch das sollte mir egal sein. Ich sollte ihn auch hassen. Dieses Gefühl, nicht alles zu wissen, was zwischen uns passiert ist, grenzt auch schon fast an einen Missbrauch.

„Jayden, wir sollten los. Sonst ist die Party gleich vorbei."Ich laufe die Treppen runter, mein barscher Ton lässt sogar mich selbst zusammenzucken. Er kommt paar Sekunden später die Treppen runter. Jayden hat sich richtig herausgeputzt, ob es da jemanden gibt?

„Blöd, wenn man nicht alleine fahren kann, was?" Ich ziehe meine Augenbraue hoch. „Was willst du mir damit sagen, Jayden Carter?"

„Dass du mit Auto nie ankommen wirst, weil du es nicht probierst..." Der Spruch hat gesessen. „Wenigstens konnte ich besser fahren als du." Er lächelt. Er erinnert mich an mich, an die Avery vor dem Unfall. „Du kannst es immer noch, Avy. Ich glaube an dich. Vielleicht wirst du nicht heute und auch nicht morgen fahren, aber du wirst es wieder."

Er startet den Motor. Wir fahren zu dieser Party, Heute werde ich mein Leben auf die Reihe bekommen. Ich muss es für mich machen, für mein altes Ich. Mein Kopf lehnt an der Autoscheibe. Ich habe absolutes Chaos in meinem Kopf. Meine Gefühle sind durcheinander. Das Einzige, was ich zu 100% weiß, ist, dass ich das mit Owen hinter mir lassen muss, koste es was es wolle! Er hat mich schon längst gebrochen, damals in dieser Nacht.

Kapitel 38

Avery

Menschenmassen pressen ihre Körper aneinander. Ich habe nie den Sinn darin gesehen, sich so zulaufen zu lassen. Alkohol löst keine Probleme, meine zu mindestens nicht. Jayden hat sich schon unter die Menge gemischt. Ich wünschte, mir würde es so leicht fallen. Ich versuche so locker wie möglich zu wirken, trinke ein Glas kalte Cola, obwohl ich was viel Stärkeres bräuchte. Ich suche nach Owen. Er antwortet auf keine meiner Nachrichten, wie so oft schon. Wo ist er nur? Er ist der Gastgeber. Sollte er nicht präsent sein?

Rhys

Ich trinke jetzt das 5. Bier und bin immer noch bei vollem Verstand. Ich hasse es hier, wie auch diese ganzen Menschen. Vor einigen Monaten war das mein Leben. Jede Party so viele Drinks wie möglich kippen, sowie ab und zu mal eine Frau abschleppen. Aber das bin ich nicht mehr, ich will das nicht mehr! „Hey Alter, ich bin froh, dass du gekommen bist." Ich drehe mich um und sehe Jayden. Er kommt direkt auf mich zu. „Ich halte mein Wort, Carter." Ich nippe an meinem Bier. Mittlerweile schmeckt es nicht mehr so beschissen. Ich schaue mich um, da stellt sich mir nur eine Frage. „Wo ist Avery?" Er kommt näher zu mir, damit wir uns nicht so anbrüllen müssen. „Sie ist in die Küche, um sich was zu trinken zu holen. Ich sollte mal nach ihr sehen." Ich stimme ihm mit einem kurzen Nicken zu. Mein Magen fängt an sich zu drehen. Das alles hier ist wie ein Déjà-Vu. Wo ist die Schmierfrisur? Er sollte bei ihr sein! Wo ist der Kerl?

Ich suche sein dummes Gesicht in der Masse, finde es aber nicht. Da bleibt mir nur noch eine Idee, wo er sein kann: In seinem Schlafzimmer. Rhythmisch bewege ich mich durch die Partymenge. Ich gehe langsam die Treppen hoch. Überall lehnen Leute, die miteinander rummachen. Müssen die das auf der Treppe machen?

Ich bete zu Gott, dass er da nicht drin ist. Und wenn er drin ist, dann allein ohne eine Andere. Ich klopfe an seiner Tür: keine Reaktion. „Hey Arschloch, ich komme jetzt rein!" Ich öffne die Tür, drehe mich jedoch sofort wieder um. Ich sehe Owen: Nackt über einer anderen Frau, ich kenne sie, es ist Chey. Ich sehe ihr Gesicht, wie damals. Es kocht in mir. Wie kann er ihr das antun?! Wie können sie Avery das antun? Ich hätte es ihr schon längst sagen müssen! Meine

Schuldgefühle wachsen noch mehr. Ich bin kein Stück besser als die Beiden hier vor mir.

Das schlechte Gewissen plagt mich wieder. Ich hatte so viel Gelegenheiten, es ihr zu sagen, dass ihr Freund ein elendiger Betrüger ist. „Sie ist auch hier, du Arschloch! Solltest du nicht bei ihr sein?!" fauche ich ihn an. „Was kümmert dich das, Weaver? Sie ist meine Freundin. Es ist meine Sache!" Dieser Unterton in seiner Stimme macht mich krank.

„Sonst hat es dich doch auch nicht gestört, wenn ich wen anders ficke. Dann konntest du dir in deinem kleinen Hirn wenigstens Hoffnungen machen." Er bringt mit jeder Silbe, die aus seinem Mund kommt, mein Blut weiter zum Kochen. „Ich versichere dir Rhys: Beim nächsten Mal werde ich mich nochmal absichern, dass sie wirklich Tod ist. Ich lasse mir von so einer kleinen Schlampe nicht den Ruf zerstören!" Ich gehe auf ihn los. Er lacht laut. „Es ist traurig zu sehen, wie sie dir den Kopf verdreht hat. Ich denke an dich, wenn ich sie nachher ficke. Versprochen!"

„Fick dich, Owen." Ich schubse ihn zurück aufs Bett und stürme aus dem Raum. Ich will ihn zerquetschen, will dafür sorgen, dass er seine gerechte Strafe bekommt für alles, was er ihr je angetan hat. Was er allen Frauen angetan hat, die das Pech hatten, mit ihm in Kontakt zu treten.

Plötzlich kommen mir wieder Avery´s Worte in den Kopf geschossen.

„Nein, ich hasse ihn noch immer. Leider ist er dein bester Freund und ich muss ihn immer wieder sehen. Das macht das ganze schwerer:"

„Vielleicht sollten wir uns einfach wieder hassen."

Ich habe gemischte Gefühle. Ich weiß nicht, ob der Alkohol da mitwirkt. Sie hat mich verletzt mit ihren Worten. Ich gebe es ungern zu, aber es hat mich wirklich verletzt. Auf der einen Seite will ich ihr wehtun, möchte, dass sie den gleichen Schmerz spürt wie ich. Doch auf der anderen Seite will ich ihr kleines Gesicht in meine Hände nehmen und… Was macht sie nur mit mir? Ich hole mir das nächste Bier. Da sehe ich sie und sie sieht umwerfend aus. Unsere Blicke treffen sich. Wieder einmal spüre ich direkt diese Anziehungskraft. Ob sie das auch fühlt? Ich sollte mich von ihr fernhalten, doch ich kann nicht. Wir können es nicht vermeiden.

„Hey Rhys, weißt du, wo Owen ist? Ich muss etwas Wichtiges mit ihm besprechen." Natürlich ist Owen wieder das Thema. Avery, mach die Augen auf! Er verarscht dich doch nur! „Er ist oben in seinem Zimmer." Habe ich das gerade wirklich gesagt? Ich bereue sofort, dass ich ihr diese Informationen gegeben habe. Hoffentlich ist er da schon mit seinem verdammten Arsch raus. Das würde sie brechen! Sie würde das nicht verkraften. Ich hätte ihr einfach aus dem Weg gehen sollen. Ich balle meine Hände zu Fäusten. „Danke, wir sehen uns später." Sie will sich gerade von mir zurückziehen, Ich halte sie sanft am Arm fest. Avery schaut mich verwirrt an „Du hast noch gar nicht mit mir angestoßen, Ciccina." Sie lächelt und trinkt einen großen Schluck von ihrem Getränk „Ich muss wirklich mit ihm reden." Sie dreht mir ihren Rücken zu. War es jetzt das letzte ehrliche Lächeln von ihr? Wird sie mich je wieder so ansehen, wie sie es jetzt noch tut?

„Avery!"

Sie dreht sich ruckartig wieder zu mir. „Ja, Rhys?" Sie sieht so aus, als würde sie etwas von mir erwarten. Es wäre jetzt die Gelegenheit, ihr alles zu gestehen und dafür zu sorgen, dass sie mich für immer hassen wird. Ich will ihr alles sagen, aber es kommt einfach nichts aus meinem Mund.

„Es tut mir leid." sage ich etwas leiser und suche das Weite. Ich kann das nicht. Was bin ich nur für ein verdammter Feigling?! Das zum Thema: seinen Mann stehen.

Avery

Rhys hat sich total komisch verhalten. Nachdem er mich einfach in der Küche stehen gelassen hat, gehe ich langsam die Treppen hoch. Es fühlt sich surreal an. Als hätte ich das alles schon einmal so ähnlich erlebt. Mein Herz rast. Ich habe Angst davor, was mich hinter dieser Tür erwartet. Ich klopfe an, es reagiert keiner. Ich hole nochmal tief Luft. „Owen, bist du da?" rufe ich laut, doch immer noch keine Reaktion. „Ich komme jetzt rein!" Ich drücke den Türgriff runter und drücke die Tür sanft auf. „Owen?" rufe ich in den dunklen Raum. Ich mache das Licht an und erstarre. Ich bekomme keine Luft. Es ist so, als würde die Zeit stehen bleiben. „Fuck Avery, kannst du nicht anklopfen?" keift mich Owen an. Ich kann keinen klaren Gedanken fassen, doch fange ich an zu lachen. Die Laute kommen einfach aus mir heraus. Hat er das wirklich gesagt?

„Ist es das Einzige, was du sagst? Oder kommt da eine Erklärung von dir?!"Durch den plötzlichen Umschwung meiner Stimme verstummt das Lachen. Ich merke, wie mein Körper vibriert. Vor Wut, vor Angst, alles an mir zittert. Ich wusste, das da etwas faul ist.

Jetzt ist er der Jenige, der lacht. Chey schaut mich immer noch geschockt an. „Avy, es tut mir leid. Ich wollte…" Er verbietet ihr den Mund.

„Avy… Kleine Avy, was hast du denn erwartet?" Ich schaue ihn verwirrt an. Warum läuft das nicht so, wie ich es wollte? Ich wollte nicht vor ihm weinen. Ich wollte diese Sache selbstbewusst hinter mich bringen. Jetzt stehe ich hier, wie ein Häufchen Elend.

„Was meinst du. Owen?" Er hat sich mittlerweile etwas angezogen und kommt näher zu mir. Er streicht mir über die Wange. „Fass mich nicht an!" fauche ich ihn an und stoße ihn von mir weg. Plötzlich knallt er mich ruckartig gegen die Wand. Er packt mich am Hals. Ich habe das Gefühl, das mir gleich alles hochkommt. „Hast du ehrlich gedacht, dass du prüdes, kleines Mäuschen mir reichst?" Wieder lacht er. Sein Lachen geht mir unter die Haut. Mir wir übel, sodass ich würgen muss. Er kommt etwas näher an mein Ohr. „Dachtest du wirklich, ich hätte nicht mitbekommen, dass du und Rhys… Dass ihr euch immer näher gekommen seid?" Ich schlucke heftig. Ist er etwa eifersüchtig? Ich wusste, dass er ein schlechter Verlierer ist. „Und? Wir sind nur Freunde!" ferze ich ihn an. Wieder setzt er dieses dreckige Grinsen auf. „Avy, Avy… Ich weiß alles. Ich habe ihn doch dazu angestiftet, dich mir vom Hals zu halten. Was glaubst du, warum er plötzlich Zeit mit dir verbracht hat?" Er lässt meinen Hals los. Ich huste. Seine Worte sind wie Stiche in meinem Herzen. Rhys würde mir das nie antun. „Nein…" flüstere ich. Es flackern dunkle Erinnerungen auf aus der Nacht. Ich verdränge sie, nicht jetzt…

„Rhys ist nicht so unschuldig, wie du glaubst." Ich zähle gerade eins und eins zusammen. Er wollte, dass ich hier hoch gehe. Es fällt mir schwerer zu atmen. Wollte er, dass ich das sehe? Wollte er mir wehtun?

„Ganz ehrlich Avery: Ich bin eigentlich nur mit dir zusammengekommen, um Rhys eins auszuwischen."

Er nimmt Abstand von mir und fährt fort. „Um ihm zu zeigen, dass ich jede haben kann. Auch die Schwester seines besten Freunds, die er über alles hasst…Scheinbar hasst er dich doch nicht so wie gedacht."

Nein… Nein! Nicht er! Er war immer ehrlich zu mir, oder? Ich zweifle gerade an mir… An alles, was ich weiß, oder glaube zu wissen.

„Aber frag ihn doch mal wegen deinem Unfall. Was glaubst du, warum er die ganze Zeit so nett zu dir ist?"

Mir laufen die Tränen über die Wangen. „Hör auf zu reden, Owen!" Ich will es nicht hören. Ich will ihm nicht mehr zuhören!

„Er hat ein schlechtes Gewissen, weil er dich fast umgebracht hat! Er saß in dem anderen Auto." Ich starre ihn an. Das kann nicht stimmen! Das hätte Rhys mir nie verheimlicht. „Das kann nicht…" Da war eine Person am Unfallort, war er es?

Er hätte mich da niemals zurückgelassen. So viele Fetzen fliegen in meinem Kopf herum. Ich weiß nicht mehr, was echt und was Einbildung ist. Ich habe keine Kontrolle mehr über meine Gedanken, weswegen ich Owen von mir schubse und zische. „Ich bin fertig mit dir Owen Weaver." Danach flüchte ich aus diesem Zimmer. Ich spüre meinen Herzschlag bis in meinen Kopf. Es tut weh! Laufend kommen die Erinnerungen von damals bruchstückhaft zurück. Das kann nicht sein. Nein… Nein! Ich stolpere die Treppen herunter. Ich sehe mich um, alles dreht sich. Es fühlt sich so surreal an. Das kann nicht wirklich passieren. Ich remple eine menge Leute an, doch das ignoriere ich. Ich stürme raus auf die Terrasse. Die kalte Luft berührt meine Haut. Das Zittern wird stärker. Die Kälte sorgt dafür, dass meine Glieder taub werden. Ein Unwetter soll aufziehen. Im Moment habe ich das Gefühl, dass ich das Unwetter bin. Draußen sehe Rhys mit seinem Bier in der Hand stehen. Sofort sehe ich rot. „Rhys!" rufe ich laut, ich bin aufgebracht und wütend. Er dreht sich zu mir um und fixiert mich mit seinen Augen. Etwas in seinem Blick ist anders. Ich bin rasend vor Wut. „Hey Ave, alles klar? Hast du Owen gefunden?"

Zieht er die Lügennummer weiter durch? Ich schlage ihm den Becher Bier aus der Hand. „Was soll die Scheiße, Ave?!"

„Hör auf mich zu verarschen, Rhys." Er sieht mich fragend an und zieht mich von der Gruppe zur Seite. Ich reiße mich von ihm los und stoße ihn von mir. Vielleicht hätte ich das schon viel eher tun sollen. Oder besser: Ihn niemals so nah an mein Herz kommen lassen.

Kapitel 39

Avery

„Ist es wahr, Rhys?!" frage ich ihn mit aufgebrachter Stimme. Sie ist undeutlich. Ich will so viel mehr sagen, aber es kommt nichts außer ein Schluchzen. In seinem Blick ändert sich etwas, es sieht aus wie Angst. Er will meine Hand greifen, doch ich weiche zurück. Nein... Bitte nicht... Das ist ein Albtraum! Nicht er... „Ave, ich kann dir alles erklären!" Ich fange plötzlich an zu lachen. Habe ich sowas wie einen Nervenzusammenbruch? Ich lache, obwohl ich einfach nur weinen und zusammenbrechen möchte. Ich will ihn anschreien, aber es kommt nichts aus meinem Mund. Mein Herz zerbricht in 100 einzelne Teile. Ich bin mir sicher: Solche Schmerzen habe ich noch nie in meinem Leben gespürt.

„Ich dachte du... Wir... Nein, vergiss es!" Ich will wegrennen. Alles in meinem Kopf dreht sich. Ich sehe plötzlich alles verschwommen. Kalte Regentropfen spüre ich auf meiner Haut. Ich will von ihm weg, doch er hält mich fest. Warum tun seine Berührungen so gut? Sie sollten sich nicht so gut anfühlen! Ich schlage seine Hand erneut weg. „Fass mich nicht an! Du hast mich die ganze Zeit angelogen! Die ganze Zeit, Rhys! Ich habe dir vertraut! Du bist ein scheiß Lügner!"

Es blitzen Parallelen vor meinen Augen auf. Es fühlt sich so an, als hätte ich so einen Streit schon einmal erlebt. Was ist in dieser Unfallnacht nur passiert?

„Avery, bitte! Lass es mich doch erklären!"

„Du wusstest die ganze Zeit, dass er mich betrügt?!" Er fährt sich durch seine Haare. Mittlerweile regnet es stärker, sodass seine Haare komplett nass sind.

„Nicht die ganze Zeit." sagt er ganz leise. Er klingt so, als würde er es bereuen. Aber ich glaube es ihm nicht, kein einziges Wort mehr.

„Seit wann? Seit wann weißt du es, Rhys?" Er schaut auf den Boden. Er sieht mich nicht mehr an.

„War das alles gelogen? War das alles mit uns eine Lüge?!"

„Es ist nicht so, wie du denkst, Avery." Wieder versucht er, sich mir zu nähern, aber ich blocke ab.

„Wie ist es denn, Rhys?"

„Lass es mich erklären!" Er hält mich am Arm fest, blickt mir direkt in die Augen. „Fuck." flucht er und bricht den Blickkontakt wieder ab. Jetzt sieht er zusätzlich wütend aus.

„Du hast mir schon so böse Sachen an den Kopf geworfen, Avery. Du hast mir sogar einen Milchshake über den Kopf gekippt!" Sollen das Vorwürfe sein? Erklärungen, Zurechtweisungen? „Ich sollte dich bei Gelegenheit ablenken, damit er…" Er stöhnt laut auf.

„Du sendest mir unklare Signale! Ich weiß nicht genau, wo ich bei dir stehe. Dieses Gefühl ist echt beschissen! Frauen senden mir sonst eindeutige Signale!" keift er mich an. Ich zucke zusammen.

„War alles gelogen?" Frage ich Rhys direkt, ich brauche diese Klarheit.

„Am Anfang vielleicht. Wir haben uns gehasst, Avery! Weißt du noch? Ich hätte alles getan, um dich zu verletzen… Bis ich gemerkt habe, wer du wirklich bist… Bis ich Gefühle…"

„Du bist so ein elendiger Lügner, Shawn-Rhys" Unterbreche ich ihn. Ich kann mir diese Lügen nicht mehr anhören. Es macht mich krank! Mittlerweile bin ich komplett nass.

„Du sagst, ich bin ein Lügner? Was bist du dann, Avery? Du lügst uns alle an! Inklusive dich selbst!

Kannst du dich noch im Spiegel anschauen?" Mir bleibt die Luft weg. Ich kann kaum atmen.

„Also waren wir eine Lüge. Als Freund hättest du mir sowas sagen müssen! Und ihn nicht decken sollen" meine Stimme zittert. Wie konnte er mir das antun? Ich dachte, er wäre anders. Verdammt, warum hat er das getan?!

Er fängt an zu lachen. Mir laufen nur noch Tränen über die Wangen. Man sieht sie nur nicht durch den Regen.

„Freunde Avery… Freunde sehen sich nicht so an, wie wir uns ansehen! Verdammt, was ist das zwischen uns?! Du spielst mit mir und meinen Gefühlen."

Mein Herz tut weh, als wäre es mir erneut gebrochen worden. Warum er? Ich wusste, dass Owen Dreck am Stecken und ein Arsch ist, aber Rhys? Jegliche Farbe weicht aus meinem Gesicht. Mir wird gerade etwas klar:

„Du wusstest es die ganze Zeit, dass ich mich nicht erinnere?!" Der Regen prasselt auf meine Haut. Es wird immer stärker. Meine Kleidung ist schon komplett durchnässt. Schlimmer kann es sowieso nicht mehr werden. Ich habe Gänsehaut. Gerade fühle ich einfach zu viel. Ich will es einfach abschalten.

„Es ist nicht jeder so dumm wie Owen und merkt nicht, dass seine Freundin keine Ahnung hat, wer er überhaupt ist!" Ich schweige. Vor lauter Regen kann er meine Tränen nicht sehen. Vielleicht ist das auch besser so. Wir sollten das alles hier beenden. Ich kann das so nicht mehr „Alles war eine Lüge." flüstere ich mit zitternder Stimme. „Hör auf wegzulaufen, Avery. Stell dich endlich deinen Monstern, verdammt! Stell dich deinen Gefühlen! Stell dich uns!" Sagt er so leise, dass ich es gerade noch wahrnehmen konnte.

Denkt er, dass er eines der Monster ist, mit denen ich zu kämpfen habe?? Ich dachte, ich habe seit dem Unfall nichts mehr zu verlieren. Doch ich habe somit den einzigen Freund, den ich glaubte zu haben, verloren. Ein Freund und gleichzeitig die Person, die mein Herz mir soeben aus der Brust gerissen hat. Warum habe ich mich nur in diesen Idioten verliebt?

„War irgendwas echt? Oder hattest du wirklich nur ein schlechtes Gewissen?" Ich kann langsam meine Tränen nicht mehr zurückhalten.

„Warum sollte ich ein schlechtes Gewissen haben Avery?"

Hör auf zu lügen, Rhys… Bitte…

„Ich weiß nicht, was du meinst, Avery. Rede mit mir!"

Ich schlucke gezwungen. „Mein Unfall, Rhys… Ich weiß es. Du hast den Unfall verursacht." Ich sage es etwas leiser. Mittlerweile fängt es an zu blitzen. Ich zucke zusammen. „Was?" Er lacht spöttisch. „Das hat er dir erzählt? Und du glaubst es ihm?"

In seinem Blick ist Schmerz. „Rhys, ich weiß einfach nicht mehr, was ich glauben soll. Ich..."

„Du willst mir jetzt sagen, du glaubst ihm mehr als mir?! Das kann nicht dein Ernst sein…" Seine Stimme klingt jetzt viel wütender als vorher.„Rhys, ich..." Er kommt näher zu mir und unterbricht mich. Ich bekomme Angst.

„Du spielst mit mir, Avery. Du liebst nur, wenn du es gerade brauchst. Aber ich bin nicht Owen, der sich von dir verarschen lässt. Ich habe das lange genug mitgemacht… Ich habe versucht meine Gefühle auszuschalten, aber es geht nicht!!"

„Welche Gefühle, Rhys?!"

„Die verdammten Gefühle, die ich für dich habe!" brüllt er mich an. Ich sehe ihm einige Augenblicke an, Ich verliere mich in seinen Augen. Sie sind ein tiefer, unerforschter Abgrund aus Gefühlen und Schmerz, die er mir nie gezeigt hat. Doch nach all dem spricht wieder die Wut aus mir.

„Wenn ich dir auch nur irgendwas bedeuten würde, dann hättest du mir das niemals angetan!"

Er will etwas sagen, schließt seinen Mund aber wieder. Er kommt noch näher an mich ran. Warum kommt er immer näher? Mein Herz fängt an zu rasen. Warum löst er sowas in mir aus, selbst wenn wir uns streiten? Ich müsste ihn hassen, aber ich kann es einfach nicht. Mir laufen die Tränen aus den Augen. Ich kann das Schluchzen nicht länger unterdrücken.

„Warum kann ich dich nicht einfach hassen, Rhys?" Meine Stimme klingt ganz weinerlich. Ich wische mir den Regen aus dem Gesicht. Wir sind uns so nah wie nie zuvor. Ich will ihm noch näher sein. Warum tut seine Nähe so gut?

„Sag mir Avery, würdest du es wieder tun? Würdest du mich wieder küssen? Auch, wenn du wüsstest, wie es endet?" Ich weiß nicht, wie es endet. Ich schließe meine Augen. Ich spüre seine Hände an meinen Armen. Er zieht mich näher zu sich.

„Bereust du uns?" flüstert er. Wir ziehen uns an wie 2 Magnete. Ich kann mich nicht länger von ihm fernhalten. Langsam legt er seine Stirn an meine. Ich habe mich noch nie so geborgen gefühlt, wie in diesem Moment. Eine seiner Hände legt er auf meine Wange.

„Ich hasse diese Gefühle, die ich für dich habe…" Er schließt seine Augen.

„Ich auch." flüstere ich zurück

Unsere Blicke kreuzen sich wieder. Seine Augen sehen mich so liebevoll an, voller Verlangen. Ich kann seinen Atem spüren.

„Egal, wie sehr ich mir das auch gewünscht habe, dass diese Welt für uns beide stehen bleibt… wusste ich, dass sie sich immer weiterdrehen wird... Bitte verbann mich nicht aus deinem Leben…" Seine Stimme zittert, seine Haare kleben an seiner Stirn. Der Regen macht die ganze Situation dramatischer, ich fühle mich wie in einem Film. „Rhys…" hauche ich ihm entgegen.

Ohne, dass ich irgendetwas tue, pressen sich unsere Lippen aufeinander. Es fühlt sich an, wie ein Feuerwerk, was endlich gezündet wurde. Dieser Kuss ist intensiver als alles, was ich bisher gespürt habe. Als hätte jemand einen Benzinkanister in mir ausgekippt und angezündet. Unsere Zungen kämpfen miteinander. Es sind so viele Gefühle mit im Spiel: Liebe und Hass, so viel von beidem. Ich bin mir unsicher, wie lange ich die Kontrolle verloren habe. Irgendwann kann ich wieder klare Gedanken fassen. Als ich merke, was wir hier gerade tun, drücke ich ihn sanft von mir. Ich wünschte, dieser Moment hätte niemals geendet. Doch das mit uns kann nicht funktionieren! Diese ganzen Lügen… Ich weiß nicht, ob ich ihm je wieder vertrauen kann. Ich kann ja nicht einmal mir selbst vertrauen.

„Rhys, das ist falsch… Ich kann nicht… Wir können das nicht tun." Meine Tränen kullern weiter meine Wangen hinunter. Ich habe das Gefühl, dass meine Schuldgefühle mich zerfressen. Ich kann nicht mehr Lügen, es geht nicht mehr. „Wir finden eine Lösung." Ich schüttele meinen Kopf. „Du hast mich fast umgebracht!" Die liebevollen Augen von eben sind verschwunden. Ich sehe wieder nur Schmerz und Wut in seinen Augen. „Avery, Owen hat diesen Unfall verursacht. Ich würde dir niemals wehtun, das weißt du! Ich habe an diesem Abend getrunken und bin nicht ins Auto gestiegen."

„Vorhin hast du mir wehgetan, indem du mich in Owen`s Zimmer geschickt hast. Du hast mich ins offene Messer laufen lassen."

Er schaut mich verletzt an. Ich kann ihn nicht ansehen, weiß nicht, ob ich ihm glauben kann. Ich wende mich von ihm ab. „Avery, wenn du jetzt gehst…" fängt er mit zitternder Stimme an. „Dann war es das, richtig?" Ich bin nicht in der Lage, mich mit dieser Frage zu befassen. In meinem Kopf herrscht Chaos. Diese ganzen Bruchstücke von diesem Abend setzen sich nicht zusammen. Ich muss mich daran erinnern, egal wie! Der Unfall, Owen und was jetzt nun die Wahrheit ist, denn ich weiß es einfach nicht.

Kapitel 40

Rhys

Verdammt, wir haben uns geküsst. Wie konnte das nur passieren? Ich will ihre Hand greifen, sie muss sich beruhigen, doch stattdessen läuft sie einfach los. Sie läuft vor ihren Problemen davon, läuft vor mir davon. „Avery!" brülle ich hinterher. Ich laufe ihr nach, sehe, wie sie zu den Autos läuft. Sie tut doch jetzt nicht das, was ich denke, oder?

Avery

Ich reiße mich von ihm los. „Avery!" höre ich ihn rufen. Ich renne zu den Autos und krame in meiner Tasche nach Jayden's Autoschlüssel. Ich steige in dieses verdammte Auto und bekomme direkt Herzrasen. Rhys steht vor dem Auto. Ich weine, weine bitterlich. Er stützt sich auf der Motorhaube ab.

„Avery, bitte lass uns darüber reden! Du musst das nicht machen! Ich kann dich fahren." Ich schüttele den Kopf. Seit meinem Unfall habe ich keine Kontrolle mehr über mich oder über mein

Leben. „Ich muss die Kontrolle wiedererlangen."
Schluchze ich laut.

Ich starte den Motor und fahre langsam an. Er
weicht vom Auto zurück. „Avy!" Ich fahre einfach
los, ohne nachzudenken. Mir wird schwarz vor
Augen. Ich blicke mit meinen geröteten,
verweinten Augen in den Rückspiegel. Ich sehe
ihn dort stehen. „Es tut mir leid, Rhys. Es war nie
deine Schuld, sondern immer nur meine…"
schluchze ich in mich rein. Immer wieder sehe
ich diese Nacht vor mir, nur ist alles verwaschen
und ein einziges Scherbenmeer. „Erinnere dich,
verdammt!" schreie ich. Ich komme mit dem
Reifen an einem Bordstein. Fast verliere ich die
Kontrolle über das Fahrzeug. Ich werde von
jemandem hinter mir an gehupt. Meine Hände
zittern am Lenkrad. Ich glaube noch nicht ganz,
dass ich das gerade wirklich tue. Laut fange ich
an zu lachen. Ich fahre allein mit dem Auto.
Jayden bringt mich um, wenn er den Kratzer in
der Felge sieht.

Ich fahre quer in die Einfahrt unseres Hauses. Es
ist kein Auto da. Ich schließe die Tür auf. Meine
Mutter ist nicht da. Vielleicht ist sie mit meinem
Vater unterwegs und tut auf glückliche Familie.
Wer hätte gedacht, dass dieser Tag so
beschissen endet. Mein Handy vibriert. Rhy´s
Namen sehe ich auf dem Display. Sofort drücke
ich ihn weg. Ich muss wissen, was passiert ist.
Ich muss mich erinnern und wenn es das Letzte

ist, was ich tue. Ich kann niemanden mehr trauen. Ich weiß nicht einmal, ob ich mir selbst noch trauen kann, nachdem ich von allen Leuten in meinem Leben so belogen wurde.

Wie kann ich mich erinnern? Ich muss etwas machen, was meine Erinnerungen zurückbringt. Ich muss mich selbst triggern. Etwas machen, was so traumatisierend ist, wie der Grund, warum ich mein Gedächtnis verloren habe.

Ich bekomme starke Kopfschmerzen. Ich blicke hinaus in den Garten auf unseren Pool. Es ist kalt. Draußen sind keine 15 Grad, aber ein Versuch ist es wert. Diese Nahtoderfahrung könnte dafür sorgen, dass ich mein Trauma überwinde und meine Erinnerungen wiederkehren. Ich öffne die Terrassentür und ziehe meine Schuhe aus. Ich schmeiße sie zur Seite. Mit meinen nackten Füßen berühre ich den kalten, nassen Boden. Es regnet immer noch. Starke Gänsehaut breitet sich über meinen Körper aus. Ich muss es probieren, doch ich bekomme Angst, fast schon Panik. Meine Hände fangen an stark zu zittern, als ich am Rand des Pools stehe. Ich sehe mich noch ein letztes Mal um, schließe meine Augen und springe in das kalte Wasser.

Rhys

Schon wieder weggedrückt. Wofür hat sie ihr verdammtes Handy? Ich balle meine Hände zu

Fäusten, merke, wie ich nach und nach mehr die Kontrolle verliere. Ich hasse mich… Ich hasse mich so sehr, dass ich ihr das angetan habe. Uns das angetan habe! Wegen meinen ganzen Lügen, in denen ich mich verloren habe… Ich hätte wissen müssen, wie das hier endet und habe mich trotzdem auf unsere starke Anziehung eingelassen. Ich habe nicht nur ihr Herz gebrochen, nein… Ich habe auch meins zerbrochen. Ich suche Schutz vor dem starken Regen. So richtig typisch! Da wirkt so ein Streit gleich viel dramatischer.

„Rhys, hast du Ave gesehen?" Er sieht sich die parkenden Autos genauer an. Seinem Blick nach zu urteilen, hat er gerade bemerkt, dass sein Auto weg ist. Oh Scheiße.

„Wo ist mein Auto?!" knurrt er laut. Ich schaue auf den Boden. Jetzt ist der perfekte Moment mit der Sprache rauszurücken.

„Avery ist damit weggefahren." sage ich ganz leise. Ein Teil von mir hofft, dass er es nicht gehört hat. Er packt mich an der Schulter und drückt mich an die Wand. „Was hast du da gerade gesagt?"

Ich stöhne kurz auf. Ich komme nicht drum herum. „Ich habe mich mit ihr gestritten, sehr heftig…" Ich schweige kurz und beobachte seine Reaktion. „Das ist doch nichts neues, ihr streitet ständig." sagt er lachend.

„Wir haben uns geküsst." Habe ich das laut gesagt? Einen Augenblick später fliegt seine Faust in mein Gesicht. „Fuck, der hat gesessen." Ich fasse mir an die Nase, sie blutet etwas.

„Du Arschloch, du hast mir versprochen, dass ihr nichts miteinander habt! Sie hat es mir versprochen!" Er schubst mich, ich kann seinen weiteren Schlägen ausweichen. „Wehre dich, Weaver!"

„Jayden, es tut mir leid. Ich… Ich habe versucht, meine Gefühle abzuschalten, aber es ging einfach nicht." Er lacht, warum lacht er?

„Seit wann hast du Gefühle für ein Mädchen? Die sind doch für dich nur eine Trophäe, aber meine Schwester ist keine!"

„Avery ist keine Trophäe! Sie ist anders. Ich liebe sie verdammt! Statt zu streiten sollten wir lieber nach ihr suchen. Du kannst mir später die Fresse polieren!"

Ich lasse ihn stehen und gehe zu meinem Auto. Ich werde sie suchen, mit oder ohne ihn. „Steigst du ein oder was?" frage ich ihn zynisch. Er sieht wütend aus. Ich glaube, das Angebot wird er nicht ausschlagen.

Avery

Es ist kalt. Das Wasser fühlt sich auf meiner Haut an wie unendlich viele Messerstiche. Das Atmen fällt mir schwer, aber ich muss das durchziehen! Erinnere dich, verdammt! Ich tauche unter, es ist ruhig. Ich höre nur meinen schnellen Herzschlag.

Ich öffne die Tür von Owen`s Zimmer. Das, was ich sehe, lässt mir die Tränen in die Augen steigen.

„Avery!" kreischt Chey auf. Owen erhebt sich von ihr und sieht mich lachend an. „Hey Baby, willst du mitmachen?"

„Willst du mich verarschen, Owen? Du hast mich vorhin fast vergewaltigt! Ich werde dafür sorgen, dass es jeder erfährt!"

„Du wirst niemanden davon etwas sagen, sonst wirst du es bereuen! Und das alles nur, weil mein Nichtsnutz von Stiefbruder seinen Job nicht richtig machen kann." Ich schaue ihn fragend an. Was meint er? „Was hat Rhys damit zu tun?"

„Er sollte dich ablenken, sollte dir das Leben zur Hölle machen. Aber scheinbar hat er genau das Gegenteil gemacht. Wenn wir jetzt schon ehrlich sind: Hat er dich wenigstens gefickt? Oder warst du bei ihm auch immer so verklemmt?"

Ich verstehe das alles nicht mehr. Was hat er gerade gesagt? „Ich…"

Die Momente ziehen in Lichtgeschwindigkeit an mir vorbei. Ich stolper aus dem Zimmer hinaus und suche ihn. Ich brauche die Wahrheit.

Ich schnappe nach Luft, huste das Wasser aus meiner Lunge. Ich habe ihn damals schon erwischt. Deswegen hat es sich so angefühlt, als hätte ich das alles schon erlebt. Meine Gefühle übermannen mich. Ich verstehe jetzt dieses mulmige Bauchgefühl, was mir Owen immer bereitet hat. Ich habe ihn nie richtig gekannt. Er hat mich nur benutzt. Wie konnte ich nur so blind sein? Ich hätte es viel früher beenden müssen, so wie Rhys es mir… Schon wieder ist er in meinem Kopf. Ich weiß nicht, ob ich ihm seine Lügen jemals verzeihen kann. Ich merke, wie meine Kraft mich langsam verlässt, aber ich kann noch nicht aufhören. Ich muss alles wissen! Ich tauche erneut in das eiskalte Wasser ab. Ich merke starkes Zittern, was durch meinen Körper fährt, doch ich halte es aus.

Ich stürme die Treppe hinunter. Wo ist er? Ich schubse jemanden zur Seite. Es sind einfach zu viele Leute hier. „Rhys!" schreie ich, aber ich sehe ihn nirgendwo. Mein Herz ist kurz vor dem Stillstand, Lügen sind so grausam! Sie sorgen meistens nur dafür, dass man sich gut fühlt, wohingegen die Wahrheit dir den Boden unter den Beinen wegzieht und weh tut. Sie tut verdammt weh! Bitte… Bitte lass Owen lügen!

Kapitel 41

Avery

Erneut tauche ich auf. Das Atmen fällt mir noch schwerer als zuvor. Ich verliere fast das Bewusstsein. Das Wasser zieht mich wieder in die dunklen Tiefen.

Rhys steht in der Küche und nippt an seinem Becher. Ich stürme auf ihn zu. Meine Hand will direkt in sein Gesicht fliegen. Er hält sie jedoch blitzschnell auf.

„Was ist dir denn über die Leber gelaufen?" fragt er lachend.

„Du wusstest die ganze Zeit, dass er was mit ihr hat und sagst es mir nicht?? Ich dachte, wir sind Freunde, aber wir...Du hast mich die ganze Zeit verarscht, um ihn zu decken!!"

Ich will weg von hier, aber er hält mich am Arm fest.

„Es ist nicht so, wie du denkst, Ave!"

„Lass mich in Ruhe, Rhys! Ich habe dir vertraut! Ich dachte, du magst mich, doch ich habe mich

wohl getäuscht. Du hast die ganze Zeit mit mir gespielt."

„Du spielst die ganze Zeit mit mir, Avery. Ja, du bist mit Owen zusammen, und trotzdem hast du dich mit mir getroffen. Du hast sehr viel Zeit mit mir verbracht. Ich bin es leid!"

„Ich spiele mit dir?! Du glaubst auch, dass dich jede Frau liebt, nur, weil du gut aussiehst? Spoiler Rhys, es ist nicht so! Für mich waren wir beide immer nur Freunde!"

Das ist so glatt gelogen, dass ich fast würgen muss. Aber ich kann ihm nicht die Wahrheit sagen. Er ist Jayden`s bester Freund. Ich habe ihm versprochen, niemals was mit Rhys anzufangen. Alles kommt auf einmal: Der Streit zwischen meinen Eltern, die Sache mit Owen… Mir laufen Tränen über die Wangen. Hoffentlich verschmiert mein Mascara nicht.

„Oh, lässt die Prinzessin ihre Probleme jetzt an mir aus? Ist es wegen deinem Dad?? Ich kann nichts dafür, dass du Vaterkomplexe hast. Andere hatten auch einen scheiß Vater. Avery, komm klar damit!"

„Fick dich, Rhys. Ich kann nichts dafür, dass du alles und jeden ficken musst, weil dich keiner liebt oder lieben kann. Du lässt niemanden an dich heran!!"

„Dich habe ich nicht gefickt!! Und dich habe ich an mich rangelassen. Was glaubst du, warum wir uns gerade streiten?!"

„Ja, warum eigentlich nicht?! Warum hast du mich nicht einfach gefickt und wieder abgeschossen?! Das wäre einfacher für uns beide gewesen..."

„Du nervst mich, Avery!"

„Wie bitte?!"

„Du trinkst deinen Milchshake immer so provokant, dass ich Angst haben muss, er landet in meinem Gesicht. Du siehst mich immer so an, als wäre ich ein guter Mensch, doch das bin ich nicht! Und ich habe das Gefühl, dass ich mich in dich verliebe, wenn ich es nicht schon längst getan habe. Laufend finde ich deine langen Haare bei mir im Auto…"

Ich unterbreche ihn direkt.

„Was hast du gerade gesagt??"

„Meinst du das mit deinen Haaren?" fragt er immer noch aufgebracht.

"Nein Rhys, das andere!"

„Weißt du was Avery, scheiß drauf!"

In dem Moment kommt er zu mir und presst seine Lippen auf meine. Er drängt unsere Körper in den Vorratsraum und schließt die Tür. Ich knöpfe sein Hemd auf und fasse mit meinen zittrigen Händen über seine harten Muskeln. Er greift mir in die Haare, um mich sanft zurückzuziehen. Rhys legt seine Stirn an meine.

„Ich habe immer versucht, mein Herz auszuschalten, wenn ich dich sehe... Aber Ave, du hast mein Herz. Seitdem du mir diesen verdammten Milchshake über den Kopf gekippt hast und wir uns danach unterhalten haben... Da warst immer du!!" Er wischt mir sanft die Tränen aus dem Gesicht.

„Ohne dich macht einfach nichts Sinn. Eishockey, Uni, wir..."

Ich sauge wieder seine Unterlippe ein. So viel Lust und Verlangen, was sich in mir angestaut hat, kommt jetzt alles aus mir heraus. Mein Körper zittert vor Verlangen…

Ich schaffe es gerade so an die Oberfläche und halte mich am Beckenrand fest. Ich habe keine Kraft mehr. Ich muss raus, ich kann nicht… Mir wird schwarz vor Augen. Ich spüre die Kälte, die meine Haut umhüllt.

„Ich liebe dich, Avery."

„Ich liebe dich auch, Rhys. Aber wir können nicht…"

„Du musst uns eine Chance geben, Avy. Wir fangen nochmal von vorne an."

*Er will mich wieder küssen, doch egal, wie sehr
ich es auch mag, ich muss das alles erst einmal
verdauen.*

*„Ich brauche Zeit, Rhys. Ich…" Ich schubse ihn
weg und stürme aus der Kammer. Mir kommt
Galle hoch. Wenige Meter neben meinem Auto
übergebe ich mich. Ich setzte mich dann in mein
Auto. Ist das gerade wirklich passiert? Haben wir
uns wirklich geküsst? Ich fasse mir an den Mund.
Noch immer spüre ich seine Lippen auf meinen.
Ich starte den Motor und fahre los. Meine Sicht
ist verschwommen von meinen Tränen. Wie kann
etwas sich so gut anfühlen und doch so falsch
sein? Ich greife mein Handy, um Rhys Nummer
zu wählen. In diesem Moment verliere ich den
Halt vom Boden. Ich spüre einen harten Aufprall.
Plötzlich sehe ich alles auf dem Kopf und verliere
das Bewusstsein.*

*Augenblicke später komme ich wieder zu mir. Ich
sehe mich um. Alles ist verraucht und kaputt.
Überall liegen Scherben von meinen
Autoscheiben. Panik macht sich in mir breit.
„Hilfe." Meine Stimme ist ganz rau. Ich verstehe
mich selbst kaum.*

*Ich höre leise Stimmen von weiter weg. Sie
hören sich so leise an.*

*„Owen, bist du verrückt?? Wir müssen ihr
helfen!!" Ist das Chey? Ich kann durch den*

Rauch nichts erkennen. „Hilfe…" Warum helfen sie mir denn nicht?!

„Die Schlampe soll brennen! Wenn du nicht die nächste sein willst Cheyenne, hältst du besser den Mund!" Die Stimmen werden immer leiser. Ich fühle mich wie in einem schlechten Actionfilm. Nur, dass sich das hier verdammt echt anfühlt. Mir wird schwarz vor Augen. Ich öffne meine Augen wieder, wie lange war ich weggetreten? Ich greife meinen Handy und drücke auf die Wahlwiederholung. Wen habe ich zuletzt angerufen?

Avery, wo bist du?" fragt Rhys ganz aufgeregt. Ich will ihm antworten, schmecke aber nur Metall in meinem Mund. Es läuft etwas aus meinem Mund. Fuck, es sieht schlecht aus.

„Ave, wir vergessen das alles heute, okay? Lass uns bitte darüber reden!"

Ich will seine Lippen wieder auf meinen spüren, will bei ihm sein. Ich habe solche Angst. „Rhys…" schluchze ich.

„Avery, ist alles okay?" Ich bekomme kaum Luft.

„Rhys, ich will nicht sterben… Rhys, ich…" Mein Handy rutscht mir aus der Hand. Ich komme nicht mehr ran, egal wie sehr ich mich anstrenge. Ich muss husten. Meine Hand ist komplett voll mit Blut. Ich sehe, wie ein Stück der Autoscheibe in meiner Bauchgegend steckt. Mir wird schwarz

vor Augen. Ich verliere mein Bewusstsein. Ich werde in die Abgründe der Dunkelheit gezogen und habe das Gefühl, dort nie wieder rauszukommen.

Rhys

Jedes Mal, wenn ich in den Rückspiegel schaue, sehe ich die Person, die ich nie sein wollte. Ich hasse mich! Ich hasse mich so sehr, dass ich ihr das angetan habe… Uns das angetan habe. Wegen meinen ganzen Lügen, in denen ich mich verloren habe…Ich habe nicht nur ihr Herz gebrochen, sondern auch meines. Ich sehe zu Jayden. Er ist der festen Überzeugung, dass sie nach Hause gefahren ist. „Jayden, wir sollten darüber reden." frage ich ihn direkt. Er ist immerhin mein bester Freund. „Alter bitte, lass es sein… Ich brauche Zeit, okay?" Ich verstehe ihn. „Ich gebe sie dir."

„Ich will erst mit ihr reden." knurrt er mich an. Ich starre auf die Straße. Hoffentlich beruhigt er sich wieder.

Ich fahre in die Einfahrt und stelle den Motor ab. „Was wird das, wenn es fertig ist?" fragt er mich zynisch.

„Ich komme mit!"

„Kannst du vergessen." Er steigt schnell aus und geht ins Haus. Ich will hinterher gehen, warte jedoch noch einige Sekunden. Ich öffne gerade meine Autotür, da höre ich Jayden laut ihren Namen rufen. Ich renne aus dem Auto nach hinten in den Garten. Mein Herz rast genauso wie an diesem Abend. Sie treibt an der Wasseroberfläche!

Ich springe kopfüber mit all meinen Sachen ins Wasser. Ich umschlinge ihren eiskalten, leblosen Körper. Meine Erinnerungen an diese Nacht sind intensiver denn jeh. Jayden nimmt sie mir aus dem Wasser ab. Er legt sie auf den Rasen, ich springe aus dem Wasser und stürme direkt zu den beiden. Ich lege meinen Kopf an ihren Mund. „Sie atmet nicht!" Ich fange an, sie wiederzubeleben. Mich wundert es, dass er das zulässt. Ich meine, ich berühre die Lippen seiner Schwester. „Komm schon, Avy…" Ich beatme sie. Ihre Lippen schmecken immer noch süß nach ihren Pflegestift… Nach wenigen Sekunden spuckt sie Wasser aus und fängt an zu krampfen. „Verdammt, Avy!!" Jayden seine Stimme klingt ängstlich. Er schubst mich von ihr weg und nimmt sie in den Arm. „Es ist alles gut, ich bin da…" Sie wird etwas ruhiger… „J-Jayden?" Sie klingt verwirrt. „Ist Rhys hier?" Sie fängt an zu würgen. „Alles gut, ich bin da." Er dreht sich zu mir um. „Du solltest gehen." Sein Ton ist kühl. „Jayden, das kannst du mir nicht antun. Sie..."

„Verpiss dich jetzt, Weaver!!"Ich will nicht gehen, aber wenn ich es nicht tue weiß ich nicht wie dieser Abend hier enden wird. Ich kehre den

beiden den Rücken zu und versuche meine
Gedanken zu beruhigen.

Avery

Ich würge, mein gesamter Körper krampft. Ich
kann gerade so atmen. Mir ist so kalt. Ich schaue
Jayden direkt ins Gesicht und schmiege mich an
seinen Körper. Aber ich hatte das Gefühl, das
hier noch jemand war. War Jayden alleine? Wie
kam er her? Ich hatte doch sein Auto. Es kann
nur Rhys gewesen sein.

„Jayden… I-Ich weiß es wieder."

„Was weißt du?"

„Alles." Er umarmt mich fest. „Geht es dir gut?
Sollen wir ins Krankenhaus fahren? Was ist in
dich gefahren, wolltest du dich umbringen? Und
warum fährst du alleine mit dem Auto!?"

„Ich… Ich weiß es nicht. Ich will ins Bett…" Er
hilft mir auf. „Kannst du gehen?" Ich nicke,
schaue mich dann jedoch um. Ich habe gehofft,
ihn zu sehen. Er hat eine Entschuldigung von
mir verdient, für alles. Alles, was ich ihm angetan
habe.

Kapitel 42

Rhys

Ich gehe zu meinem Wagen. Ich rette ihr das verdammte Leben und das ist der Dank? So ein Arschloch! Wenn er wüsste, dass sie ohne mich nicht hier wäre... Diese Nacht... Ich balle meine Hände zu Fäusten... Dieses Ereignis bringt meine verdrängten Erinnerungen an diese Nacht zurück. Ich schlage gegen meine Autoscheibe, sie zerspringt in 100 einzelne Teile. Warum musste es ihr passieren? Verdammt, warum ist sie mir nicht einfach scheiß egal?!

Ich bin nach ihrem Anruf direkt losgelaufen. Ich renne die Route zu ihr nach Hause ab. Einige Meter von der Straße abwärts liegt ein Auto. Verdammt, es ist ihres. Wir sind noch gut zwei Querstraßen von ihrem Haus entfernt. Ich sehe ein Auto an mir vorbeifahren.

Das einzige, was mir sofort auffällt, ist Owen`s schadenfreudiges Gesicht. Er fährt davon und lässt mich zurück. Hat er den Krankenwagen gerufen? Was hat er getan? Ich versuche ihn aufzuhalten, ohne Erfolg.

*„Avery?!" Ich bekomme keine Reaktion. Ich trete näher an das qualmende Auto. Ich sehe sie dort drin. Mein Herz setzt aus. „Avy! Hey, es ist alles gut. Ich hole dich da raus!" Meine Stimme zittert. Ich trete die restlichen Splitterreste weg, damit ich sie aus dem Auto hinausziehen kann, ich bemerke das einer der Splitter in ihr steckt und ich besonders vorsichtig sein muss. Sie ist ganz kalt. Ihre Lippen werden von einem sanften Blauton verziert. „Avery, hörst du mich?" Ich rüttel ihren bewegungslosen Körper, bis ich merke, dass sie nicht atmet. Ich sehe Blut, sehr viel Blut. Ich bin kein Monster… Ich bin kein Monster, richtig? Ich betrachte meine blutverschmierten Hände. Es ist nicht mein Blut, sondern ihres! Ich wähle den Notruf, nehme jedoch nicht richtig wahr, was die Dame von mir will. Ich versuche mit meiner Jacke ihre Blutungen zu stillen und sie wiederzubeleben."
„Mr. Weaver, versuchen sie Ruhe zu bewahren. Hilfe ist unterwegs." Ich schluchze. Noch nie in meinem Leben habe ich solchen Schmerz verspürt.*

Ich beatme sie jetzt zum 6. Mal und habe immer noch keinen Herzschlag. „Fuck Avery, bitte!" Die 15 Minuten, die der Rettungswagen mir versichert hat, dauern eine Ewigkeit. Ich lege meine Stirn an ihre. Ihr Gesicht ist blutverschmiert. Selbst so sieht sie wunderschön aus. Ich drücke wieder fest auf ihr Brustbein.

Plötzlich merke ich eine kleine Reaktion von ihr. „Ave?" Ihre roten, verweinten Augen öffnen sich leicht. Ich kann mir nicht ausmalen, was für eine Angst sie gehabt haben muss.

Ich sehe blaues Licht auf uns zukommen. Mir fällt ein Stein vom Herzen. Rettungskräfte versuchen mich von ihr wegzuziehen. Wieder regt sie sich. „Avery?!" Sie halten mich zurück. „Mr. Weaver, wir müssen schnell ins Krankenhaus." Ich kann nicht alleine fahren. „Bitte nehmen sie mich mit!" Widerwillig stimmt der Sanitäter zu weil er merkt wie durcheinander ich bin.

Die Minuten im Rettungswagen vergehen wie Stunden. Ich halte ihre Hand, spüre einen leichten Puls. Gott sei Dank! „Es tut mir so leid, Avy." flüstere ich ihr zu. Ich sehe in ihre Augen. Sie will mir antworten, kann es aber nicht. Sie muss auch nichts sagen. Ich bin nur froh, dass sie atmet.

Am Krankenhaus angekommen geht alles so schnell sie wird rausgebracht und direkt weiter geschoben auf einer Trage.

„Sind Sie ein Verwandter der Verletzten?" fragt die Dame im Krankenhaus. „Ich bin ihr Freund! Ich habe ihr das Leben gerettet." lüge ich mit zynischer Stimme. „Wir können nur Verwandten Auskunft über ihren Zustand geben. Es tut mir leid." Ich fange an zu lachen und schlage mit flacher Hand auf den Tresen. „Das meinen sie *jetzt nicht ernst, oder? Sie wollen mich verarschen?" keife ich sie an.*

„Wenn sie sich nicht beruhigen, dann lass ich sie rauswerfen."

Ich versuche mich an ihr vorbeizudrängeln. „Avery! Ave!" Zwei Wachmänner packen mich an den Armen. Ich schlage einem voll ins Gesicht, der andere bringt mich zu Boden. Als der andere wieder zu Bewusstsein kam, werfen sie mich aus dem Krankenhaus. „Fickt euch doch!"

Ich versuche, meine Wut zu bündeln, versuche ruhig zu bleiben. Ich setze mich auf den kalten Asphalt. Ich fühle mich gerade so, als würde ich sterben.

Ich war der erste am Unfallort, habe den Krankenwagen gerufen. Ich musste sie mehrere Minuten lang reanimieren, weil sie nicht mehr geatmet hat... Ich hatte ihr Blut an meinen Händen. An diesem Tag ist etwas in mir gestorben... Mir wurde klar, dass ich ohne sie nicht mehr leben will. Verdammt, ich liebe sie so sehr... Im Krankenhaus wollten sie mich nicht zu ihr lassen. Ich wurde dort rausgeworfen und habe Hausverbot bekommen, weil ich mich mit dem Securitytypen angelegt habe... Weil sie mich nicht zu ihr lassen wollten! Also habe ich mich jede Nacht zu ihr reingeschlichen und gebetet, dass es ihr bald besser geht. Ich habe ihr Blumen dagelassen.

Ich habe probiert es zu vergessen, wollte es so sehr verdrängen. Ich wollte sie so sehr hassen, aber wie kann man jemanden wie sie hassen? Dass sie überlebt hat, war das größte Glück in meinem Leben. Ich starre auf meine blutverschmierte Hand. Ich habe es probiert, ich will sie! Aber wenn sie mich nicht will, muss ich es akzeptieren.

Ich hätte sie niemals besuchen sollen. Ich würde ja sagen, dass ich es bereue, aber dem ist nicht so. Ich bereue keine einzige Sekunde, die ich mit ihr verbracht habe. Auch, wenn sie sich nicht richtig an uns erinnern konnte. Es ist vorbei und so sollte es sein, Es ist besser für uns beide. Ich werde den Kontakt zu ihr komplett abbrechen. Es gibt nur zwei Möglichkeiten und sie hat sich für die zweite entschieden

Zuhause angekommen stürme ich sofort hoch in mein Zimmer. Ich schließe die Tür hinter mir. Niemals hätte ich mich in die Schwester meines besten Freundes verlieben sollen. Eigentor geschossen, Weaver. Ich lasse mich auf mein Bett fallen. Meine Gedanken kreisen um die Ereignisse des letzten Jahres. Ich bin absolut verkorkst.

Die Party wurde von der Polizei aufgelöst, während wir Avy gesucht haben. Owen war nicht in seinem Zimmer. Ich gehe von aus, dass er in der Ausnüchterungszelle sitzt. Sie sollten ihn gleich rüber in die Dauerzelle bringen.

Mein Telefon klingelt, es ist Avery! Im ersten Moment wollte ich rangehen, aber ich drücke sie weg. Ich gehe auf ihren Kontakt. Mein Finger zittert über den Blockierbutton. Ich wünsche mir, dieser Knopf könnte alles einfacher machen, alle meine Erinnerungen mit ihr löschen. Alles, bis auf die schlechten. Ich will sie einfach wieder hassen! Mir läuft eine Träne über mein Gesicht. Ich wusste nicht, dass ich solche Gefühle jemals für jemanden haben kann, bis ich ihr begegnet bin. Ich wische sie schnell weg.

Ich schaue erneut auf mein Handy, doch statt den Blockierbutton, drücke ich den Löschbutton. Er löscht leider nur ihren Kontakt, aber das, was sie in meinem Herzen hinterlassen hat, kann ich niemals löschen. Sie hat mich zu einem besseren Menschen gemacht.

Avery

Er drückt mich weg… Erst küssen wir uns und dann drückt er mich weg?! Ich spüre jeden Schlag, der von meinem Herz ausgeht, doppelt so intensiv. Das könnte aber auch daran liegen, weil ich gerade fast ertrunken bin. Noch immer zittere ich, nach wenigen Minuten beschließe ich unter die Dusche zu gehen.

Ich lasse das heiße Wasser über meinen ausgekühlten Körper laufen. Ich schluchze und fange an zu weinen. Das ist das Einzige, was ich jetzt machen kann.

Ich erinnere mich nicht an alles, aber der Tag des Unfalls, ist glasklar. Alles, was passiert ist, wäre früher oder später sowieso passiert. Die Spannungen zwischen Rhys und mir konnte man spüren. Wir waren zwei Magnete, die sich immer angezogen haben, egal, wie viele andere Magneten um uns herum waren.

Ich hatte auch die ganze Zeit ein mieses Gefühl bei Owen. Hätte ich auf mein Bauchgefühl gehört… Ich versuche, Rhys Lügen zu entschuldigen. Er hat mich angelogen, die ganze Zeit. Ich weiß nicht einmal, ob das alles echt war oder ob es nur Ablenkung sein sollte. Aber der Kuss, unsere Streitereien… Es war immer mehr als nur Hass, für mich zu mindestens.

Ich wickel mich in ein weiches Handtuch ein und gehe in mein Zimmer. Wieder lächelt mich unser Foto an. Mein Blick schweift durch mein Zimmer. Es ist genauso wie vor zwei Jahren und doch fühlt es sich falsch an. Ich schaue meinen zerbrochenen Spiegel an. Ich weiß wieder, wer ich bin, nur leider befriedigt mich das nicht.

Jetzt habe ich die Gedanken: Wäre es nicht besser gewesen, sich nicht zu erinnern? Ich wünschte, ich wüsste nicht, wie es mit Rhys und mir endet. Ich wollte nie, dass es endet. Dabei hat es nie richtig angefangen, oder doch?

Ich habe für ihn immer so viel mehr gefühlt, als ich es je für Owen getan habe. Wenn ich richtig drüber nachdenke, wollte ich mit ihm Rhys immer nur vergessen. Aber ich kann ihn verdammt nochmal nicht vergessen! Unsere Liebe, die wir immer hinter unserem Hass versteckt haben.

Er wusste, wie das alles endet, und hat sich trotzdem immer wieder auf uns eingelassen. Wie dumm muss man sein?

„Ave?" Jayden unterbricht meine Gedanken. Ich habe mir mittlerweile etwas angezogen. Mit meinen verweinten, roten Augen sehe ich ihn an. Die Tränen weg zu wischen, bringt mir jetzt nichts mehr.

„Ist alles okay? Geht es dir gut?" Ich versuche, die Fassung zu bewahren, aber ich kann es nicht. Ich habe die letzten Monate damit verbracht, herauszufinden, wer ich bin. Heute ist alles auf einmal über mich zusammengebrochen. „Nein, mir geht es überhaupt nicht gut…" Wieder breche ich in Tränen aus. Er kommt sofort zu mir und nimmt mich in den Arm. „Ich will, dass es aufhört, Jayden. Warum tut es so weh?" Alles spielt sich immer und immer wieder vor meinen Augen ab, wenn ich sie schließe. Der Übergriff von Owen, der Streit mit Rhys, der Kuss… Der verdammte Kuss!

„Avy, bitte rede mit mir! Ich will dir helfen."

„Ich weiß, Jay. Aber du kannst mir nicht helfen. Ich muss das alleine schaffen."

„Du musst überhaupt nichts allein schaffen. Du hast mich!"

Ich lege mein Gesicht an seine Schulter. Er streichelt meinen Kopf. Jay atmet schwer aus und zwingt mich mit seinen Fingern ihm ins Gesicht zu schauen.

„Es ist wegen ihm, oder?" Ich schaue ihn erschrocken an. Ich schüttle sanft den Kopf. „Bitte Avy, lüge mich nicht an! Er hat mir gesagt, dass ihr euch geküsst habt."

Er hat es ihm gesagt? „An Tag meines Unfalls ist es schon einmal passiert." Erstaunt sieht er mich an. Ich kann nicht zuordnen, ob er sauer ist oder nicht.

„Hasst du mich jetzt, Jayden? Es war nicht nur seine Schuld! Sei nicht böse auf ihn…" Er nimmt mich wieder in den Arm.

„Ich könnte dich niemals hassen." Stille macht sich wieder breit.

„Du liebst ihn wirklich, oder?" Diese Frage wurde mir noch nie gestellt. Die einzig ehrliche Antwort darauf ist jedoch: „Ja…" schluchze ich.

„Dann solltet ihr beide das schnell klären. Ich hoffe, dir ist klar, wenn er dein Herz bricht, breche ich ihm alle Knochen."

„Das geht nicht, Jay. Er ist dein bester Freund…" Er lacht auf, unterbricht mich aber dann. „Avery, ich weiß, wer er ist. Der Gedanke mit euch beiden gefällt mir nicht. Ich werde Zeit brauchen, bis ich es richtig akzeptieren kann. Aber ich will, dass du glücklich bist. Dann bin ich auch glücklich."

Ich falle ihm erneut in die Arme. „Du solltest schlafen, Avy."

„Kannst du die Nacht hierbleiben? Ich habe Angst vor den Albträumen." Er lächelt. Ich bin so froh, ihn zu haben. Wir haben unsere Geschwisterbeziehung total vernachlässigt. Dabei ist die Familie mit das Wichtigste, was man hat. Auch, wenn man sie sich nicht komplett aussuchen kann.

Er macht das Licht aus und kriecht zu mir unter die Decke, gibt mir noch einen Kuss auf die Stirn und sagt: „Schlaf gut, meine Lieblingsschwester." Ich lache los. „Ich bin deine einzige Schwester!"

„Da habe ich aber Glück." Nun lachen wir beide.

Kapitel 43

Rhys

Es ist fast eine Woche her, dass ich ihre Nummer gelöscht habe. Ich weiß nicht, ob es mir damit besser geht. Das Einzige, was ich weiß, ist, dass der Alkohol mir dabei hilft, weniger an sie zu denken. Leider hilft er mir nicht, sie zu vergessen oder sie weniger zu lieben. Egal, wo ich hingehe, überall sehe ich nur sie. Ich hätte auch fast mit einem anderen Mädchen geschlafen. Als ich sie jedoch beim falschen Namen genannt habe, ist sie aus meinem Zimmer gerannt. Vielleicht war es besser so.

Ich erinnere mich nicht mehr daran, wann ich das letzte Mal richtig nüchtern war.

Morgen haben wir das große Eishockeyfinale für diese Saison. Ich kann mich nicht richtig motivieren, dort hinzugehen, aber ich bin der Captain. Ich kann meine Jungs nicht hängen lassen.

Ich gehe die Treppen runter, direkt in die Küche, um mir einen Kaffee zu machen. „Ach sieh mal an, wer von den Toten auferstanden ist." Kann der Kerl nicht einmal den Mund halten?

„Du stinkst wie eine Kneipe. So wird es morgen leicht gegen euch zu gewinnen." Ich will auf Owen losgehen, doch meine Mutter hält mich zurück. „Freu dich auf das Spiel Bruderherz. Du wirst leiden!" spotte ich ihm entgegen. Wenn mein Blick töten könnte, wäre er sowas von im Jenseits. „Rhys, was ist denn los mit dir? Ich mache mir Sorgen." fragt meine Mum. Bevor ich ihr antworten kann, klingelt es an der Tür. Wer kann das sein? Ich stürme zur Tür. Innerlich habe ich nur einen Wunsch, wer es sein soll. Ich öffne die Tür und sehe Jayden. Nicht ganz, was ich mir gewünscht habe, aber er sieht ihr verdammt ähnlich.

„Du siehst richtig scheiße aus, Alter." Ich verdrehe meine Augen. „Bist du hergekommen, um mich zu beleidigen? Da hätte auch eine Nachricht gereicht, Carter." Ich will die Tür wieder schließen, doch er stellt seinen Fuß dazwischen. „Ich bin hier, um dich zu fragen, ob wir morgen mit dir rechnen können. Du warst gestern nicht beim Training."

„Ich habe abends allein trainiert." Ich hatte zwar jedes Mal mindestens eine Flasche Vodka intus, aber ich war nicht ganz untätig. „So, wie du riechst, hast du nur deine Leber trainiert."

„Warum bist du hier, Jayden?" Er druckst ein wenig rum, aber am Ende rückt er doch mit der Sprache raus. „Ich vermisse meinen besten Freund." sagt er so leise, dass ich es fast nicht verstehe. „Und sie vermisst dich auch." Er verdreht die Augen. „Auch, wenn mir das nicht gefällt." knurrt er.

„Das ist ja schön für sie. Ich vermisse sie nicht!" Das ist natürlich gelogen, aber ich bin immer noch verletzt, dass sie mir hätte zugetraut, dass ich den Unfall verursacht habe.

„Das kaufe ich dir nicht ab, Weaver. Du ertrinkst seit einer Woche in Selbstmitleid und betrinkst dich ohne Grund."

„Ich bin nicht gut für sie. Ich bin ein schlechter Mensch. Verdammt, du solltest sie vor mir beschützen und sie nicht noch motivieren, in ihr Verderben zu laufen. Du siehst doch, was passiert ist!" Ich schubse ihn weg. Er lässt sich davon aber nicht beeindrucken.

„Es gefällt mir auch nicht, du Arschloch!" zischt er mich an.

„Dann verpiss dich, Jayden, Sie ist mir scheißegal."

„Das ist sie nicht, sonst würdest du dich nicht so Verhalten. Ich erwarte dich morgen um 12 beim Spiel. Sonst komme ich persönlich und trete deinen Arsch aus dem Bett!"

Mit diesen Worten verabschiedet er sich. Mein Kopf brummt. Wenn ich morgen spielen will, sollte ich heute eine Pause vom Alkohol machen. Ich knalle die Haustür zu und gehe wieder hoch in mein Zimmer. Wenn ich länger hier in dem Haus bleiben muss, fange ich an zu kotzen. Ich suche meine Sportsachen zusammen, um sie mit ins Auto zu nehmen. Nach einem letzten Blick im Spiegel, schreite ich die Treppen wieder hinunter.

Ich nehme meinen Autoschlüssel vom Schlüsselbrett. Gerade will ich die Tür öffnen, da berührt mich eine Hand an der Schulter. Ich drehe mich herum und sehe meine Mum vor mir stehen. „Shawn-Rhys, können wir reden?" Ich verdrehe die Augen.

„Über was willst du reden?"

„Über dich und dein Verhalten der letzten Tage. Du bist immer erst mitten in der Nacht heimgekommen. Ich habe dich auch das ein oder andere Mal auf der Toilette gehört, wie du dich übergeben hast. Bist du betrunken Auto gefahren?"

„Vielleicht. Selbst wenn, ist das meine Sache."

„Achso, also soll ich es einfach akzeptieren, dass meinem Sohn sein Leben nichts mehr wert ist, nur, weil er irgendein Mädchen nicht haben kann?"

Die Art wie sie Mädchen sagt, macht mich wütend. Sie ist nicht nur irgendein Mädchen und das weiß sie. „Sie ist nicht irgendein Mädchen!" fauche ich sie an. „Stimmt, sie ist die jetzt die Ex-Freundin von deinem Stiefbruder." wirft mein Stiefvater aus dem Hintergrund ein. „Wisst ihr was? Ihr könnt mich mal" Ich gehe zu meinem Auto und steige ein. Ich höre meine Mutter meinen Namen rufen, aber das ist mir gerade so egal. Ich muss weg von hier, sonst passiert hier gleich ein Unglück.

Meine Hände sind weiß, weil ich mein Lenkrad während der Fahrt fest umschließe. Ich habe gerade wieder das Bedürfnis, mich zu laufen zu lassen. Ich versuche dem Drang zu widerstehen.

Ich parke an der Strandpromenade und steige aus Nicht einmal hier habe ich Ruhe vor ihr. Ich gehe zu dem Eisladen.

„Hey, ich hätte gerne ein Schoko-Vanille-Eis." Die Verkäuferin kennt mich und sieht mich verwundert an. Ich esse sonst immer Schoko-Minze-Eis. Ich probiere heute wohl mal etwas anderes aus. Das liegt bestimmt nicht daran, dass sie es damals gegessen hat.

Ich nehme das Eis entgegen und laufe zum Strand.

Ich weiß nicht, wie lange ich jetzt hier sitze und auf das Wasser starre. Es fühlt sich an wie eine

Ewigkeit. Mein Handy vibriert. Ich bekomme eine Nachricht von Jayden.

„Wenn du morgen auch nur ein bisschen so riechst wie heute, schlage ich dir den Hockeyschläger um die Ohren!" Ich verdrehe nur meine Augen. Er müsste mich eigentlich hassen. Warum zur Hölle tut er es nicht? Die Sonne geht langsam unter.

Meine Gedanken spielen verrückt. Das ist glaube ich der erste Abend seit dem Ereignis, dass ich nüchtern bin. Das Nüchtern sein bringt mich dazu, sie zu vermissen. Aber ich will sie nicht vermissen. Ich bilde mir das nur ein. Ich hasse sie! Sie ist eine kleine, nervige Blondine, die immer ihren Willen bekommt und… „Fuck." Ich bin so verkorkst. Sie hat das nicht verdient. Sie hat jemanden verdient, der sie nicht belügt und verletzt. Ich hasse mich für das, was ich ihr angetan habe. Ich hätte ihr die Wahrheit sagen müssen…

Avery

Seit der Nacht habe ich mein Zimmer kaum verlassen. Ich wollte mit niemandem darüber sprechen. Meine Mum wollte immer, dass ich ihr erzähle, was passiert ist, aber ich kann nicht. Es fühlt sich alles noch so surreal an. Als wäre es nie passiert, doch es ist passiert. Es ist ein Teil meiner Geschichte und ich kann es nicht einfach wieder löschen, egal wie sehr ich es mir wünsche.

Leider sind nicht nur die Erinnerungen zurückgekommen, sondern auch die ganzen Gefühle, die sich tief in mir verborgen haben. Ich spüre den Schmerz von dem Verrat noch, als wäre es gerade eben passiert. Rhys hat mein Herz gebrochen und das gleich zweimal. Die letzten Nächte waren von Albträumen heimgesucht. Ich habe mich in jedem Traum mit ihm gestritten und ihn geküsst.

Ist es falsch, wenn ich mich jetzt auch wieder mit ihm streiten will, um ihn danach zu küssen? Jetzt, wo ich darüber nachdenke, ist es sehr merkwürdig. Ich presse mein Gesicht in mein Kissen. Es ist viel zu früh, um aufzustehen. Ich wälze mich hin und her und komme einfach nicht zur Ruhe.

Kapitel 44

Avery

Es ist dunkel, wie kann das sein? Ich bekomme für einen kurzen Moment Panik, bis mir auffällt, dass ich mit der Decke über dem Kopf eingeschlafen bin. Ich schaue auf meinen Wecker. Es ist 9 Uhr. Ich höre, wie die Dusche läuft. Ist Jayden etwa wach? Er ist nie vor mir wach, geschweige so früh, außer er hat ein Spiel. Ich schaue auf`s heutige Datum. Mir fällt fast das Handy aus der Hand. Die Sozialen Netzwerke sind voll mit den Nachrichten. Heute ist das letzte Spiel der Saison. Wie konnte ich das nur vergessen? Stimmt, ich hatte mein eigenes persönliches Drama.

Ich gehe runter in die Küche. Dort finde ich nur meine Mutter, die an ihrem Kaffee nippt. Ich nicke ihr kühl zu. Ich weiß nicht, ob wir jemals wieder richtig gut miteinander auskommen werden. Die Sachen, die sie zu mir gesagt hat, sitzen mir noch tief im Magen. Das werde ich wohl nicht so leicht vergessen.

„Wo ist den mein Vater?" frage ich neugierig mit einem missbilligenden Unterton. Sie sieht mich genervt an,

„Achte auf deinen Ton, Avery Elea Carter." zischt sie mich an. „Stimmt, du hast ja alles vergessen, was er uns angetan hat." Ich muss schmunzeln. Seine Worte von damals haben sich in meine Gedanken gebrannt.

„Du meinst die Kinder, die ich nie wollte, die du mir untergeschoben hast?!"

„Du solltest darüber hinwegkommen Avery. Wenn ich ihm verzeihen kann, warum du nicht?" Fragt meine Mutter.

Ich schüttele meinen Kopf. Ich weiß nicht, warum sie so naiv ist. „Er wird es wieder tun, Mum."

„Woher willst du das wissen, Avery? Gönnst du mir mein Glück nicht?!" Sie ist wieder den Tränen nahe. Ich weiß nicht, wann ich das letzte Mal mit ihr geredet habe, ohne, dass unser Gespräch in einem Streit ausgeartet ist.

„Nicht mit ihm, Mum. Er wird dich…" In diesem Moment kommt Jayden runter, Vielleicht ist es besser, dass ich den Satz nicht beenden konnte. Ich sehe zu Jayden. Sein Blick wandert zuerst zu Mum. „Was ist denn los?"

„Nichts, Avery ist wohl wieder in Streitlaune." Sie macht das extra. Zum Ende noch einmal eine schöne Provokation. Ich blitze sie böse an Ich will gerade den Mund aufmachen, da wirft Jayden mir einen Apfel zu.

„Kommst du. Ave? Heute ist das letzte Spiel der Saison. Da brauche ich dich." Sein flehender Blick sagt mir, dass er unsere Mum und mich trennen will, damit wir nicht schon wieder streiten. Ich stehe ruckartig auf. Er hat Recht. Ich hatte genug Drama für die nächsten Jahre.

Ich habe einfach keine Kraft mehr, um mich zu streiten. Ich bin froh, wenn ich genug Energie für mich selbst habe. Meine Gedanken schweifen wieder ab, um genau zu sein zu ihm. Bei ihm hatte ich immer genug Kraft für unsere verbalen Auseinandersetzungen. Wenn ich zurückblicke, habe ich es geliebt, wenn zwischen uns die Fetzen geflogen sind. Es war immer etwas mehr als Hass.

„Avery, kommst du?" ruft mir Jayden zu. Er öffnet mir die Autotür. „Mach schon, Ave. Ich habe nicht den ganzen Tag Zeit. Sie warten auf mich, ihren besten Spieler." Ich pruste laut los. „Träume weiter." Ich schnalle mich an. Er weiß ganz genau, dass Rhys mindestens genauso gut ist. Wenn nicht sogar besser. Ich erinnere mich an die Trainingseinheit mit Rhys.

„Was war das eben mit dir und Mum, Ave?" Jayden reißt mich wieder aus den Gedanken. Ich weiß nicht, ob ich ihm dankbar bin, dass er mich aus meinen Gedanken rettet. „Das war nichts." sage ich knurrend.

„Ihr müsst das klären, Ave. Das kann doch so nicht weitergehen." Ich weiß, dass er Recht hat, aber dennoch habe ich das Gefühl, dass ich meiner Mutter zurzeit nicht genüge. Egal, was ich tue, es reicht ihr einfach nicht. „Ich weiß, Jay. Aber ich kann nicht mit ihr und Dad unter einem Dach leben. Ich drehe durch."

„Aber vielleicht hat er sich geändert."

„Das glaubst du doch selbst nicht Jayden, oder?" Er sieht wieder konzentriert auf die Straße. Ich rolle mit den Augen. „Können wir vielleicht über etwas anderes sprechen?" füge ich hinzu.

„Wie geht es dir damit, dass du ihn heute wieder siehst?" Ohne, dass er seinen Namen nennt, weiß ich genau, wen er meint. Obwohl sein Name nicht gefallen ist, schlägt mein Herz direkt höher. Ich muss mit ihm sprechen. Ich muss ihm sagen, was in mir vorgeht.

„I-Ich weiß es nicht." gebe ich zu. Ich habe seit diesem Abend kein Wort mit ihm gesprochen. Er hat mich jedes Mal weggedrückt. Ich würde ja sagen, dass es mich verletzt hat, aber das, was ich ihm an den Kopf geworfen habe, war viel schlimmer. Im Inneren wusste ich, dass er mir nie weh tun würde. Ich weiß nicht, wie ich überhaupt denken konnte, dass er damit etwas zu tun haben könnte.

„Werdet ihr gewinnen?" Sein Blick ist immer noch gerade auf die Straße gerichtet. Ich beobachte alles aufmerksam. Seit meinem Kurzschluss habe ich viel weniger Angst beim Autofahren. Jedoch herrscht in mir immer noch diese Unruhe. „Wenn Rhys erscheint und sich zusammenreißt, dann ja."

„Warum sollte er denn nicht kommen? Eishockey ist sein Leben."

„Er hat die letzten beiden Trainingseinheiten verpasst, ohne jegliche Begründung. Gestern war er auch nicht gerade gesprächig. Er ist total neben der Spur, so habe ich ihn noch nie erlebt." Ich habe Jayden nie so besorgt erlebt.

„Du hast ihn gesehen?" Er schaut kurz zu mir rüber, weil er genau weiß, warum ich frage.

„Er hat sich immer noch nicht bei dir gemeldet, hm?" Ich schüttele meinen Kopf. Ich lehne meinen Kopf an die Scheibe. Ich weiß nicht genau, was ich fühle. Das Einzige, was ich weiß, ist, dass ich ihn in meinem Leben haben möchte.

Wir fahren auf den Parkplatz der Eishalle. Mein Blick fliegt über den Parkplatz. Sein Auto ist noch nirgends zu sehen. Wird er nicht kommen? Lässt er die Jungs wirklich hängen?

Wir steigen aus. Ich merke die Unruhe, die mein Körper ausstrahlt. Vor meinem geistigen Auge sehe ich unseren Kuss immer und immer wieder. Ich spüre immer wieder diese Energie, die von ihm ausgeht. Unser Kuss war so voller Emotionen. Ich vermisse seine Berührungen, seine sanften Lippen auf meinen. „Ave, kommst du oder bleibst du hier draußen stehen?" Ich laufe Jayden hinterher in die Eishalle. Ein Teil von mir will, dass er kommt. Der andere Teil hat große Angst und will, dass er fernbleibt.

Rhys

Ich stehe hier an der Tankstelle. Auf meinem Beifahrersitz liegt eine Flasche Bier. Ich sollte vor dem Spiel auf keinen Fall trinken, aber es fällt mir schwerer, als ich dachte. Ich habe die Nacht in meinem Auto verbracht. Es wird immer mehr zur Option geworden, nicht zu diesem Spiel zu gehen. Wird sie auch da sein? Werde ich sie heute wiedersehen? Ich muss sie vor mir schützen. Sie sollte mich nicht wollen. Nicht nach allem, was ich getan oder auch nicht getan habe. Es ist besser für sie, mich nicht zu lieben und das habe ich ihr hoffentlich klar gemacht. Ich ertrage es nicht noch einmal, sie so zu verletzen. Wäre ich nicht in ihr Leben eingedrungen, dann wäre das alles nie passiert: Der Unfall, der ganze Schmerz, den sie meinetwegen spüren musste, all die bösen Sachen, die ich zu ihr gesagt habe… Sie hat jemand besseren verdient als mich.

Ich gebe sogar meinen besten Freund auf, um sie nicht laufend sehen zu müssen. Wenn das nicht der größte Liebesbeweis ist, den sie niemals spüren wird. Im nächsten Leben wirst du mir gehören. Egal, was zwischen uns stehen wird. Das verspreche ihr dir, Ciccina.

Avery

Ich stehe wenige Meter vor den Umkleiden. Mein Plan ist es, Rhys abzufangen und mit ihm zu reden. Ich kann nicht so weitermachen wie bisher. Ich kann ihn einfach nicht mehr hassen. Ich warte geduldig.

Es ist eine halbe Stunde vor Spielbeginn. Er war nie so spät dran. Er ist sonst immer überpünktlich. Ich wähle seine Nummer, aber er geht nicht ran. Ich habe auch nichts anderes erwartet. Wieder schaue ich hoch von meinem Handy und da sehe ich ihn. Er schaut mich nicht einmal an. „Rhys, hast du eine Minute?" frage ich mit sanfter Stimme. Er schubst mich zur Seite, um in die Umkleide zu gehen. Ich kann kaum atmen. Es fühlt sich so an wie vorher… Nein… Das kann er nicht ernst meinen. Er hat mich geküsst. Das war alles echt, richtig? Ich zweifle gerade selbst an meinen Erinnerungen und an meinen Gefühlen. Ich lasse mich von ihnen jedoch nicht beirren und warte weiter. Alle

Mannschaftsmitglieder sind mittlerweile draußen, nur noch er fehlt. Was macht er nur da drin?

Ich klopfe an der Tür, es rührt sich nichts. „Rhys?"

Die Tür schwingt auf und er läuft in voller Montur an mir vorbei. Ich habe gerade fast die Tür von ihm ins Gesicht bekommen. „Bist du sauer auf mich?" schreie ich ihm hinterher. „Shawn Rhys Weaver! Bleib verdammt nochmal stehen!" Daraufhin dreht er sich ruckartig um. Ich schrecke zurück und stoße an die Wand hinter mir.

„Hörst du denn nie auf zu nerven, Carter?" Er sagt das in so einem kühlen Ton, dass ich das Gefühl habe, er ist das Eis. Ich atme tief ein und versuche ihm zu zeigen, dass ich keine Angst habe.

„Ich muss mit dir reden! Das alles tut mir Leid und ich… Vermisse dich. Ich vermisse uns…" Ich sehe, wie sich seine Pupillen weiten. Schlagartig schaut er weg und sie werden wieder zu Schlitzen. Er prustet laut los. Ich sehe ihn verwirrt an. Er legt seine große Hand neben mir an die Wand und schaut auf mich hinunter.

„Du vermisst mich?" Wieder lächelt er. Dieses perfekte Lächeln und diese Zähne… Er kommt näher an meinen Mund, starrt mir direkt in die Augen.

„Du vermisst mich nur, weil du mich jetzt nicht mehr in deinem Leben hast. Du verletzt alle Menschen um dich herum, besonders die, die dich lieben." Er wird wieder ruhig.

„Du liebst mich, Rhys?" Ich sehe dieses Glänzen in seinen Augen, was er immer hatte, wenn wir zusammen waren, doch es wird immer weniger.

„Nicht mehr, Avery. Es war wohl doch nur der Reiz, dass du die Schwester von meinem besten Freund bist." Er hatte die ganze Zeit die Möglichkeit, mein Herz zu brechen. Jetzt tut er es, ohne mit der Wimper zu zucken. Ich keuche ganz kurz und schlucke meine Tränen runter.

„Du bist ja nicht mal mehr die Freundin meines Stiefbruders. Jetzt hast du deinen Reiz komplett verloren."

„Das meinst du nicht ernst, Rhys. Sag nichts, was du später bereuen könntest…" sage ich mit zitternder Stimme.

„Soll ich dir sagen, was ich bereue Avery?! Uns…"

Mit diesen Worten dreht er sich um. Er lässt mich einfach stehen und geht in Richtung Eisfläche. Mir läuft eine Träne über die Wange. Warum weine ich? Ich habe es verdient, ich… Nein, er kann mich nicht einfach hier stehen lassen! Er wird sich anhören müssen, was ich zu sagen habe. Danach kann er mich weiter hassen, auch, wenn ich hoffe, dass er mich nicht hasst.

Rhys

Ich fahre auf`s Eis zu meinem Team. Der Coach sieht mich streng an, aber irgendwie ist mir das egal. Ich fühle gerade nichts und das ist das beschissenste Gefühl. Meine Gedanken kreisen gerade nur um Avery. Dass ich sie vor mir beschützt habe und um die Alkoholflaschen, die zuhause im Kühlschrank auf mich warten. Ich spüre mehrere strenge Blicke auf mir. Ich habe sie bei den letzten paar Malen beim Training im Stich gelassen. „Du bist zu spät, Rhys." Ich unterbreche Jayden`s Predigt direkt. „Ich bin doch hier, oder?" Er nickt ermutigend. „Weaver, wir sprechen nach dem Spiel." sagt der Coach im barschen Ton zu mir. Ich nicke, obwohl ich jetzt schon genau weiß, dass ich nicht hingehen werde.

„Weaver, reiß dich zusammen! Nach dem Spiel kannst du wieder Trübsal blasen, aber ich brauche dich jetzt!" schüttelt mich Jayden. Er hat recht. Die Jungs brauchen mich heute in Topform. „Okay, lass uns den Losern in den Arsch treten." Er schlägt ein. „Lass uns die Scheiße schnell hinter uns bringen."

Kapitel 45

Avery

Ich lehne, noch komplett versteinert, an der Wand. Das kann es nicht gewesen sein. Unsere Geschichte ist noch nicht vorbei. Ich schaue mir meine zitternden Hände an. Ich lasse mich nicht einfach so von ihm abspeisen. Ich atme noch einmal tief ein und stehe auf. Ich gehe auf die Reservebank. Dort darf ich immer sitzen. Das hat der Coach vor Jahren schon erlaubt. Ich nicke dem Coach zu und nehme meinen Platz ein.

Das Spiel ist schon seit einigen Minuten in Gange. Ich sehe Jay auf dem Eis. Er ist gut, bisher ist noch kein Tor gefallen. Rhys wirkt sehr angespannt und spielt sehr aggressiv. Ich weiß, dass er mal ein Problem hatte, seine Gefühle im Griff zu halten. Was, wenn ich der Trigger war, der das alles wieder zerstört hat?

Schnelle Spielerwechsel, eine gelbe Karte für die Gegnerseite und viele böse Blicke von Rhys später.

Rhys kommt auf die Bank und muss sich neben mich setzen, weil der Rest schon besetzt ist.

„Ich weiß, dass du das vorhin nicht so meintest." sage ich etwas leiser. Er tut aber so, als hätte er es nicht gehört. „Rhys, bitte antworte mir!"

„Hör auf meinen Namen zu schreien." zischt er mich an. Kurz, bevor er wieder ins Spiel eingewechselt wird, lehnt er sich näher zu mir.

„Diese Bank hier ist für Eishockeyspieler und nicht für kleine nervige Fangirls, die abends mit einem Bild von uns einschlafen." Er zwinkert mir zu, als wäre ich eine von ihnen, eine von diesen Mädchen. Als wäre ich irgendjemand, als hätten wir nicht diese gemeinsame Vergangenheit. Ich merke, wie mir vor Wut das Blut in die Wangen schießt. Ich werde jetzt wahrscheinlich etwas sehr Dummes tun. Ich springe auf und hüpfe über die Bande. Ich rutsche leicht weg, erlange aber schnell wieder das Gleichgewicht auf dem Eis.

Ich schlittere zu ihm rüber. Alle sehen mich an, aber das ist mir in dem Moment egal. Owen kommt auf mich zu. „Na Baby, kommst du, um dich bei mir zu entschuldigen? Ich würde dich zurücknehmen." Ich sehe ihn angewidert an. „Halt dich fern von mir Owen, ich will…" In dem Moment werde ich an meinem Handgelenk gepackt und rumgerissen.

„Was zur Hölle tust du hier, Avery? Runter vom Eis!" faucht mich Rhys an. Ich sehe ihm starr in die Augen und versuche, mich groß zu machen.

„Nein, erst redest du mit mir!" Er lacht, doch ihm vergeht das Lachen ganz schnell, als er merkt, dass ich das gerade ernst meine. „Vergiss es, Avery." Er knirscht mit den Zähnen.

„Weaver, was wird das?!" brüllt der Coach und seine Mitspieler sehen mich auch verwirrt an. Ich greife nach seiner Hand, die in diesen großen Handschuh steckt. Er fixiert mich mit seinen Augen. „Ich will mit dir reden, jetzt! Und du wirst mir zuhören."

„Du musst runter vom Eis, hier können uns alle sehen..." sagt er etwas leiser. Er klingt besorgt. Er will mich runterschieben vom Eis. Ich stoppe ihn. Seine Berührungen fühlen sich an, wie Verbrennungen auf meiner Haut. „Nein Rhys, das ist mir egal. Sollen doch alle sehen, dass wir uns mögen. Verdammt, du bist mir nicht mehr scheißegal!"

„Mr Weaver klären Sie ihre Probleme außerhalb des Spieles, sonst werden sie für das nächste Spiel gesperrt!" meckert der Schiedsrichter. Er will mich am Arm packen, da schlägt Rhys seine Hand weg. „Fassen Sie sie nicht an!" knurrt er.

Ich sehe ihn mit großen Augen an. Ich muss es ihm sagen, damit er weiterspielen kann.

„Was willst du mir sagen, Avery?" Mein Name aus seinem Mund klingt so melodisch… Ich spüre meinen Herzschlag durch meinen ganzen Körper vibrieren. Noch einmal atme ich tief ein.

„Rhys, bei dir habe ich nicht nachgedacht… Wo ich dich gesehen habe im Krankenhaus..." Kurze Stille. Er beobachtet mich genau. „Habe ich direkt angefangen zu fühlen. Da war etwas, was mich sofort fühlen ließ." Mir läuft eine Träne übers Gesicht. „Bei dir musste ich nicht alles vorspielen, bei dir war alles echt." Er zieht seinen Handschuh aus und wischt mir meine Träne aus dem Gesicht. Ich weiche wieder von ihm zurück. „Ich bereue nichts, Rhys. Keine Berührung, kein Kuss. Wenn du es bereust, dann akzeptiere ich es, aber ich wollte, dass du weißt… Dass ich mich erinnere: An alles! Und ich würde auch alles wieder so tun."

Ich ziehe meine Hand aus seiner und will vom Eis runter, doch er hält mich wieder fest. „Avery, ich war bei jedem immer nur der Nebencharakter in seinem Leben. Aber bei dir habe ich immer das Gefühl, einer der Hauptprotagonisten zu sein."

Er legt seine große Hand an meine Wange und schaut mir tief in die Augen. Ich sehe, wie sich seine Pupillen weiten und vergrößern. Er blickt abwechselnd in meine Augen und auf meine Lippen. Dieser Moment fühlt sich an, wie die Unendlichkeit. Manchmal muss man auch einfach nur fühlen.

„Ich dachte, ich verliere alles, wenn ich mir meine Liebe zu dir eingestehe. Aber ich habe gemerkt, dass ich nichts zu verlieren habe. Ich habe nur dich… Uns…" sagt er zu mir, seine Stimme zittert leicht.

„Deine Worte haben mich in dieser Nacht fast umgebracht." sagt er leiser.

Ich rutsche mit meinem Fuß etwas weg und falle fast hin. Er ist sofort da, um mich zu halten. Ich muss lächeln. „Ich wusste, du lässt mich nicht fallen." Er schmunzelt, ich liebe es. „Du musst runter vom Eis Avy, bevor dir noch was passiert"

„Erst, wenn du mir sagst, dass du noch etwas für mich empfindest. Dass ich mir das alles mit uns nicht eingebildet habe, dass du mich auch…" Er lässt mich nicht ausreden. Er nimmt seinen Helm ab und wirft ihn aufs Eis.

„Weaver, letzte Warnung! Entweder sie geht vom Eis oder Sie bekommen eine Strafzeit!" Er schaut den Schiedsrichter an und dann wieder zu mir. „Scheiß drauf."

Er kommt näher und presst seine Lippen auf meine. Seine Haare sind feucht und kleben an seiner Stirn. Alles um uns herum wirkt so weit entfernt, so unreal.

Der Schiedsrichter reißt uns beide auseinander und gibt Rhys eine Strafzeit. Er hebt seinen Helm auf und sieht mich an. In diesem Moment rammt jemand Rhys von hinten und er knallt mit mir zusammen. Ich falle nach hinten und stoße mit meinem Kopf aufs Eis. Mir wird kurz schwarz vor Augen. Ich komme in Sekundenschnelle wieder zu mir. „Ave?!" Dieser Moment erinnert mich an die Unfallnacht, wie jemand meinen Namen gerufen hat. War das Rhys gewesen?

Ich stehe auf und fasse mir an den Kopf. Ich sehe, wie Rhys sich mit Owen streitet. Ich höre ein lautes Piepen in meinen Ohren. Jayden sitzt neben mir, aber ich höre absolut nichts von dem, was er sagt. Wenige Momente vergehen. „Rhys, ich..." Bevor ich meinen Satz beenden kann, wird mir schwarz vor Augen. Ich werde wieder in das schwarze Loch der Dunkelheit gerissen, vor dem ich die letzten Monate davon gerannt bin.

Rhys

„Rhys beruhige dich. Der Kerl ist es nicht wert." Einige meiner Teamkollegen versuchen mich zurückzuhalten. Aber sie haben ganz schön mit mir zu kämpfen. „Das war doch nicht mit Absicht, Bruderherz." Im Moment der Schwäche reiße ich mich los und schlage ihm mitten ins Gesicht. „Du wirst dich noch wundern, Owen." Tatsächlich habe ich mich die letzten Tage nicht nur betrunken, sondern auch nach Mädchen gesucht, die von Owen missbraucht wurden. Da kamen einige zusammen und sie sollten gerade bei der Polizei sein und ihre Aussage machen.

Das war auch eine Maßnahme. um Avery zu beschützen. Aber es konnte ja keiner wissen, dass sich das alles so entwickelt. Ich will mich nicht beschweren.

Das Lächeln vergeht mir und ich reiße meinen Kopf zu Avy rum. Sie wird gerade von den Rettungssanitätern abtransportiert.

„Halt! Bitte nehmen Sie mich mit." Die Dame schaut mich an. „Fahren sie uns hinterher. Ich sag im Krankenhaus Bescheid, dass sie eine Begleitung dabei hat." Ich stürme in die Umkleidekabine, schmeiße meine Schlittschuhe in den Schrank und stürme raus zu meinem Auto. Ich habe nur die Schuhe gewechselt. Meine Protektoren und den ganzen Rest habe ich noch an. Mein Herz rast. Warum konnte ich sie nicht fangen?

Ich parke quer über zwei Parkplätze und stürme aus dem Auto. Ich renne zur Anmeldung. „Avery Carter, ich muss sie sehen, bitte!" Sie schaut mich an. „Sind sie ein Verwandter?" Ich werde wieder wütend,

„Ich bin ihr…" Mir fasst jemand an die Schulter. „Er ist ihr Bruder, Jayden Carter." Ich drehe mich um und sehe Jayden. „Sie hat deinen Namen gesagt. Ich glaube, ihr habt noch einiges zu besprechen." Er nickt mir zustimmend zu. „Sie ist im Zimmer 205, den Gang runter und links." Ich laufe los. Mein Herz gerät außer Kontrolle. Ich stehe vor der Tür, traue mich kaum, sie zu öffnen. Doch dahinter ist meine Zukunft, unsere Zukunft.

Kapitel 46

Avery

Ich reiße die Augen auf. Ich habe einen trockenen Mund, kann kaum schlucken. Ich schaue wie wild hin und her. Ich bin allein in diesem weißen und kalten Raum. Es riecht nach Desinfektionsmittel. Ich sehe den Zugang in meinen Arm stecken und mir wird direkt übel. Ich war doch gerade eben noch auf einem Eishockeyspiel. Mein Herz fängt an zu rasen. Ich bemerke, wie sich Schweiß auf meiner Stirn bildet.

Habe ich mir das alles eingebildet? Mein Atem verschnellert sich. Ich bekomme kaum Luft. Ist das alles nach dem Unfall nicht passiert? War ich die ganze Zeit im Koma? Mein Kopf tut weh und ich habe das Gefühl, gleich durchzudrehen. Plötzlich klopft es an meiner Tür. Ist das Dr. Cruiz? Ich bitte die Person rein. Und da sehe ich ihn wieder. Mein Herz setzt kurz aus. Er steht vor mir in voller Eishockey Montur.

Mir fällt gleichzeitig auch ein Stein vom Herzen. Das muss auch bedeuten, dass es alles nicht geträumt war. Es ist alles wirklich passiert. Oh mein Gott, wir haben uns vor den ganzen Zuschauern geküsst. Ich merke, wie mir die Hitze ins Gesicht steigt. Wäre das nie passiert, würde doch mein Körper nicht so reagieren, oder?

„Da sind wir wieder: Du im Krankenhausbett und ich an deinem Bett. Unsere Beziehung ist schön gefährlich. Oder was sagst du dazu, Ciccina?." Ich muss lachen.

„Nenn mich nicht so, Weaver." zische ich ihn an. Ich sehe ihm tief in die Augen. „Ach, scheiß drauf. Nenn mich, wie du willst." Er lacht ebenfalls und kommt näher zu mir.

„Heißt das jetzt, wir streiten uns öfter? Weil, wenn jeder Streit die Aussicht auf einen Kuss für mich bereithält, dann streite ich mich liebend gerne mit dir. Avery."

Ich ziehe seinen Kopf an meinen. „Du Idiot!" sage ich lachend und presse meine Lippen auf seine. Das habe ich die ganze Zeit über gewollt. Nicht Owen oder sonst jemanden. Es war von Anfang an immer nur Rhys. Die Person, von der ich gedacht habe, dass ich sie am meisten hasse… Jetzt hat sich herausgestellt, dass ich ihn am meisten brauche.

Epilog

Avery

Einige Monate später

Ich habe nicht alle meine Erinnerungen zurückbekommen, sehr viele, aber kleine Lücken sind trotzdem geblieben. Ich weiß nicht, ob es gut oder schlecht ist. Ich weiß nur, dass ich vieles einfach nicht wissen wollte. Man kann sich das aber leider nicht aussuchen. Meine Erinnerungen machen mich zu dem Menschen, der ich bin. Ich habe angefangen mit meinen Monstern zu leben. Sie kämpfen nicht mehr gegen mich, sondern mit mir. Owen und Chey stehen vor Gericht, es hat sich ja rausgestellt das andere Mädchen ähnliche Erfahrungen hatten, wie ich mit Owen. Ich glaube Chey war einfach zur falschen Zeit am falschen Ort, aber ich habe kein Mitleid mit ihr.

Lauren und ich fangen an uns wieder etwas anzunähern. Es wird zwar nie, wie es mal war, aber ich habe sie wirklich vermisst. "Jayden kommt." Sagt Rhys zu mir und reißt mich aus den Gedanken.

Rhys und ich haben auf Jayden gewartet. Es war für ihn am Anfang sehr schwierig damit klarzukommen, dass sein bester Freund mit mir ausgeht. Mittlerweile hat er sich aber dran gewöhnt und trifft sich wieder regelmäßig mit uns. Wir treffen uns heute bei unserem Lieblingskaffee. Dort gibt es einfach die besten Erdbeermilchshakes. „Hey Ave, hier drüben." Jayden winkt mich zu sich rüber. Er hat uns scheinbar schon einen Tisch organisiert. Wow, Er ist mal pünktlich. Jay umarmt mich ganz herzlich und gibt mir einen Kuss auf die Wange. „Rhys ist direkt rein und bestellt uns was. Ich hoffe, du stehst auf Erdbeershakes." sage ich grinsend. Er grinst ebenfalls. „Da kommt er ja schon. Ich glaube, die Geschichte mit dem Milchshake wird Rhys niemals vergessen." Ich schaue Rhys an und sehe auch direkt seine Grübchen. „Ich weiß gar nicht, was ihr meint." Er funkelt mich frech an. „Wir meinen das, wo ich dir meinen Shake über den Kopf gekippt habe. Soll ich es nochmal demonstrieren?" Wir drei prusten los.

„Ich liebte den Moment, wo du einen Erdbeermilchshake im Gesicht hattest." Ich lache weiter, aber mein Lachen erstickt, als es mir kalt ins Gesicht läuft. „Rhys…" knurre ich. Jayden bekommt sich nicht mehr ein vor Lachen.

Er kostet von meinem Gesicht. „Ich hätte nicht gedacht, dass du noch süßer schmecken kannst." Dann küssen wir uns. „Leute, bitte. Ich habe es noch nicht verarbeitet." meckert Jayden.

Ich muss schmunzeln. Im nächsten Augenblick läuft es mir erneut kalt ins Gesicht. Ich gebe einen kurzen Schrei von mir. Jayden lacht wieder laut los. Aus einem kleinen Treffen wurde eine Schlacht mit dem Milchshake, aber das sind genau die Momente, die mir im Kopf bleiben als Erinnerung. Ich habe mir nach meinem Unfall vorgenommen, besser auf meine Erinnerungen aufzupassen. Ich habe angefangen Tagebuch zu schreiben, um meine ganzen Erinnerungen und Traumata zu bewältigen. Aber ohne Rhys wäre das alles niemals möglich gewesen.

Jayden freundet sich noch mit dem Gedanken an, dass wir beide uns jetzt näher denn je sind, aber wir machen Fortschritte. Er hat gesagt, er sieht lieber Rhys an meiner Seite, als irgendwen anders. Ich glaube, das ist gut. Das ist der Anfang von einem perfekten Ende.

„Avery Elea Carter?" Ich schaue zu Rhys.

„Ja Shawn Rhys Weaver?" Ich kann mir mein Grinsen nicht verkneifen.

„Ich liebe dich, Avery. Das ist ein Versprechen." Er nimmt meine Hand in seine und berührt sanft den Ring, um meinen Finger. Ich bemerke Jayden`s erschrockenen Blick.

„Ich glaube, ihr habt mir was zu erzählen, oder?"
Ich grinse über beide Ohren und weiß, dass ich
alles genau so wieder tun würde.

-Ende-

Danksagung

Wer Danksagungen langweilig findet, sollte diese Seiten am besten schnell überblättern.

Ich bedanke mich bei allen, die mein Buch gelesen haben. Danke, dass ihr Avery und Rhys eine Chance gegeben habt. Diese beiden Charaktere sind mir sehr ans Herz gewachsen. Ich habe das Gefühl, dass sie ein Teil von mir sind. Ich habe mit ihnen gelacht und geweint. Ich bereue keine Sekunde, in dem ich Energie und Tränen in dieses Projekt gesteckt habe.

Man vergisst selbst manchmal, dass hinter jedem Buch eine Person steckt, die all das, was sie schreibt, mehr fühlt als alle ihre Leser zusammen.

Ich habe diese Charaktere erschaffen. Ich bin diese Charaktere. Ich habe beim Schreiben jeden Atemzug, jeden Fast-Kuss gespürt, die ganzen Gefühle aus mir herausgeschrieben.

Wenn man schreibt, nehmen einen viele nicht ernst, aber das ist okay. Sie verstehen nicht, wie es ist, wenn die Worte auszusprechen nicht mehr ausreicht und man alles niederschreiben muss.

Ich habe es geschafft meinen eigenen Roman zu veröffentlichen. Aber es gibt einige Leute, ohne die ich es niemals geschafft hätte. Diese Menschen haben mich von Sekunde eins unterstützt bei jedem Satz, bei jedem meiner Gedanken, beim Erstellen meines Covers. Und ich bin ihnen allen wirklich unendlich dankbar!

Zuerst Danke ich meinen Freund, der das alles mitgemacht und ausgehalten hat. Er hat mir zugehört und mich bei allen meinen Schritten unterstützt. Ohne ihn hätte ich es niemals geschafft mit dem ganzen technischen Kram.

Ich danke meiner Freundin Ceyda. Sie hat mir geholfen mit meinem Plot. Wir haben in einem Kaffee darüber diskutiert. Alle haben uns angeschaut, aber es war mir egal. Du hast mir immer deine ehrliche Meinung gesagt, wenn ich dir etwas geschickt habe. Du bist Teil meiner Geschichte.

Ein weiteres großes Danke geht an meine Freundin Marie, die ebenfalls immer ein offenes Ohr für mich hatte, egal bei was. Sie hat mir gute Tipps und Ideen gebracht, für die ich ihr wirklich so unfassbar dankbar bin. Ohne sie wären meine Charaktere nicht die, die sie jetzt sind, oder gewisse Szenen nicht so gut geworden. Ohne dich hätte ich nie den Mut gefunden, mich bei einem Verlag zu bewerben.

Das nächste große Danke geht an meine beste Freundin Vanessa. Sie hat immer heimlich drüber gelesen, wenn ich nicht geschaut habe. Sie wollte es direkt verschlingen, aber sie musste sich wie alle anderen auch gedulden.

An meine Lektorin: Vielen lieben Dank Jule, dass du mir diese unfassbare Möglichkeit gegeben hast! Dass du über mein Herzensprojekt gelesen hast und es mit mir gemeinsam noch perfektioniert hast. Ich liebe es. Ich liebe das, was es geworden ist und das wäre ohne dich niemals möglich gewesen.

Großen Dank an meine Mama. Sie war auch immer für mich da. Dazu hat sie mich zu dem Menschen gemacht, der ich bin. Auch ohne sie wäre der Roman nicht das, was er jetzt ist.

Und zum Schluss muss ich mich bei mir selbst bedanken. Dass ich den Mut gefunden habe, diese Gedanken niederzuschreiben. Dass ich mich getraut habe, auf TikTok das alles zu veröffentlichen. Ich danke jeden, der mir folgt und mich dort unterstützt. Ich hoffe, ihr wart nicht enttäuscht von meinem ersten Projekt. Ich verspreche euch, da kommt noch einiges mehr.

Das nächste Projekt steht schon in den Startlöchern! Bleibt gespannt!

TikTok: Autorin_ToryAcosta

Triggerwarnungen

Achtung, kann Spoiler enthalten!

Dieses Buch behandelt ernste Themen, die für gewisse Personengruppen als Trigger wahrgenommen werden können. Falls jemand von euch Probleme hat oder das Gefühl hat, dass alles zu viel wird... Bitte, sucht euch Hilfe bei Freunden, Verwandten oder der Telefonseelsorge.

Folgende Inhalte können einige als triggernd empfinden:

Autounfall - Wiederbelebung - Tod - Nahtoderfahrung - Sexuelle Belästigung - Sexueller Übergriff - Alkoholmissbrauch - Schwere Familienverhältnisse - versuchter Mord - Panikattacken - Aggression - Selbstzweifel - Gewalt - Psychische Probleme-Versuchter Selbstmord

Denkt an eure mentale Gesundheit und redet mit jemanden, wenn es euch nicht gut geht!

Biografie

Tory ist eine 21-jährige Autorin aus Berlin, die es schon immer geliebt hat zu schreiben. Lost Minded ist ihr Debütroman. Sie arbeitet im medizinischen Bereich und studiert ab Oktober, aber das Schreiben wird immer ein Teil von ihr sein. Es werden noch einige Projekte auf euch zukommen. Euch erwartet eine Eishockey - Best Friends to Lovers - Geschichte und eine Romantasy-Story ist in Arbeit, bleibt alle gespannt.

Eure Tory